Alice McDermott

L'arbre
à sucettes

Traduit de l'américain
par Marie-Odile Fortier-Masek

Quai Voltaire

Titre original :

CHILD OF MY HEART
Farrar, Straus & Giroux.

© 2003 by Alice McDermott.
© Quai Voltaire / La Table Ronde, 2003, pour la traduction française.

Alice MacDermott est l'auteur de quatre romans dont *Charming Billy* qui a obtenu le National Book Award en 1998. Elle vit avec sa famille près de Washington.

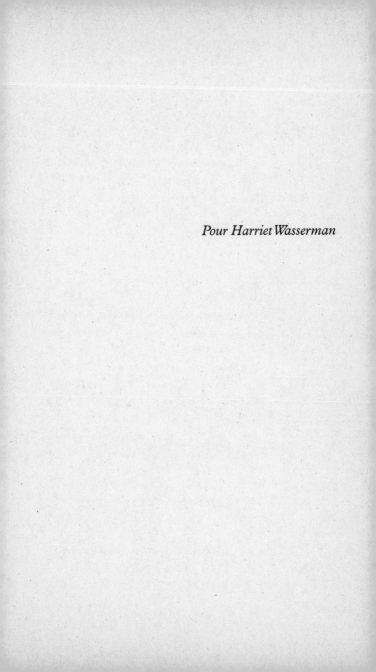

Pour Harriet Wasserman

Cet été-là, j'eus à m'occuper de quatre chiens, de trois chats, des enfants Moran, de Daisy, ma cousine âgée de huit ans, et de Flora, la toute petite fille d'un artiste du coin. Sans oublier, pendant quelque temps, une portée de trois lapins sauvages, abandonnés sous notre escalier de service... Mouillés et aveugles, ils se pelotonnaient en une espèce de boule grise. Ils étaient si petits qu'il était difficile de savoir si leur corps bougeait au rythme de leur cœur ou de leur respiration. Mes parents m'avaient prévenue : créatures habituées à vivre en liberté, mes lapins ne survivraient pas, Dieu sait toutefois le mal que je m'étais donné pendant près d'une semaine pour les nourrir d'un mélange de lait et de trèfle haché. Cela se passait à la fin du mois d'août.

Daisy était arrivée dans les derniers jours de juin. Sa mère était l'unique sœur de mon père. Dans sa famille, Daisy était l'enfant du milieu. Elle était venue seule en train depuis Long Island, ses nom et adresse inscrits sur un bout de papier brun attaché à sa robe avec une épingle de nourrice. Une fois dans ma chambre, que nous devions partager elle et moi, j'ouvris sa valise et une douzaine de paquets brillants en glissèrent, des tenues de tennis et des corsaires, des bermudas, des baby-dolls et des sous-vêtements tout neufs, encore sous cellophane. Je vis aussi des chaussures de tennis neuves, des fins de série, reliées l'une à l'autre par le fil en nylon de l'étiquette et une autre paire de chaussures bon marché, rose pâle, couvertes de pierreries bleues et turquoise. Des chaussures de princesse. Daisy en était très fière, cela se voyait. Enfant timide de parents stricts, elle ouvrait surtout la bouche pour solliciter une permission, aussi me demanda-t-elle immédiatement si elle pouvait retirer les chaussures qu'elle avait portées pour voyager et mettre ses chaussures de princesse. « Je ne sortirai pas avec avant dimanche », promit-elle. Elle avait la peau bleu pâle, presque diaphane, des vraies rousses et paraissait toute menue, avec son abondante chevelure et sa grosse tête. Peu m'importait quelles chaussures elle portait et je le lui dis. À mon avis, elles avaient été prévues pour lui servir de pantoufles. « Pourquoi attendre dimanche ? » dis-je.

À genoux, au milieu des paquets qui contenaient sa garde-robe, je lui demandai : « Tu n'as pas apporté de vieux vêtements, Daisy Mae ? »

Elle m'expliqua que sa mère lui avait dit que s'il lui manquait quoi que ce soit, elle pouvait me l'emprunter. Je venais d'avoir quinze ans cet été-là et j'étais déjà aussi grande que mon père, mais sachant que toutes les tenues que j'avais jamais portées étaient rangées au grenier je compris ce que ma tante entendait par là. Daisy avait six frères et une sœur et, malgré mes quinze ans, je comprenais que ma tante et mon oncle n'appréciaient guère la façon dont mes parents me prodiguaient et leur temps et leur argent. Fille unique, je me rendais compte, dans la mesure où une adolescente de quinze ans peut percevoir certaines réalités, que les parents de Daisy n'appréciaient guère un certain nombre de choses, Daisy n'étant pas la moindre... Précisons que mon intuition reposait avant tout sur l'observation précise et impartiale de la créature bien de ce monde que j'étais, trop jeune toutefois pour en être partie intégrante. Daisy n'était qu'un numéro au milieu d'une ribambelle d'enfants imprévus, huit en dix ans, chez des parents qui avaient pensé s'en tenir à deux ou trois...

L'hiver précédent, j'avais passé un week-end dans leur maison de Queens Village, trop petite pour une famille de cette taille. J'étais venue d'East Hampton chercher la pauvre Daisy (nous l'appelions toujours « la pauvre Daisy »), pour l'emmener à New York assister au spectacle de Noël de Radio City. Tante Peg, la sœur de mon père, était passée me prendre à Jamaica Station et, dès mon arrivée, elle ne s'était pas privée de me laisser entendre qu'il était, de ma part, aussi mal élevé qu'injuste de n'avoir pas proposé à Bernadette, sa fille de douze ans, de nous accompagner. Tante Peg était une femme sèche comme une trique, dont la beauté aurait pu, semblait-il, tirer profit d'une bonne nuit de sommeil. Sous ses taches de rousseur, sa peau sèche était pâle et sa tignasse auburn était décolorée par le soleil. Même au volant, elle avait une façon de se pencher sans cesse en avant, comme si elle luttait contre le vent, ce qui, bien sûr, accroissait son air d'efficacité déterminée. Je l'imaginais poussant son caddie à travers les magasins d'usine d'Elmont, extirpant des bacs de fin de série des shorts, des ensembles de tennis, allons-y, un, deux trois, quatre sous-vêtements, des pyjamas, des chaussures, bazardant le contenu de son cabas dans la valise, y jetant une brosse à cheveux, une brosse à dents, refermant lestement la valise, et hop! le tour est joué. « Somme toute, Bernadette devra se débrouiller seule pour se distraire demain », conclut-elle, affalée sur son volant comme si nous descendions une colline.

Leur maison était au fond d'une impasse. Étroite, en brique peinte, on y accédait par une longue allée. Le garage avait un toit de bardeaux. De la taille d'un mouchoir de poche, le jardin était tout juste assez grand pour un séchoir en ombrelle et un bac à sable, dans lequel les enfants ne jouaient plus depuis longtemps. À l'étage, il y avait trois chambres puis, en haut d'un escalier caché derrière une porte, un grenier aménagé tenait lieu de dortoir aux trois aînés des garçons. La maison sentait les enfants, elle avait cette odeur propre à toute maison que j'avais visitée occupée par plus de trois enfants : un mélange d'odeurs domestiques telles que lait et chaussettes mouillées, allié à des effluves de papier peint, de colle et de puissant désinfectant des couloirs d'école maternelle. En dépit du nombre d'habitants et de l'exiguïté des lieux, chaque pièce donnait une remarquable impression d'ordre, surtout la chambre de ma tante et de mon oncle, en haut de l'escalier. Petite et carrée, dotée d'une grande fenêtre donnant sur la rue, elle était meublée d'un lit à colonnes, d'une haute commode, contenant les affaires de mon oncle, d'une commode à miroir, plus basse, destinée à ma tante, de deux tables de chevet et d'une chaise à dossier droit dont le siège était recouvert de tapisserie. Des rideaux de dentelle blanche s'entrecroisaient sur la fenêtre. Au-dessus du lit était accroché un crucifix et, sur le mur opposé, une grande peinture à l'huile représentant le Sacré-Cœur était la première chose que vous voyiez depuis le couloir. Un tapis d'Orient, à dominante rouge sang, était posé sur le sol. La seule photographie dans la pièce était celle de mon oncle et de ma tante le jour de leur mariage. Bref, pas le moindre rappel des huit enfants qui avaient été conçus sur le double matelas, sous cette couette à jamais lisse. Suffisante explication pour l'apparente négligence de leur part qui aboutissait à ces grossesses inattendues. Une fois la porte fermée, il ne devait pas leur avoir semblé difficile de s'imaginer qu'ils étaient parfaitement libres de recommencer.

L'oncle Jack était agent de la circulation. Il avait un beau visage grêlé, des yeux noirs, des lèvres fines et mille et un principes aussi énigmatiques qu'inviolables régissant maison et enfants. Ainsi, personne ne devait marcher sur la pelouse, ni s'asseoir sur le pare-chocs de sa voiture lorsque celle-ci était garée dans l'allée, personne ne devait interpeller depuis une fenêtre de l'étage le visiteur qui sonnait à la porte. Personne ne devait jouer au ballon contre le garage, ni à la balle contre la véranda. Pas question de marcher pieds nus dans la maison, ni de se lever de table sans une réponse précise à la question précise : « Puis-je sortir de table? » Pas question non plus de s'asseoir sur le bord du trottoir, ni de s'attarder sous le réverbère. Aucune assiette ne devait traîner dans l'égouttoir. Pas de coups de téléphone d'amis après dix-huit heures. Il était interdit de jouer dans le sous-sol après vingt heures. De jour comme de nuit, que l'on fût malade ou vaillant, il était interdit de dormir sur le canapé, aussi me retrouvai-je dans la plus petite des trois chambres, en compagnie de Daisy et de Bernadette. Daisy eut droit au lit de camp bancal car j'étais l'invitée et qu'à l'inverse de Daisy, Bernadette, elle, n'aurait pas droit à une bonne journée en ville le lendemain, aussi, selon tante Peg, pourrait-elle au moins bénéficier d'une bonne nuit de sommeil.

Je n'appréciais guère Bernadette. Plutôt dodue, elle n'avait rien d'une beauté, mais il faut admettre qu'elle était d'une vive intelligence, ce qui la rendait méchante. À croire qu'elle avait déjà pesé et soupesé la valeur de son intelligence par rapport à celle que lui attribuerait le monde, sachant d'instinct qu'elle serait flouée. J'avais beau m'efforcer de la plaindre, c'est avec un sentiment de satisfaction béate que je posai mon sac sur le lit de Daisy, me disant que toutes les mentions au tableau d'honneur de Bernadette qui tapissaient les murs de la chambre ne vaudraient à cette dernière ni mon affection ni ma compagnie. La compassion que son air mélancolique pouvait avoir suscitée en moi alors qu'elle m'observait assise sur son dessus-de-lit à fanfreluches orné de ballerines, prévu pour une autre sorte d'enfant qu'elle, fut vite dissipée par ses questions : comment pouvais-je supporter de vivre « à l'autre bout de Long Island » une fois que tous les vacanciers dignes d'intérêt s'en étaient allés ?

Elle refusa de venir se promener avec nous, estimant qu'il faisait trop froid pour marcher, d'ailleurs, selon elle, il n'y avait pas, à proximité, d'endroit où aller, comme si elle seule connaissait les destinations susceptibles de satisfaire notre curiosité. Je compris alors que cette suffisance était le dernier refuge des laiderons — générosité et douceur, qu'elle réservait à la compagnie des adultes, étant l'avant-dernière —, c'est avec joie que je l'y laissai : il n'est pas de pire misanthrope qu'un misanthrope replet. Libre à Daisy et moi de nous glisser, par l'espace étroit entre la haute palissade qui entourait la maison de mes cousins et le grillage qui ceinturait celle des voisins, jusqu'à une allée qui, nul doute, était mentionnée dans la liste des interdits de l'oncle Jack. Cette allée se faufilait entre la série d'impasses qui composaient le voisinage, interrompue ici ou là par des venelles qui serpentaient entre d'étroits jardins et d'autres maisons et débouchaient sur d'autres rues. Nous suivîmes au hasard plusieurs de ces passages, émergeant parmi des serres, des remises, des poubelles cabossées ou de vieux vélos abandonnés, dans des rues où ni l'une ni l'autre n'avions jamais mis les pieds. Au bout d'une demi-heure, j'étais complètement perdue, mais Daisy me tenait la main avec une entière confiance, émerveillée, c'était clair, de me voir prendre d'autorité telle ou telle direction.

Parvenues à une grande avenue divisée par une rangée de saules dont la ramure mise à nu par l'hiver rappelait une dentelle, j'entendis Daisy retenir son souffle. Par ici, toutes les petites maisons avaient une véranda et, grâce à une merveilleuse entente entre voisins, chaque carreau avait été décoré à la bombe d'un cercle de neige artificielle.

« Nous sommes en Bavière, dis-je.

— C'est vrai ? » murmura Daisy, comme s'il s'agissait d'une destination dont je lui avais réservé la surprise. Et voilà que la vraie neige se mit à tomber... À la façon dont elle leva le nez pour scruter le ciel, on aurait pu croire que c'était là une autre de mes surprises... La neige commença par s'accumuler sur l'herbe puis, à un rythme plus accéléré, sur les trottoirs et la chaussée. Nos pas laissèrent les premières empreintes. Nous descendîmes l'étroite allée centrale sous les branches grêles des saules qui se gainaient de neige, incapables de dire si c'était le ciel jaune qui s'assombrissait ou la voûte d'arbres qui s'épaississait. La tête en arrière, la bouche ouverte, tirant la langue, nous sentions les flocons de neige dans nos yeux et sur nos gorges nues. Voyant d'autres enfants se précipiter des maisons derrière nous, en poussant des cris et en raclant à qui mieux mieux les trottoirs avec leur luge, nous nous éloignâmes en courant jusqu'à Jamaica Avenue, dont les réverbères étaient déjà allumés. C'était la lumière bizarre d'un début d'hiver, un après-midi virant prématurément à la nuit sombre. À un coin de rue, nous pénétrâmes dans une confiserie. L'entrée était déjà toute glissante d'empreintes mouillées, elle sentait les journaux, les bonbons et les pardessus froids des hommes sortis tout droit du métro, nous aidant à comprendre que nous avions, bien sûr, parcouru un long chemin.

Avec l'argent que j'avais glissé par précaution dans ma chaussure en prenant le train de Long Island, je commandai deux tasses de chocolat chaud, exquis breuvage, à base d'eau chaude et non pas de lait, coiffé de crème fouettée provenant d'une bombe argentée, glaciale. Il nous fut servi dans des tasses ébréchées et jaunies, fleurant le café. Leur bord tiède semblait délicieusement sec et épais contre nos lèvres. En le buvant, nous feignîmes de parler français, nous lançant à tour de rôle le mot *chocolat,* tout en serrant nos tasses à l'européenne, les coudes sur le comptoir. Au dire de Daisy, cette manière de boire, les coudes sur la table, était à ajouter aux interdictions de son père. Après avoir réglé, je demandai à l'homme derrière le tiroir-caisse comment retourner chez mon oncle, l'air de vouloir juste confirmer ce que je savais déjà. Je repérai un bocal de sucettes à côté du présentoir des journaux. « Deux pour dix *cents* », annonçait une pancarte écrite à la main. Estimant que l'éducation de ses parents avait rendu Daisy trop polie pour en demander ne fût-ce qu'une seule, j'en achetai avec désinvolture une centaine, refusant un sac en papier, préférant en bourrer nos poches de pantalons et de manteaux et allant jusqu'à soulever le bas de son tricot pour improviser une autre cachette qui fut vite remplie.

De retour à la maison, nous les fîmes pleuvoir sur ses frères et sur Bernadette qui, allongés sur le plancher de la salle de séjour, profitaient de l'heure de télévision autorisée avant le dîner. Les papiers des sucettes étaient humides à cause de la neige et parfois couverts de boue, certaines étant tombées sur le chemin du retour. « D'où viennent-elles ? » demanda Bernadette. Sans donner à Daisy le temps de réagir, je répondis :

« Figure-toi que nous avons trouvé un arbre à sucettes. Tu aurais dû nous accompagner.

— Mon œil... » rétorquèrent les garçons.

Bien entendu, Bernadette ne put résister à nous cuisiner sur les détails, ses yeux se plissèrent, sa bouche pincée s'entrouvrit avec scepticisme, montrant des petites dents de poisson-globe.

« Une maison sur l'avenue, repris-je. Un saule. Un énorme saule croulant sous les sucettes qui attendaient qu'on les cueille. Cet arbre appartient à un couple âgé dont le fils unique, un petit garçon, vit dans un rêve qu'un arbre à sucettes avait poussé dans son jardin, la nuit précédant sa mort, il y a cinquante ans aujourd'hui. Une fois par an, et uniquement ce jour-là, ils réalisent son rêve en garnissant leur saule de sucettes. Le plus curieux, c'est qu'il neigeait dans son rêve et qu'il se met à neiger chaque année à cette date, sitôt que les vieux parents ont accroché la dernière sucette. Ils invitent les enfants à des kilomètres à la ronde. Cela m'étonne que vous n'en ayez jamais entendu parler. Ils servent du chocolat chaud sur leur pelouse pendant que les enfants cueillent les sucettes. Ils embauchent de grands gaillards pour soulever les plus petits et les aider à atteindre les hautes branches. Seule condition : vous ne pouvez cueillir qu'autant de sucettes que vous pouvez en rapporter chez vous. Pas de sacs en papier, pas de valises ! Oh ! J'oubliais... La cueillette ne doit durer qu'une heure, entre le crépuscule et la tombée de la nuit, jusqu'à l'apparition de la première étoile. Cela correspond à la dernière heure de leur fils sur terre, car l'étoile du soir dans le ciel bleu sombre fut la première chose que remarquèrent les pauvres parents, une minute seulement après que le docteur avait posé une couverture sur son petit visage serein. »

Malgré les clins d'œil sceptiques dont Bernadette avait ponctué mon récit, à la fin de celui-ci, les garçons tournaient le dos à l'écran de télévision.

« Il faudra que nous y allions l'année prochaine », dit à voix basse Jack Junior. Bernadette s'en prit alors à Daisy.

« C'est vrai tout ça ? » demanda-t-elle. Daisy haussa ses épaules maigrichonnes. Sa lèvre supérieure était ourlée d'une trace de chocolat chaud et le dessus de ses cheveux drus était assombri par une calotte de neige fondue. « Tu aurais dû venir », dit-elle, mine de rien, esquivant le mensonge. Enfant de mon cœur...

À huit heures du soir, mes parents appelèrent, ils me conseillèrent de proposer à Bernadette de se joindre à nous le lendemain, afin d'avoir la paix. J'obtempérai, et ma tante accepta à contrecœur. Bernadette n'était certes pas aussi bonne marcheuse que Daisy. Le gigantesque arbre de Noël du Rockefeller Center scintillant de tous ses feux ne réussit pas à lui faire oublier ses pieds gelés. Les poignées d'argent et tiroirs en verre du distributeur automatique la laissèrent de marbre. Elle refusa de suivre à travers la foule une femme au maquillage de scène, portant un manteau de fourrure, sans aucun doute une des Rockettes, peu intéressée de découvrir la porte dérobée menant au célèbre Music-hall. Elle se plaignit si fort du goût des châtaignes grillées que j'avais achetées dans un stand du parc que Daisy et moi ne pouvions plus prétendre les apprécier. Elle avait peine à croire que Radio City Music-hall ne vendît pas de pop-corn. Rien ne put la persuader de sauter dans un autobus pour aller « voir » Greenwich Village. Pendant le retour en train, elle ne cessa de gémir qu'elle avait mal au ventre et elle gâcha irrémédiablement notre journée en demandant à sa mère, ce soir-là, de m'expliquer qu'au cours de l'après-midi, elle avait reçu la visite de son « amie ». Sans doute fallait-il voir là une façon de s'excuser pour sa mauvaise humeur. Ou un simple prétexte. Un appel à l'indulgence émanant d'une adolescente tout aussi découragée que son entourage par ce qu'elle était, par son manque d'humour, par son intelligence à toute épreuve, par ce visage et ce corps lourdauds qu'elle n'avait certes pas choisis...

Je dis à ma tante que je comprenais et j'adressai un sourire chaleureux à Bernadette en pyjama. Plus tard, j'invitai Daisy à venir dans mon lit, ou plutôt, à me rejoindre dans son lit à elle et, tandis que sa sœur dormait, je lui promis qu'elle viendrait me trouver toute seule au cours de l'été, pendant une semaine ou deux, voire trois ou quatre, autant de semaines que le lui permettrait son père. Juste nous deux, murmurai-je. Serait-elle assez courageuse pour prendre le train seule ? Dans l'obscurité, elle répondit d'un signe de tête : oui, elle le serait.

*

Mes parents s'étaient installés à Long Island quand j'avais deux ans. Ils avaient pris cette décision sachant que je serais leur seule enfant — ils avaient déjà la quarantaine bien sonnée — et que je serais jolie, d'une rare beauté. Une jeune Elizabeth Taylor était le mot qui venait tout de suite à l'esprit. Plus tard, dans la société de l'East End, ce fut une jeune Jackie Kennedy... Yeux bleus, cheveux bruns, lèvres charnues et peau diaphane. Bref, un contraste saisissant avec cette famille de rouquins aux visages rougeauds qui se penchaient au-dessus de mon berceau, se demandant si je n'étais pas la preuve que du sang français coulait dans les veines de la famille. À en croire ma mère, je devais ma beauté à la seule intervention de la petite Thérèse, ma sainte patronne française, c'était sa manière pieuse et sans prétention de réfuter à la fois leurs compliments qui encourageaient la vanité et l'idée que notre héritage irlandais eût été mâtiné de quelques gouttes d'un sang impie.

Enfants d'immigrants qui avaient beaucoup lu mais n'étaient guère instruits, mes parents ne voyaient mon avenir qu'en termes de partis potentiels. Ils estimaient mes chances restreintes par toute cette marmaille juive, irlandaise, polonaise ou italienne qui envahissait la ville et la proche banlieue où leurs moyens leur permettaient de s'offrir une maison. Ils emménagèrent à l'autre bout de

Long Island parce que les gens aisés habitaient l'autre bout de Long Island, ne fût-ce que pendant les mois d'été. Me placer ainsi dans un environnement où je pourrais être repérée par certains de ces nantis revenait, à leurs yeux, à me doter de tous les atouts.

Peu importait que notre maison de deux chambres eût été jadis une cabane de pêcheur, que nos voisins, les Moran, entassent vieux sommiers et pièces de voiture dans la partie de leur jardin qui donnait sur la rue, ou que mes parents aient à faire la navette entre l'endroit où nous habitions et Riverhead pour se rendre au travail : le voisinage des riches était ce qu'ils recherchaient. Aussi, dès que j'eus une dizaine d'années, m'encouragèrent-ils à répondre à des petites annonces pour garder des enfants ou pour seconder la mère de famille pendant l'été, me conduisant à mes entretiens, histoire de vérifier la taille de la maison, de la piscine et le nombre de domestiques avant que j'accepte le travail. En pénétrant dans ces halls d'entrée hauts de plafond, donnant sur la mer ou sur une piscine au bord de laquelle la maîtresse de maison, mince et bronzée, retirait ses lunettes de soleil à mon approche, j'avais l'impression de m'insérer à la perfection dans ces charmantes rêveries estivales auxquelles ces jeunes et non moins charmantes mères de famille s'étaient adonnées au mois de mars, dans leur appartement de Fifth Avenue.

À peine sur le marché, je fus embauchée, bien que je n'eusse que dix ans et que Mrs. Carew cherchât une adolescente. L'été suivant, tout le monde me réclamait, car j'avais passé haut la main l'examen des autres jeunes mères du Maidstone Club et de la Grande Plage. Aux yeux de ces dames, j'étais jolie, intelligente, réfléchie, mais encore immature sur le plan physique, un autre atout. Ajoutez à cela que j'étais bien imprégnée des manières catholiques irlandaises vieux-jeu de mes parents, dont les parents avaient eux-mêmes passé leur vie au service de ces riches Américains. Enfin, et surtout, j'étais adorée tant par les enfants que par leurs animaux familiers...

Je ne sais de qui j'ai hérité ce don pour m'occuper des plus jeunes, qu'il s'agisse d'enfants ou d'animaux. Étant moi-même encore une enfant lorsque j'ai commencé à garder d'autres enfants, j'ai senti dès le départ qu'ils appartenaient à mon royaume, percevant mon autorité comme un simple rapport hiérarchique. Au milieu d'eux, j'étais l'aînée, ne fût-ce que d'un ou deux ans, et en cette qualité, il était tout naturel que je fusse adorée et glorifiée... À vrai dire, je ne m'attardais pas sur ce genre de détails. Quand ils s'accrochaient à moi et me cajolaient, quand les garçons, malades d'amour, posaient la tête sur mes genoux, quand les filles me suppliaient de les laisser emprunter mes bagues ou me coiffer, je prenais tout bonnement cela comme un dû. J'étais Titania [1] parmi ses fées. L'été de mes treize ans, j'avais même surnommé les enfants Kaufman Cobweb et Peaseblossom [2], et ce, pour leur plus grande joie. Quant aux chiens, chats,

---

1. Reine des fées dans *Le Songe d'une nuit d'été* de William Shakespeare. (*Toutes les notes sont de la traductrice.*)
2. Deux des quatre fées de la cour de la reine de Titania.

lapins et gerbilles qui semblaient suivre les penchants de leurs jeunes maîtres à mon égard, au sein de notre petit royaume, ils n'étaient soumis qu'aux prescriptions de la nature.

Si ironique que cela pût paraître, ma façon de m'y prendre avec les animaux domestiques me causa plus d'ennuis avec mes employeurs que ma façon de m'y prendre avec leurs enfants. Disons que si d'aventure une mère se déclarait blessée par l'insistance avec laquelle son enfant réclamait ma compagnie pour peu qu'un cauchemar eût troublé sa sieste ou qu'il se fût couronné le genou, les pères, eux, étaient carrément ulcérés par les changements de fidélité qu'ils notaient chez leurs animaux domestiques. Je me souviens, en particulier, d'un jeune labrador noir, répondant au nom de Joker, qui refusait de me quitter, fût-ce pour aller courir sur la plage aux côtés de son maître venu passer le week-end. J'avais beau le supplier d'avancer, le forcer à se remettre sur ses pattes, murmurer des encouragements dans son oreille de velours, il se contentait de remuer nonchalamment la queue au son de ma voix et de se rasseoir à mes pieds. Et les enfants de rire sur le porche ou sur la couverture de plage, et le malheureux propriétaire du chien ainsi rejeté de prendre un air consterné... L'été suivant, j'appris par les enfants que certains pères avaient insisté pour que je ne revienne pas...

La seule explication, le seul secret de mon succès auprès des enfants, c'était, je suppose, que nous nous appréciions mutuellement. Même si j'avais passé mon enfance dans ce qui me paraissait une sorte de paradis bucolique, j'avais été seule la plupart du temps, comme c'est souvent le cas pour les enfants uniques dont les parents travaillent tous deux. Qui plus est, quand ces enfants uniques, issus de parents plus âgés, habitent un village composé surtout de villas estivales et de non-résidents... Sans doute n'avais-je jamais passé autant de temps avec qui que ce soit, hormis mes parents, qu'avec les enfants dont j'avais la responsabilité. Du coup, je n'avais pas à inventer pour eux des jeux ou des distractions, je n'avais qu'à les inclure dans les jeux et les distractions de ma propre invention auxquels je m'amusais depuis longtemps.

Et puis il y avait les Moran. À l'exception d'un couple âgé que je ne voyais que les jours où ma mère m'envoyait leur porter un pot de confiture de prunes, un panier de tomates de notre jardin ou le surplus de poissons que mon père avait péchés, les Moran étaient nos uniques voisins à temps complet. Selon mes premiers souvenirs, Mr. Moran vivait seul. Je le prenais alors pour un capitaine de la marine marchande à la retraite. Sans doute était-ce à cause d'une plaisanterie de mon père que j'avais mal interprétée. Ce dernier disait souvent que Mr. Moran « avait du vent dans les voiles », une référence plutôt nautique pour une enfant de six ans... À moins que mon oncle Tommy, le frère terrible de ma mère, de qui je devais, à coup sûr, avoir hérité mes dons pour m'occuper des enfants et des animaux, ne m'ait raconté cette histoire et que je l'aie crue. Peut-être, enfin, avais-je tout simplement déduit cela rien qu'à voir Mr. Moran, avec ses jambes arquées, sa maigreur digne de Popeye et son éternelle barbe de deux jours. Sa maison, per-

27

pendiculaire à l'arrière de la nôtre, était entourée d'une haute haie qui ne laissait entrevoir que le gravier de l'allée et un coin de pelouse hirsute. Je ne me souviens pas de l'avoir beaucoup vu à cette époque. Je l'entendais parfois chanter de l'autre côté de la haie tandis que je jouais dans notre jardin. Il fredonnait des chansons populaires celtes que je prenais pour des chansons de marins. Parfois, je surprenais mon père en train de bavarder avec lui par-dessus notre palissade ou sur la jetée du Three Miles Harbor à laquelle tous deux amarraient leur bateau. À l'occasion, une voiture de la police municipale s'arrêtait dans l'allée de Mr. Moran, pour le ramener après une cuite. Par deux fois mes parents avaient dû appeler la police, la première, quand il était apparu à l'heure du dîner la lèvre fendue, la bouche ruisselante de sang, la deuxième, le jour où ils l'avaient trouvé gisant sans connaissance sur notre pelouse, le visage enfoui dans l'herbe, le pantalon baissé jusqu'aux chevilles. Ils avaient essayé de m'épargner un tel spectacle mais j'avais tout de même jeté un regard furtif, à vous donner des frissons, sur cet arrière-train d'adulte, aussi gris et morne qu'une dune en hiver. Après cet incident, Sondra, la fille de Mr. Moran, emménagea avec sa famille dans la maison délabrée.

Cela se passa au cours de l'hiver qui précéda mon premier travail d'aide maternelle chez Mrs. Carew. Sondra était une blonde oxygénée en ces jours où, sous l'influence de Marilyn Monroe et de Jayne Masfield, le blond oxygéné était gage de séduction instantanée. Vêtue d'une veste d'agneau noire, elle tenait un bébé dans les bras et trois jeunes bambins aux cheveux filasse tournicotaient autour d'elle. En ce premier jour, il n'y avait pas trace du père. Ils arrivèrent dans un break aux côtés recouverts de panneaux en bois qui, une fois déchargé, passa la semaine dans la rue. Ma mère les avait vus arriver depuis la fenêtre de la cuisine et moins de deux heures plus tard, en sortant par la porte de service, je trouvai les trois petits à plat ventre sur la grande planche de notre balançoire, suspendue à un arbre. Cela devait se passer en janvier ou en février, l'air sentait les froidures hivernales de l'océan, seule la fille portait une veste et un chapeau, les deux garçons étaient en sweat-shirt et pantalon de pyjama. Tous trois avaient des chaussettes aux mains, mais pas aux pieds, ce que je pus constater quand, moins de dix secondes après que je lui avais dit bonjour, Petey, l'un des garçons, se pencha un peu trop loin sur le siège de la balançoire et atterrit la tête la première sur une racine gelée.

Des ruisseaux de sang coulant sur un crâne rose, dont ils zébraient le chaume blond, resteront toujours pour moi l'emblème des enfants Moran. Jamais je ne reçus un sou pour m'occuper d'eux, mais il me suffisait de sortir par la porte de derrière pour que l'un, l'autre, voire toute la tribu, se rallie soudain à ma houlette. Je les trouvais affalés contre notre clôture, tous quatre, voire tous cinq, mis à la porte de leur propre maison par leurs parents en furie, à moins que je n'aperçoive l'un ou l'autre assis dans notre jardin, l'air désespéré, des larmes striant ses joues sales, et, la plupart du temps, du

sang provenant de quelque plaie : un coude égrati-
gné, une piqûre de moustique qui avait été grattée,
une entaille dans le cuir chevelu. Tant et si bien que
si j'en ramenais un chez nous pour nettoyer sa
blessure et laver ses mains et son visage, je pouvais, presque à coup sûr, donner la date et les circonstances des autres égratignures.

Le mari de Sondra arriva huit jours plus tard,
vague silhouette qui allait et venait, tantôt en
complet sombre, tantôt en jeans, tantôt, je le
redoute, carrément sous les traits d'un autre
homme. Sondra se bagarrait avec lui et avec son
vieux père, ils échangeaient des jurons, se lançaient
des objets à la figure, puis elle partait en voiture en
faisant crisser les pneus sur l'allée à n'importe
quelle heure du jour ou de la nuit. Quant aux
enfants, largués dans son sillage, ils semblaient
atterrir sur la route, sur notre pelouse, sur les
marches à l'arrière de la maison, telles les retom-
bées d'une explosion.

De temps à autre, les jeunes Moran apparaissaient avec un nouvel animal, un chat ou un chien
qu'ils avaient trouvé, un bout de corde à linge noué
autour du cou, ce pouvait être aussi une tortue, une
salamandre ou un oisillon. Bien entendu, je finis-
sais toujours par devoir m'en occuper, du moins
jusqu'à ce qu'ils s'échappent, meurent ou soient
réclamés par leur propriétaire. Deux d'entre eux
étaient des habitués : Rags, un petit clebs aussi
crasseux qu'adorable, et Garbage, un chat roux
tigré.

L'été où Daisy vint chez nous, j'avais limité mes
gardes d'enfant à Flora, la fille de l'artiste, mais

j'arrondissais mes fins de mois en promenant des chiens et en gardant des chats pour des habitants du quartier. Âgée de deux ans et demi, Flora était une enfant assez facile et j'avais pour mission de passer la prendre chaque matin pour l'emmener sur la plage, si le temps le permettait, de lui donner à déjeuner là-bas, de la laisser faire la sieste puis de la ramener vers quatre ou cinq heures afin que la femme de chambre la baigne et la mette au lit. Les jours de pluie, nous jouiions dans sa chambre ou je la ramenais chez moi, veillant sur elle comme sur un vase en porcelaine fine, la tenant hors de la portée des mains sales des enfants Moran. Toute petite pour son âge, elle avait très peu de cheveux et sa mère l'habillait toujours de robes blanches et amples comme on en voit sur les bébés des tableaux. Sa mère était une espèce de danseuse ou d'actrice grande et mince dont le visage dégageait certaine austérité avec son nez pointu, ses hautes pommettes et sa bouche pincée. Ajoutez à cela certain grenu ombrant de gris sa peau impeccable, et qui vous rappelait le béton coulé dans les règles de l'art. Elle devait avoir une bonne trentaine ou quarantaine d'années de moins que le père de Flora, l'artiste, voire davantage. C'était un vieil homme assez quelconque, lunettes, pantalon kaki, le dos voûté. Une longue mèche blanche semblait se dresser sur sa tête, telle une langue de feu d'une blancheur immaculée. Je ne pense pas avoir jamais trouvé où elle prenait au juste racine, mais ses cheveux me donnaient l'impression d'ondoyer sans cesse, comme une flamme, sans doute frissonnaient-ils au gré des constants remous de son cerveau d'artiste. À en croire mes parents, c'était un génie. Il peignait de gigantesques toiles abstraites dans un atelier de la taille d'un garage, à côté de sa maison, parfois même sur l'allée de graviers. Il ne s'agissait pas de tableaux particulièrement riches en couleur ou intéressants mais ses croquis de Flora et de son épouse accrochés dans la chambre de Flora me laissaient supposer qu'il savait ce qu'il faisait.

La première fois que je gardai Flora, il me donna un échantillon de son travail. C'était une soirée de début de printemps, au cours du mois d'avril qui précéda la venue de Daisy. Ils m'avaient appelée en dernière minute, leur femme de chambre avait raté son train et ils avaient une soirée à Southampton. Mon père me déposa devant leur porte, la cuisinière me fit entrer. Je le trouvai assis devant un bureau étroit dans leur salle de séjour au plafond bas, tout en longueur. En attendant sa femme, il dessinait, ou plutôt, il griffonnait, deux ou trois lignes de fusain sur du papier Canson. Je me présentai. Tout en continuant à dessiner, il me répondit que sa fille et sa femme n'allaient pas tarder. Assis de biais par rapport au petit bureau, ses longues jambes croisées, il dessinait, jetait son dessin, recommençait. Tandis que j'attendais, assise au bord de ce qui ressemblait à un canapé de cuir blanc aussi moderne que peu pratique, il dut utiliser une cinquantaine de feuilles et d'après ce que je voyais, le motif sur chacune d'elles était rigoureusement le même. C'est à peine s'il leva les yeux quand Flora entra à pas hésitants dans la pièce, ou quand elle marcha sur ses dessins éparpillés par terre. Elle portait une chemise de nuit blanche et ses cheveux fins se dressaient sur son crâne comme ceux de son père. Une jolie enfant mais à sa façon, personnelle autant qu'étrange. Je lui montrai le magazine que je feuilletais et, sans la moindre hésitation, elle s'appuya contre mes jambes. Le temps que sa mère arrive, vêtue, si mes souvenirs sont bons, d'une tenue élégante d'inspiration vaguement chinoise, Flora était sur mes genoux. Tandis que je recevais les recommandations d'usage, telles que le numéro de téléphone où les contacter en cas d'urgence et les lumières que je devrais laisser allumées quand Flora s'endormirait, je remarquai qu'il continuait à dessiner et à jeter ses dessins par terre. Puis, sans lui dire un mot, sa femme se pencha pour embrasser la tête de l'enfant, pointa son grand nez en direction de la porte d'entrée et sortit. Je me demandai un instant s'il allait l'accompagner, s'il était le mari et non pas un grand-père en visite que je devrais aussi surveiller. Je continuai à montrer à Flora les illustrations du magazine, pour l'aider à oublier le départ de sa mère, tout en le regardant, lui aussi, du coin de l'œil. Il dessina d'autres croquis ; alors, de lui-même, comme s'il était seul dans la pièce, il se leva lentement, s'arrêta, et, toujours debout, se pencha au-dessus du bureau pour dessiner une fois de plus le même motif. À ce point, Flora et moi avions parcouru tout le magazine, et maintenant elle me tenait la main, me tirant vers une corbeille de livres à côté du bureau de son père. Il leva la tête, l'aperçut et lui adressa un sourire distrait avant de me regarder. Il retira ses lunettes. Il avait cette peau délicate presque fripée fréquente chez les vieillards. Il tenait à la main le morceau de fusain et je pouvais voir qu'il lui avait sali les doigts. J'eus droit à un autre genre de sourire, tandis qu'il roulait le fusain entre son pouce et son index, me détaillant du regard. Ses cheveux blancs frémirent comme sous l'effet d'une légère brise.

« On m'a dit que vous étiez la baby-sitter *par excellence,* » dit-il, non pas à ma façon, mais comme quelqu'un qui parlerait vraiment français.

Je lui répondis que j'aimais les enfants, c'était tout. Il hocha doucement la tête, comme s'il s'agissait là d'une donnée à la fois triste et complexe, puis il remit ses lunettes et reprit son croquis. Il le signa avec le fusain et me le tendit, par-dessus la tête de Flora.

« Emportez ça chez vous et encadrez-le, reprit-il. Ça vous aidera à envoyer tous vos enfants à l'université. »

Disons qu'à première vue cela ne présentait pas grand intérêt : une boucle, une ligne, une espèce de patte de poulet, et que l'on percevait une vague influence orientale. Je notai toutefois que le papier était épais et de belle qualité. Il se dirigea nonchalamment vers la porte, sans raison apparente, même si j'entr'aperçus, quand il l'ouvrit, les phares de la voiture dans laquelle elle était assise. Je pouvais entendre l'impatient ralenti du moteur. Sitôt qu'il fut parti, je glissai le dessin entre les pages d'un numéro de *Life* que je posai sur la table de l'entrée afin de ne pas l'oublier. Je pensai moins à l'aide qu'il m'apporterait pour envoyer mes gosses, *tous* mes gosses, à l'université qu'à l'affront que ce serait pour cet homme si je ne prenais pas la peine de le ramener chez moi. Il pouvait fort bien être un génie, un artiste célèbre, un homme dont la signature et les griffonnages avaient de la valeur, mais j'avais quinze ans, j'étais jolie et je ne doutais pas un instant que l'avantage était de mon côté.

Le lendemain, Flora me réclama dès son réveil et elle se mit à pleurer en se rendant compte que je n'étais plus là. Prompte à céder à ses caprices, sa mère m'appela pour savoir si j'aimerais l'emmener se promener dans sa poussette puis elle me demanda si j'accepterais de recommencer chaque jour après l'école et, l'été venu, de m'occuper d'elle à temps complet. Si tant est que l'été vienne un jour... ajouta-t-elle avec une pointe de mélodrame, parce que, depuis des semaines, le temps était froid et humide, le ciel était couvert et elle s'ennuyait, s'ennuyait, oui s'ennuyait d'être ici alors que la saison commençait à peine. Ici à seule fin que son mari puisse travailler... Elle pointa le nez en direction de l'atelier grisâtre où l'on apercevait deux ampoules esseulées pendant à la fenêtre, trouant l'obscurité de l'allée. Travailler... C'était pour moi une nouvelle acception de ce mot : jusqu'ici, je n'avais jamais associé dessin et peinture à la notion de « travail ». L'idée me plaisait. Je commençais à aimer leur maison, tout en longueur, basse de plafond, dotée de nombreuses baies vitrées et qui fleurait bon le Chanel et la fumée de pipe. J'aimais déjà Flora.

Cet arrangement n'enchantait guère mes parents, car il ne semblait pas m'offrir autant d'occasions de rencontrer d'éventuels copains que si j'avais gardé les enfants d'agents de change, d'avocats ou de pontes de la chirurgie esthétique. Je leur rappelai que Daisy allait venir et que passer la journée avec Flora me permettrait de passer aussi la journée avec Daisy, alors que tout autre emploi de baby-sitter contraindrait Daisy à rester seule jusqu'à mon retour. La pauvre Daisy, expliquai-je, méritait pour une fois de passer un bon été... Du coup, ma mère, dont la compassion à l'égard de Daisy était un merveilleux prétexte à sa désapprobation à l'égard de la sœur de mon père, leva les yeux au ciel, s'exclama : « Pauvre Daisy ! » et le déroulement de mon été fut ainsi décidé.

*

« La première chose ne sera pas tant de défaire ta valise que de sortir tes affaires de leurs emballages », expliquai-je à Daisy. Elle s'assit par terre à mes côtés, ses petites jambes maigrichonnes allongées devant elle afin de nous permettre d'admirer ses chaussures rose bonbon. J'avais essayé de la dissuader de les porter avec des chaussettes, arguant qu'après tout, c'était l'été, mais elle avait timidement insisté qu'elle se sentait mieux dedans avec des chaussettes. Le rayon de soleil qui pénétrait dans ma chambre les dotait d'un reflet irisé, d'une touche de bleu métallique au-dessous du rose. Je le lui signalai, elle me répondit, au comble du bonheur, qu'elle ne l'avait pas remarqué.

« Sans doute n'étaient-elles pas comme ça avant », commentai-je.

À voix basse, elle me demanda ce que j'entendais par là.

« Elles sont en train de changer, lui répondis-je carrément. Ce ne sont plus les mêmes que celles que tu as achetées au magasin d'usine. Ce ne sont même plus les mêmes chaussures que celles que ta mère a mises ce matin dans ta valise. Elles sont en train de se métamorphoser, je ne sais pas encore en quoi. Il va falloir être patientes. Peut-être que le jour où tu repartiras chez toi, elles seront toutes bleues ou même argentées. Qui sait si ces pierres-là ne seront pas devenues de vraies pierres précieuses ? » ajoutai-je en me penchant et en tapotant une des fausses turquoises collées sur le cuir bon marché.

Je sortis ses affaires de la valise, les entassai : quatre shorts, trois tenues de tennis, un corsaire, des sous-vêtements, des pyjamas que je retirai un par un de leur emballage, enlevant épingles et morceaux de carton aux formes bizarres. Je les lui fis essayer et fus consternée de voir que non seulement tout devrait être repassé afin de lisser les plis dus à la présentation sous cellophane, mais que tout était trop grand d'une taille ou deux. Voilà bien la logique de ma tante Peg, et voilà bien la preuve que son amertume filtrait à travers ses moindres faits et gestes. Pas question pour elle d'envoyer sa fille cadette passer l'été chez ces snobinards de Hampton avec une valise pleine des vieux vêtements de Bernadette. Jamais de la vie ! pouvais-je l'entendre dire à l'oncle Jack, tandis que tous deux étaient assis à leur table de cuisine devant leur dessert préféré, une macédoine de fruits en conserve saupoudrée de minuscules guimauves. Pas question ! Daisy partirait chez sa cousine avec des vêtements neufs, encore dans leurs emballages. D'un autre côté, tante Peg ne voulait pas non plus que mes parents et moi oubliions que la vie n'était pas facile pour un agent de la circulation avec huit enfants, qu'elle était loin d'être aussi facile que pour un ménage dont le mari et la femme travaillaient et n'avaient qu'une fille, que des luxes tels qu'un short pour la saison, acheté dans un grand magasin et non dans un magasin d'usine, n'étaient tout simplement pas envisageables pour une famille aussi dure à la tâche que la leur. Le refrain « Pauvre Daisy » avait, nul doute, ses avantages : une bouche de moins à nourrir et un enfant de moins à surveiller, quelques semaines pendant l'été, mais si débordée, si épuisée fût-elle, tante Peg tenait à impressionner son enfant par sa dignité et son sens pratique.

Debout dans ma chambre, ses chaussures roses aux pieds, la pauvre Daisy accrochait ses pouces aux trop vastes emmanchures de sa tenue de tennis, tel le célèbre Mr. Green Jeans des bandes dessinées, tirant sur ses bretelles.

« C'est un peu grand », s'exclama-t-elle, riant de voir la jupe plissée lui arriver presque aux genoux. En dessous du coton mélangé de polyester de la robe bon marché, j'apercevais sa poitrine maigrichonne avec ses creux ombrés, ses tétons roses. Même à huit ans, sa peau presque diaphane avait cette aura d'initiation à la lumière propre au nouveau-né.

« Gardons-la pour Bernadette », déclarai-je.

Là-dessus, je me levai. « Par ici, Daisy Mae »,
dis-je.

Notre maison était si petite que les deux
chambres donnaient dans la salle de séjour et que
l'endroit où le plafond de la salle de séjour descendait pour loger l'escalier du grenier délimitait la
salle à manger. Une cabane de pêcheur, sans aucun
doute, construite à la fin du XIXᵉ siècle. Avec une
cheminée en pierre, des planchers à grosses lattes,
un grenier où l'on pouvait se tenir debout et qui
fleurait le cèdre, les boules antimites, la poussière
et, par des journées aussi ensoleillées que celle-ci,
la tiédeur du vieux bois. On y accédait par un escalier raide dont les marches tournaient légèrement
en bas et sur le palier. Une fois parvenue au grenier, je me penchai pour prendre la main de Daisy,
elle tremblait. Parvenue aux deux dernières
marches, Daisy retira sa main et se mit à ramper
sur le plancher du grenier, handicapée par ses
chaussures roses. Rassurée de voir le plancher au-
dessous d'elle, et de constater que l'escalier était
à une saine distance, elle se retourna et s'assit, les
jambes écartées, comme si elle se retrouvait là
après une chute plutôt qu'une escalade. « Ça va ? »
demandai-je, riant afin d'atténuer sa panique. Elle
hocha la tête, haletante, sa robe dans laquelle elle
flottait, déployée autour d'elle comme une robe de
bal. « Oui », répondit-elle tout bas.

Le grenier était mon lieu de prédilection, Dieu
sait pourtant combien j'adorais, même à l'époque,
le moindre recoin de cette maison. C'était un
assemblage de chevrons, de trésors des temps jadis
et de lézardes ensoleillées filtrant à travers les murs

ou par la lucarne. Sous un avant-toit étaient placés deux vieux lits de fer ayant appartenu aux parents de ma mère, ils disparaissaient sous des édredons à l'ancienne et deux oreillers de plumes ratatinés, la chambre des invités, comme disait ma mère — mon oncle Tommy étant le seul invité qu'elle eût jamais accueilli... On y trouvait une chaise de style Queen Anne dont la tapisserie avait perdu ses couleurs, des lampes passées de mode aux abat-jour ornés de glands. Une commode. Un miroir en pied. Une malle de paquebot ouvrant sur le côté. La cantine de mon père quand il était sous les drapeaux, avec son nom et son grade peints au pochoir, et l'étiquette jaunie du *Queen Mary*. On y apercevait quantité de tapis roulés ainsi que deux brocs et cuvettes, vestiges d'une époque révolue. Des cartons bourrés de vieilles photos, de décorations de Noël, de revues et de livres. Mon berceau démonté. Mon landau noir recouvert d'un vieux drap. Ma balançoire bleu pâle, mon cheval à bascule. Notre grenier avait tout d'un décor de scène. Ma scène.

Sous l'autre avant-toit, était rivée une longue tringle métallique, à laquelle étaient accrochés, dans des housses en toile, nos manteaux d'hiver suivis de l'histoire de ma vie à travers mes vêtements. Ma mère avait ainsi suspendu, par ordre chronologique, mes robes, chemisiers, pantalons, jupes et shorts de sorte que, derrière le pardessus de mon père, venaient la jupe d'uniforme de mon école catholique, dont je m'étais débarrassée à peine une semaine plus tôt, à la sortie des classes, mes blouses et tricots d'uniforme également, ma robe et mon manteau de Pâques, ma robe-chemisier verte pour la Saint-Patrick, ma robe de Noël en velours, mes kilts et cardigans d'automne, puis mes tenues de l'été dernier désormais trop petites, mon uniforme de jeune lycéenne, une autre robe de Pâques, etc. Un inventaire ordonné et très révélateur. Je n'avais qu'à faire défiler les manches des robes de velours ou les épaules jaunes, roses, bleues de mes manteaux de Pâques pour trouver le bonheur de Daisy.

Je tirai la première robe dont je me souvenais, une robe blanche à fleurs jaune pâle, avec une large ceinture en velours de coton vert, des petites manches ballons, un col rond, une jupe froncée. Daisy regardait, assise par terre, mais, quand je lui tendis la robe, elle se leva lentement, se dirigea avec précaution vers moi, hésitant, semblait-il, à faire confiance aux lattes du plancher, tièdes et usées. Je m'agenouillai devant elle, déboutonnai sa robe et la lui retirai. « Lève les bras », ordonnai-je, l'aidant à passer ma vieille robe. Je la fis tourner afin de boutonner le dos, puis je nouai la ceinture. « Comme tu es belle ! » m'exclamai-je. Belle, elle l'était : ce jaune, ce blanc, ce vert allaient si bien avec ses joues rouges et ses cheveux roux.

« Je pourrais la mettre dimanche pour la messe », dit-elle un peu essoufflée. Je lui répondis une fois de plus : « Pourquoi attendre jusqu'à dimanche ? »

Je lui montrai mes vêtements d'enfant à l'extrémité de la tringle, les petites robes sur leurs cintres, et, sur l'étagère au-dessous, des boîtes contenant mes tricots, mes pyjamas et même une poignée de couches en coton usées, le tout enveloppé de papier de soie, maintenu fermé par des blocs de cèdre. Je lui mis une boîte sous le nez et lui dis d'inspirer. « N'est-il pas étrange que tous mes vêtements d'enfant aient cette odeur ? demandai-je. À croire que mes parents ne m'ont pas ramenée de la maternité, mais d'une forêt lointaine... À croire qu'ils m'ont trouvée sur un lit de mousse, blottie entre les racines d'un vieil arbre... Cela vous laisse songeur », poursuivis-je, l'air mystérieux, aimant Daisy pour la façon dont elle était là, pendue à mes lèvres, la bouche ouverte, les yeux brillants. Je refermai la boîte et la replaçai sur son étagère.

« Dis-moi, Daisy Mae, tu as des souvenirs d'avant ta naissance ? » demandai-je.

Elle réfléchit et répondit que non, elle ne pensait pas en avoir.

« Tu ne te souviens pas de Dieu ? repris-je. Ni du ciel ? Ni des anges ? Ni des autres enfants qui attendaient de naître ? »

Elle plissa le front.

« Je ne crois pas, répondit-elle.

— Tu ne te souviens pas non plus d'avoir rencontré Kevin — un de ses jeunes frères — ou Brian, ou Patrick — ses autres frères — avant votre naissance à tous ? »

Elle secoua la tête.

« Tu devrais essayer de t'en souvenir, insistai-je. Tu n'as que huit ans. Vois-tu, j'avais beaucoup de souvenirs de tout ça jusqu'à ces dernières années. Tu devrais y réfléchir et voir ce que tu découvriras. »

Je lui dis que je me rappelais le nom de Robert Emmet.

« Je devais avoir à peu près ton âge, ajoutai-je, quand j'ai demandé à ma mère qui était ce Robert Emmet. Après un long silence, ma mère m'a répondu qu'il s'agissait d'un patriote irlandais que son père appréciait beaucoup. Je lui ai dit qu'elle se trompait, qu'il s'agissait d'un petit bébé. Un petit bébé, encore en langes. C'était de ce Robert Emmet-là dont je parlais.

» J'appris par la suite que ma mère avait mis au monde un autre bébé, un garçon, mort à la naissance, et que celui-ci avait été baptisé Robert Emmet par la sage-femme, car c'était le prénom que mon grand-père avait donné lorsqu'elle avait posé la question à mon père et que ce dernier était resté sans réponse.

» Il était clair, poursuivis-je, que mon frère et moi nous étions rencontrés, que nous avions échangé nos prénoms à un moment situé entre sa naissance et la mienne. J'avais aussi entr'aperçu mon grand-père, j'en étais sûre et certaine, mais je n'en avais pas de souvenir aussi précis. »

Je me dirigeai vers la vieille commode et j'ouvris tout grand le tiroir du bas. Des cartons de chaussures y étaient alignés les uns contre les autres. Dans l'un d'eux, ma mère avait rangé les affaires de rasage de son père, une tasse enveloppée de papier de soie, une brosse, un long rasoir à la lame effilée, un flacon brun de Bay Rhum dont l'étiquette était un dessin jauni et taché représentant un palmier et une plage. Je sortis la bouteille, la montrai à Daisy. Je la débouchai. Elle était vide, mais il en émanait une discrète odeur de rhum. Je lui demandai à nouveau d'inspirer.

« Vois-tu, je me rappelle avoir senti cette odeur quelque temps avant ma naissance, lui dis-je. À mon avis, mon grand-père et moi nous sommes croisés, lui quand il se rendait là-haut, moi quand j'en descendais, il est mort en mars et je suis née en avril. Il me semble que je l'ai sentie quand il m'a tapoté la tête en passant près de moi. »

Je rebouchai le flacon et le rangeai dans la boîte.

« Ça y est, m'exclamai-je. Je crois que je me rappelle. »

Je regardai Daisy. Elle hochait la tête, l'air étonné, ses lèvres retombant en une moue perplexe, comme si, tout compte fait, mes propos lui paraissaient aussi rationnels que vraisemblables. Elle était jolie comme un cœur dans ma vieille robe, avec ses chaussures et ses chaussettes roses. Je la pris dans mes bras, la fis tournoyer une ou deux fois et la posai par terre. Tandis que nous retournions jusqu'à la tringle à laquelle étaient suspendus les vêtements, je lui racontai que mon oncle Tommy dormait au grenier à chacune de ses visites, et qu'il ne manquait pas de dire, avant de grimper l'escalier : « Si j'aperçois le fantôme, je le saluerai de ta part. »

J'ajoutai qu'il racontait parfois que le vieux pêcheur qui avait bâti cette maison apparaissait la nuit, là, debout près de la fenêtre, et qu'il scrutait l'horizon en fumant sa pipe. La première fois qu'il était apparu, oncle Tommy lui avait demandé : « Puis-je faire quoi que ce soit pour vous, monsieur ? » L'homme s'était à peine retourné, il avait remué la main dans son dos et répondu : « Non, non. Non merci », d'une voix qui masquait si mal son émotion que l'oncle Tommy s'était abstenu de poser d'autres questions, se contentant, jusqu'à ce qu'il se rendorme, d'observer l'homme qui scrutait l'horizon en fumant sa pipe.

Un soir, l'oncle Tommy revint à la charge : « Puis-je vous apporter une chaise, monsieur ? » L'homme agita encore une fois la main en disant : « Non, non. » Toutefois, le lendemain matin, l'oncle Tommy apporta d'autorité une chaise près de la fenêtre et, à sa grande satisfaction, en s'éveillant la nuit suivante il constata que l'homme était assis, tout à son aise, les jambes croisées. Qui plus est, si étrange que cela puisse paraître, l'oncle Tommy me raconta qu'un petit garçon dormait sur ses genoux.

« Qui était-ce ? » demanda Daisy.

Je haussai les épaules. « Qui sait ? »

Je sortis une robe bain de soleil en vichy rouge et blanc, retenue aux épaules par des rubans. « Je la trouve très mignonne aussi », dis-je. Une autre suivit, cette fois en broderie anglaise blanche, puis un pantalon corsaire rose, assorti à ses chaussures. « Peut-être qu'un de ces jours nous irons dormir là-haut, toi et moi », lui dis-je.

Après un instant d'hésitation, elle répondit : « D'accord », les yeux rivés sur la robe que je tenais contre elle.

« Il se pourrait que le seul fantôme que nous croisions soit moi à ton âge, curieuse de voir qui porte mes vêtements », dis-je.

Avant de redescendre, je lui conseillai de retirer ses chaussures si elle appréhendait l'escalier.

Elle secoua la tête. « Ne t'inquiète pas », dit-elle.

Je passai devant elle, les robes drapées autour de

mon bras, me retournant à chaque marche pour m'assurer que tout allait bien. L'escalier n'ayant pas de rampe, Daisy descendait les mains plaquées au mur, avec la même lenteur, la même prudence inquiète que si elle avançait le long de la corniche d'un immeuble.

« Tu as le vertige ? » lui demandai-je à mi-chemin.

Elle fit non de la tête. Elle ne pouvait détacher son regard des marches, ni de l'ourlet de ma vieille robe, ni des chaussures roses dont les petits talons en bois et les semelles glissantes claquaient contre chaque marche. « J'ai peur de tomber », répondit-elle.

*

Je m'éveillais chaque matin au son des voix de mes parents étouffées par la cloison derrière mon lit. Ils dormaient dans des lits jumeaux à la tête recouverte de cuir matelassé, séparés par une table de nuit. En ces premiers instants de la journée, ils conversaient à voix basse. J'imaginai à un moment qu'ils se racontaient simplement leurs rêves, comme ils auraient pu se raconter les détails d'une banale visite au supermarché. J'avoue que c'était pour moi une énigme qu'ils ne partagent pas le même lit, mais commencent chaque journée en se parlant comme s'ils n'étaient qu'un en esprit. Le papier peint de ma chambre et de la leur foisonnait de roses jaunes grosses comme le poing qui, sous mes yeux, se muaient en visages jaunes de poupons ridés, de gargouilles grimaçantes, d'anges gardiens étonnés, d'enfants de chœur peinturlurés aux bouches ovales grandes ouvertes, tandis que j'essayais de comprendre ce qu'ils disaient.

Mes parents se levaient à cinq heures du matin, ils prenaient leur douche, déjeunaient et étaient en général partis à six heures. Durant l'année scolaire, ils me déposaient dans un collège privé tenu par des religieuses, situé à une trentaine de kilomètres, un pensionnat accueillant les filles de riches Asiatiques et Sud-Américains, avec juste une poignée d'externes, histoire de rassurer les gens du coin, mais pendant l'été la maison était à moi. Il en avait été ainsi depuis presque aussi loin que remontent mes souvenirs, même si, à une époque, sans doute avant que je sois en âge d'aller à l'école, la vieille Mrs. Toughey venait s'immiscer là-dedans les matins d'été avant que mes parents ne partent au travail, se fondant dans cette savante organisation comme la demi-cuillère à café de sucre que ma mère ajoutait prestement au thé noir qu'elle préparait pour mon père et pour elle. Même auparavant, Mrs. Toughey n'était qu'un ajout après réflexion, rapidement dilué dans la vaste solitude de la petite maison. La pauvre femme, pâle et frêle petite veuve, habitait le village. Guère plus qu'un fantôme elle-même, elle passait, en général, sa journée dans le fauteuil où elle avait pris place sitôt que mon père l'avait fait entrer.

Comme je l'ai dit, j'adorais cette maison et j'aimais surtout ces matins d'été où le soleil éclairait la cuisine et les chambres alors que, grâce à la vieille cheminée en pierre, la salle de séjour demeurait fraîche, humide et odorante, telle une grotte inhabitée depuis peu. Je la traversais pieds nus, me rendant à la cuisine où mes parents prenaient leurs œufs au bacon, poursuivaient leur échange du petit matin, histoire de tuer le temps. Quand ils m'apercevaient, mon père tirait la troisième chaise, ma mère sortait une assiette, comme si j'étais un hôte inattendu. Elle me versait du thé qu'elle avait préparé juste pour eux deux, le saupoudrait de sucre tandis que je prenais un morceau de toast ou de bacon de l'assiette entre eux. Ils poursuivaient leur conversation, m'adressant un mot par-ci par-là, tel un coup d'œil oblique. Ils continuaient à parler à voix basse comme si j'étais toujours en train de dormir, évitant, me semblait-il, de me regarder.

Je crois qu'à ce point, mes parents éprouvaient une légère inquiétude à mon égard. Ils appréhendaient, certes, mes changements physiques : ces longues jambes nues que je repliais sous mon menton tandis qu'avec mes dents, je découpais dans mon toast des formes bizarres, mes épaules qui s'étoffaient sous mon tee-shirt, ma poitrine naissante, la rapidité avec laquelle la beauté sans apprêt de l'enfant que j'étais s'affinait, s'épurait, devenait plus subtile. Ils redoutaient tout autant ce qu'ils prenaient pour la réalisation à brève échéance des espoirs qu'ils avaient mis en moi, à savoir mon intégration en ce monde au seuil duquel ils s'étaient donné tant de mal pour me placer. Le plus ironique, sans doute, dans leurs ambitions à mon égard, dans leur façon de m'éduquer autant que dans l'opinion qu'ils avaient d'eux-mêmes, c'était que je n'appartiendrais pleinement à ce monde meilleur peuplé de nantis et de prétendus génies que le jour où je reconnaîtrais que mes parents eux-mêmes n'y appartenaient pas. Que la meilleure preuve que j'aurais gravi les échelons sociaux serait mon mépris pour les petites gens auxquels ils étaient liés de manière inextricable.

Des êtres adorables, mes parents, mais leur rêve de me voir arriver socialement était si fort et leur confiance en ma réussite si totale qu'ils s'inquiétaient de ce qui leur en paraissait les conséquences, même au cours de cet été de mes quinze ans où je n'évoluais que dans mon milieu social. Redoutant la façon dont je me détournerais d'eux, ils se détournaient de moi, me laissant, cet été-là, davantage livrée à moi-même que je ne l'avais sans doute jamais été.

Un jour où ils étaient partis au travail, je pris une pêche dans la coupe de fruits sur le comptoir, puis je traversai à nouveau la salle de séjour. Notre porche était petit et carré, le sol en était recouvert de grandes lattes grises laquées ; ses moulures et sa balustrade blanches étaient humides à cette heure de la matinée. Je m'assis sur les marches avec le journal et le livre que je devais lire pendant l'été. Des buissons de lilas encadraient le porche, les dahlias de mon père longeaient la clôture à claire-voie. De l'autre côté de la route étroite et goudronnée, on apercevait une haute haie, telle une bâche de protection vert foncé s'étirant sur toute la longueur de la rue, visant à masquer le pavillon par-derrière, mais servant aussi à donner l'impression que notre maison était la seule à être habitée, ou que nous étions la seule famille assez courageuse pour vivre au vu et au su des étrangers. Je lus le journal et mangeai la pêche, jetant le noyau sur la pelouse. Je descendis les trois marches menant au bouquet de lilas, j'en secouai les branches, en recueillis la rosée dans ma paume et me frottai les mains l'une contre l'autre pour les débarrasser du jus poisseux de la pêche. Levant ensuite la tête, je fermai les yeux et secouai à nouveau les branches, cette fois pour retirer le jus qui restait sur mes lèvres. La rosée était fraîche, malgré les premières ardeurs du soleil sur les feuilles, je relevai mes cheveux et me courbai sous les branches pour la sentir sur ma nuque. Je secouai la tête pour faire frissonner les lilas, une goutte de rosée glissa sur ma chemise et le long de ma colonne vertébrale. Une branche retint mes cheveux au moment où je me redressais. Je tendis la main pour les dégager, la branche s'enfonça dans mon cuir chevelu, raclant ma nuque, tel un doigt pointu. Je me rapprochai, m'éloignai, me rapprochai à nouveau, m'emmêlant encore davantage les cheveux, mais prenant plaisir à être ainsi retenue, m'abandonnant à cette force à la fois caressante et agressive. Je me retournai sous la branche puis, laissant retomber mes cheveux, j'enfouis mes épaules dans les lilas et leurs feuilles vertes, faisant le gros dos comme un chat, appréciant la moiteur de mon tee-shirt, les gouttes de rosée sur mes bras. Passant les doigts dans mes cheveux, des tempes au sommet du crâne, je trouvai la branche qui les avait accrochés. Avec douceur, je m'en libérai et m'éloignai.

Et ils étaient là, dans le livre de poche, sur la marche, ces mots que je cherchais : envoyez-moi le grand amour, ou je meurs...

Je secouai le bas de mon tee-shirt, le remontai,

non qu'il fût mouillé mais parce que je voulais un peu de soleil sur mon ventre. Je l'aurais carrément retiré si j'en avais eu le courage. Je secouai mes cheveux et les nouai sur ma nuque. Je chassai la rosée sur mes bras puis je traversai la pelouse ensoleillée, me dirigeant vers l'arrière de la maison où une haie longeait le bas des deux fenêtres des chambres. Je l'enjambai, pieds nus dans la terre molle et moite, et me penchai sur l'appui de ma propre fenêtre. Je plaçai ma bouche contre la moustiquaire, à l'endroit où la fenêtre était surélevée, respirant ses relents métalliques et âcres. « Margaret Mary Daisy Mae, finiras-tu par te lever ? » appelai-je.

À travers le grillage sombre, je la vis remuer dans mon lit, s'asseoir brusquement et regarder autour d'elle. Je pressai mes lèvres contre la moustiquaire, le goût de la pêche encore sur ma langue. « Il y a du travail », lui dis-je. Elle se frotta les yeux et répondit d'une voix encore tout ensommeillée : « Je suis réveillée. »

Je me glissai hors de ma cachette derrière la haie et j'entrai par la porte de service. Je repérai des muffins dans le garde-manger. J'en fis griller un pour elle, le beurrai et le tartinai avec la confiture de prunes de ma mère. Je lui servis un verre de jus d'orange et le lui apportai avec le toast quand elle émergea de ma chambre portant la robe à fleurs, ses chaussettes blanches et ses chaussures roses. Ses cheveux étaient ébouriffés, et sa peau diaphane était aussi délicate que la gaze des rideaux de ma mère. Je posai le verre et l'assiette sur la table de la salle à manger. « Ça va, Daisy Mae ? » lui demandai-je. Elle hocha la tête et s'assit docilement. « J'ai sommeil, c'est tout », répondit-elle. Je la regardai manger. Elle se tenait très bien à table, une main et la serviette posées sur ses genoux, une bouchée à la fois, veillant à mâcher la bouche fermée. Elle portait la serviette à ses lèvres après chaque gorgée de jus d'orange. Bref, elle se soumettait à tous les raffinements que l'oncle Jack exigeait à sa table en formica dans la cuisine bondée de la maison non moins bondée de Queens Village où je l'avais vu présider au petit déjeuner avec son revolver de fonction dans son étui encore plaqué contre sa hanche. Je ramassai la seconde moitié du muffin, la repliai et lui demandai : « Ça ne t'arrive jamais de faire ça ? »

Elle secoua la tête. Son regard était fatigué, je lui montrai le morceau de pain ainsi replié. « Mords là-dedans », ordonnai-je. Elle mordit. Je lui montrai alors le cercle parfait qu'elle avait ainsi découpé au milieu. Je lui fis lever l'index et y passai le muffin tel un anneau gigantesque. « Tu peux l'emporter et le grignoter toute la journée », lui dis-je.

Je posai son assiette et son verre sur le comptoir de la cuisine tandis que nous nous dirigions vers la porte de service. Je devais commencer par sortir le chien des Kaufman, lui expliquai-je. Puis celui des Richardson. Nous passerions ensuite nourrir les chats des Clarke en allant chercher Flora. Je lui donnai la main pour franchir la clôture à l'arrière de la maison, la laissant s'amuser à garder son muffin en équilibre sur l'autre main. Nous longeâmes la maison des Moran, elle était silencieuse. Les stores de la pièce du devant étaient en partie baissés, selon les fenêtres, donnant à la maison cet air horrifiant, hébété, d'une personne somnolant, un œil vitreux entrouvert. Sur la pelouse, nous aperçûmes l'éternel hors-bord tout rouillé, voisinant avec une grande boîte en carton défoncée, un tuyau d'arrosage abandonné, une pataugeoire en plastique dégonflée, des jouets en morceaux éparpillés çà et là et des vélos. Un slip blanc de petit garçon était accroché à la haie, on aurait dit un ballon crevé. Je me réjouis de voir que les enfants Moran ne donnaient pas encore signe de vie, je voulais être toute à Daisy ce matin.

Nous marchions au centre de la route, chantant « Zippidy, zipper doo ! » en balançant les bras quand elle perdit l'équilibre dans ses chaussures, roses, il me fallut la rattraper par le bras pour l'empêcher de se couronner les genoux, ce qui ne fut guère difficile, poids plume qu'elle était. J'aurais aussi bien pu la hisser sur ma tête. Tandis qu'elle se remettait de son émotion, l'ombre de ses peurs de la veille effleura son visage, mais j'obtins un éclat de rire quand je lui demandai si elle appréciait sa promenade. À présent, le soleil inondait les arbres où s'agitaient les oiseaux. De la brume s'élevait encore des champs de pommes de terre bruns et des pelouses vertes entourant les maisons plus importantes. Les rares personnes qui nous croisaient en voiture nous saluaient de la main. Il restait encore assez de lapins pour que Daisy soit aux anges.

J'ai tenu jusqu'ici à exclure de ce récit, et plus encore de mes propres souvenirs, l'automne et l'hiver qui attendaient la pauvre Daisy, car même s'il y a de fortes probabilités pour que cela marque le point final de cette histoire, ce n'est pas, après tout, la raison pour laquelle j'ai décidé de la raconter. C'est toutefois cette matinée qu'elle mentionna au téléphone, fin février, alors qu'elle m'appelait de Queens Village. « Tu te rappelles le matin où on a vu tous les lapins », dit-elle. Le matin où elle avait porté à son doigt un anneau grenat, le muffin à la confiture de prunes. Jusqu'à ce que Red Rover le mange. Ce matin de juin...

La maison des Kaufman était plutôt modeste, un pavillon d'un étage, couvert de bardeaux de cèdre, devant lequel une allée de gravier décrivait une courbe, des volets blancs et des bacs à fleurs verts lisérés de rouge. J'avais été la baby-sitter chez eux, deux étés plus tôt, et j'avais surnommé Cobweb et Peaseblossom les jumeaux, Colby et Patricia. L'été dernier, ils avaient accompagné leur mère en Europe — ma mère avait flairé, et à juste titre, un divorce — et cette année, ils devaient aller en colonie de vacances jusqu'au mois d'août. Leur père passait toutefois l'été ici et c'était lui qui avait appelé en demandant si j'accepterais de lui donner un coup de main avec le chien les trois jours par semaine où il devait être en ville. Court sur pattes, la calvitie naissante et juif, c'était un homme affable, beaucoup plus aimable que sa blonde épouse presbytérienne aux foulards de madras de chez Brooks Brothers.

Un après-midi, à l'époque où je travaillais chez eux, nous venions de nous asseoir autour de la table près de la piscine à notre retour de la plage, quand il se pencha et plaça son avant-bras à côté du mien. Enveloppés dans leurs serviettes de plage, les jumeaux somnolaient sur mes genoux, mais ils se ressaisirent aussitôt pour voir ce que faisait leur père. « Regarde-moi ça », dit-il. Son bras était tout bronzé, couvert d'une forêt de poils noirs et le mien était plutôt rouge, comme toujours après la plage. « C'est à se demander si nous avons vraiment passé la journée sous le même soleil ! » commenta-t-il. Là-dessus, il se pencha sur moi pour extirper de leur drap de bain les petits bras dorés des enfants et, tandis que nous nous efforcions d'aligner nos huit bras, il s'agenouilla devant nous, son torse nu effleurant mes genoux et il nous enlaça dans une sorte d'étreinte. Alors commença une grande discussion pour savoir lequel d'entre nous était le plus bronzé, je fus d'emblée déclarée la plus pâle, leur père le plus hâlé. Ils appelèrent leur mère pour les départager. Elle venait de sortir du bungalow près de la piscine vêtue d'un kimono en coton, portant des mules, enturbannée d'une serviette éponge. Elle nous rejoignit, se pencha, ajoutant son bras à cette palette mordorée. Il était d'une jolie teinte, plus claire que celle des enfants, plus foncée que la mienne. Sa peau, lisse et luisante, sentait le citron. Elle laissa son bras posé là un moment, son peignoir s'entrouvrit une seconde et j'aperçus le motif arachnéen des vergetures blanches sur ses seins bronzés ; alors, sans proclamer le gagnant, elle se leva puis elle dit à son mari assis contre mes genoux : « Je peux te parler, s'il te plaît ? »

Le docteur Kaufman se pencha par-dessus mes genoux pour embrasser la main des deux enfants. « Vous êtes très beaux, tous les deux », dit-il et il laissa courir ses doigts le long de mon bras en se relevant. Il toucha mes cheveux et remarqua : «Toi aussi, tu es belle, ma petite Irlandaise. » Là-dessus, il suivit son épouse dans la maison. Les jumeaux enfouirent aussitôt leur tête sous les draps de bain et se blottirent contre moi. Cobweb suçait encore son pouce et Peaseblossom mordillait le bout de sa natte. Je me mis à leur chantonner des chants de Noël car ils adoraient ça : *Douce Nuit, Il est né le divin enfant* et *Dans une étable obscure*. Sentant tous trois l'eau de piscine et l'ambre solaire, ayant eu notre soûl de soleil, nous nous abandonnions à la délicieuse tiédeur dans l'ombre du parasol, au gré de la brise de terre. C'est alors que j'entendis leur mère appeler par les fenêtres ouvertes à l'arrière de la maison. Je crus d'abord qu'elle avait laissé tomber ou perdu un objet et disait : « Oh! qu'est-il arrivé? » ou bien : « Oh! Où est-il passé? » J'allai jusqu'à me demander un instant, jusqu'à ce que je me rappelle qui elle était, si elle n'essayait pas de chanter?

Mais le son ne devint jamais paroles ni chant et ce ton, ce timbre, le volume même de sa voix vibraient de résonances nouvelles, qui n'avaient jamais filtré à travers la cloison tapissée de roses qui séparait la chambre de mes parents de la mienne. J'essayai de me concentrer sur les enfants : le pouce de Cobweb était retombé sur ses genoux, mais je sentais, même si je ne pouvais m'en assurer, que Patricia avait les yeux grands ouverts. La voix de leur mère devenait plus forte. Oh! Qu'est-il arrivé? Où est-ce passé? Mais dans une langue inconnue de moi. Les seules voix que j'avais entendues à un diapason aussi élevé étaient celles d'êtres en colère : les frères de Daisy en train de se disputer ou les religieuses les plus abominables de mon école exigeant notre respect. J'avais beau savoir que ce n'était pas de la colère, je ne fus pas étonnée quand elle se mit à jurer ou à proférer ce qui ressemblait à des jurons puis, à la fin, de l'entendre crier le nom de son mari : Phil, Phil, Phil ! Je crus percevoir par-derrière un chut, chut, chut émanant de ce dernier, une injonction qu'effaça sa voix tandis qu'elle se muait en une sorte de cri. Bien avant que je n'ose m'avouer que je comprenais ce qui se passait, j'eus la réaction de plaquer la paume de mes mains contre les oreilles des enfants. Le cri le céda à un gémissement, à une interminable série de gémissements puis à un rire guttural qui, même après l'agitation des dernières minutes, semblait déplacé, sonnait faux, rauque, à croire qu'elle faisait effort pour qu'on l'entende. Pour que je l'entende. Un silence s'ensuivit, puis son mari s'écria : « Oh ! oh ! oh ! » comme si on lui tordait le pouce.

Il se passa quelque temps avant qu'ils émergent de la maison, douchés et habillés. Les enfants, qui avaient dormi à poings fermés sur mes genoux, recommençaient tout juste à remuer et j'avais des crampes dans les jambes. Elle me reprit les jumeaux avec douceur, les emmena dans la maison, où la cuisinière avait commencé à préparer leur repas puis elle se tourna vers moi et, de sa voix monocorde et nasillarde, elle me proposa un ultime plongeon dans la piscine avant de rentrer chez moi. Je m'élançai dans l'eau avant tout pour cacher ma gêne. Quand je ressortis, il était sur le patio, en train de bricoler le gril. J'enfilai mon tee-shirt sur mon maillot de bain humide, attrapai mon sac de plage, mon drap de bain et mes tongs. « Bonsoir, docteur Kaufman », dis-je. Il se tourna pour regarder par-dessus son épaule, orientant vers moi son visage mais non pas ses yeux. « Bonsoir, mon petit lapin en sucre », répondit-il, se servant avec moi du même terme d'affection qu'avec ses enfants.

Les jumeaux mangeaient des croque-monsieur à la table réservée au petit déjeuner. Je les embrassai, leur dis bonsoir, puis, parvenue à la porte d'entrée, je desserrai l'étreinte de Cobweb, accroché à ma taille, lui promettant des centaines de fois que je serais là le lendemain matin dès son réveil. Je rentrai à la maison aux premières ombres du crépuscule. Des éclats de ce ciel bleu qui s'enténébrait et de ce coucher de soleil ensanglanté qui s'attardait incrustaient désormais d'un sombre joyau ma vision de la vie de couple — la vision de mon avenir encore informe.

L'été dernier, alors que ma mère avait cru que le voyage en Europe annonçait le divorce des Kaufman, j'avais pensé pour ma part que cet après-midi-là était la meilleure preuve qu'elle se trompait. Je ne me rendais pas compte, avait-elle affirmé, de la facilité avec laquelle les non-catholiques pouvaient divorcer. Quant à elle, elle ne se rendait pas compte, négligeai-je de rétorquer, des fantaisies auxquelles étaient capables de se livrer les Kaufman par une fin d'après-midi d'été...

La niche du chien se trouvait derrière le bungalow de la piscine, bien triste sans les jouets et les bouées des enfants. Sitôt qu'il nous aperçut, Red

Rover s'élança contre la clôture, comme si j'avais orchestré leur retour. C'était le parfait setter irlandais, nerveux mais bien dressé, aussi ne m'attendais-je pas à ce qu'il se précipite ainsi sur Daisy dès que j'ouvris la porte, dévorant son muffin et la renversant presque à force de s'agiter et de frétiller de la queue. Daisy était ahurie mais elle n'avait pas peur et, même si elle reculait, elle était plus près du rire que des larmes. J'attrapai Red Rover par le collier et je fis claquer sa laisse à l'instant où il s'arrêtait pour lécher la confiture sur ses mâchoires. Puis il se tourna vers moi, l'air de dire : « Oh ! c'est toi ! » et, ne se sentant plus de joie, il se mit à passer la langue sur mon visage et mon menton, ses pattes contre ma poitrine. Je dus l'écarter et le faire sortir par la porte du chenil, accrochée à la clôture, Daisy riait comme une folle.

Nous continuâmes en direction de la plage de la gendarmerie maritime où je pouvais le laisser courir sans laisse. Daisy était encore un peu sous le choc, je l'envoyai s'asseoir sur un rocher, lui conseillant de retirer chaussures et chaussettes avant de marcher sur le sable. « Il se peut que demain tu préfères mettre tes chaussures de tennis », lui dis-je. Elle s'assit ainsi que je le lui avais demandé, mais elle n'essaya pas de retirer ses chaussures roses. Je gardais un œil sur Red qui ne cessait de se retourner au fur et à mesure qu'il avançait, faisant mine de nous attendre, mais s'éloignant toujours un peu plus. Je le savais trop couard pour s'aventurer bien loin, mais je n'avais aucune envie d'être forcée d'aller le rechercher à Amangasett, devant être chez Flora à neuf heures.

Je me tournai vers Daisy, elle n'avait pas encore commencé à retirer ses chaussures. « Le sable va les abîmer, Daisy Mae », lui dis-je, me penchant pour les lui retirer moi-même. Sans crier gare, elle éloigna son pied et quand je levai la tête et la regardai, surprise, elle avait le nez en l'air, prenant une de ces poses outrées d'enfant mal élevée que je ne l'avais encore jamais vue affecter. « Qu'est-ce qui se passe ? » demandai-je. Pour achever le tableau, elle croisa les bras sur le corselet de la robe au col Claudine et déclara, têtue : « Je refuse de les retirer. » Le soleil faisait ressortir les rouges et les ors de sa tignasse ébouriffée, laissant à croire qu'elle avait bien, ainsi que sa mère et Bernadette me l'avaient assuré, un tempérament de rouquine.

Je me levai et haussai les épaules. « Comme tu voudras », conclus-je et, sans ajouter un autre mot ni même la regarder, j'envoyai promener mes vieux tennis tout usés et me mis à courir vers Red Rover qui prit cela pour un signal et décampa à toute allure. Je lui courus après la laisse à la main, puis je ralentis le pas, il se mit alors à fureter, reniflant tout ce qu'il rencontrait le long du rivage, s'amusant à me garder près de lui sans en avoir l'air. Quand je finis par me retourner, Daisy courait vers moi sur la plage. Il me fallut quelques minutes pour m'apercevoir qu'elle tenait ses chaussures roses à la main mais qu'elle avait gardé ses chaussettes blanches et qu'elle pleurait. Je lui tendis les bras, elle me rattrapa, je la soulevai et la fis tournoyer. Quand je la posai par terre, elle éclata en sanglots contre ma hanche.

« Tu avais peur qu'on te les chipe ? » demandai-je. Elle attendit un moment avant de me répondre d'un signe de tête affirmatif.

« Tu n'as pas envie de retirer aussi tes chaussettes ? repris-je.

— Non », murmura-t-elle.

Voyant Red revenir vers nous en bondissant, je ramassai un morceau de bois flotté que je lançai pour le contraindre à reprendre la route. « D'accord », dis-je.

Assise sur le même rocher, Daisy secoua le sable de ses chaussettes et remit ses chaussures. « Tu ne veux toujours pas les retirer ? » hasardai-je. Non, fit-elle de la tête. « Tu n'as pas de sable entre les doigts de pied ? ». Elle sourit et fit à nouveau non de la tête. Je haussai les épaules. Avec les enfants, on ne sait jamais... Et si elle souffrait d'un ongle cassé ? À moins que ses frères et Bernadette ne lui aient dit que ses pieds sentaient mauvais ? Qui sait si elle n'avait pas peur qu'on lui vole ses pantoufles de vair ? Peut-être enfin s'agissait-il d'un simple caprice...

J'accrochai la laisse de Rover et nous reprîmes notre promenade en direction des Richardson. Ces derniers avaient deux scotch-terriers, un choix qui allait de soi pour un ménage de New-Yorkais bon chic bon genre, au vague accent britannique. Les scotch-terriers s'entendaient bien avec le setter. Aussi, pour gagner du temps, nous passâmes les prendre en ramenant Red Rover chez lui. La maison des Richardson était, comme il se doit, de style Tudor. Elle en imposait avec ses jolis jardins fleuris et ses nombreux domestiques. Chaque après-midi, les Richardson promenaient leurs chiens eux-mêmes pendant une bonne heure ou presque. C'est au cours d'une de ces promenades que je fis leur connaissance, au début du mois de juin, alors que je rentrais de la plage avec Flora. Mrs. Richardson était une de ces femmes qui n'y vont pas par quatre chemins, bruyante, le front barré d'une frange, persuadée, semblait-il, que le monde entier appréciait son franc-parler et son prétendu côté égalitaire. Son mari et elle furent ahuris par la frénésie avec laquelle leurs deux petits chiens se mirent à agiter leur courte queue quand nous nous croisâmes et, qui plus est, de les voir presque à plat ventre sur le sol sitôt que je me baissai pour gratter leurs oreilles.

« Dieu sait pourtant qu'ils sont, en général, terriblement distants... » dit-elle avec des intonations fleurant Sa Gracieuse Majesté. Se penchant sur le rebord de sa poussette, Flora n'en était pas moins ravie, aussi une conversation s'engagea-t-elle entre nous. Mrs. Richardson apprit donc, et de bonne source, que j'habitais ce charmant petit pavillon avec les dahlias — détail non sans intérêt —, que j'allais en classe à l'Academy — détail plus intéressant encore — et que je gardais la fille du célèbre artiste qui vivait en bas de la route — détail du plus grand intérêt. Forte du droit divin d'une reine douairière, elle me dévisagea et poursuivit : « Vous êtes très jolie, n'est-ce pas ? » Elle se tourna alors vers son mari, qui tenait sa pipe à la main. « N'est-ce pas ? répéta-t-elle, nous embarrassant tous les deux. Je parierais que vous êtes également une fille intelligente et travailleuse, n'est-ce pas ? » Elle aurait pu passer pour une actrice du temps du noir et blanc, tout emperlée, me lorgnant de son monocle. « On peut dire que vous avez séduit mes chiens », lança-t-elle. Au moment où nous nous séparions, voyant les scotch-terriers racler leurs petits ongles gris dans la terre pour exprimer leur peu d'enthousiasme à poursuivre leur promenade, je mentionnai que je m'occupais aussi des chiens de certains des voisins. « C'est vrai ? » s'exclama-t-elle. Elle adressa un sourire satisfait à son mari, l'air de dire : « N'avais-je pas flairé que le travail ne lui faisait pas peur à celle-là ? » Là-dessus, elle se tourna à nouveau vers moi. « Parfait », conclut-elle. Appréciant la façon dont ses chiens m'avaient adoptée et trouvant qu'ils prenaient un peu d'embonpoint avec l'âge, elle se demandait si je n'aimerais pas m'arrêter chez elle un matin et les promener un peu pendant que son mari et elle iraient jouer au golf ? « J'aimerais », répondis-je, comme si je la corrigeais, avouant à Flora, une fois que nous eûmes repris notre chemin, que si je n'en avais pas envie, je ne le ferais pas, n'est-ce pas ? Ainsi en fut-il décidé.

Comme d'habitude les chiens me furent confiés à la porte de service par l'une des domestiques. « Une bonne ? » murmura Daisy, amusée, comme s'il s'était agi d'un farfadet ou d'un centaure. Les trouvant beaucoup plus dociles que Red Rover, je donnai leurs laisses à Daisy, gardant pour moi celle de Red Rover. Large et imposante, l'allée où habitaient les Richardson était plantée de beaux chênes luxuriants et verdoyants en cette époque de l'année, elle était également bordée de pelouses et de haies sombres. À un moment, je restai un peu à la traîne pour observer Daisy avec ses cheveux en désordre, que je me promis de natter, ma vieille robe, ses chères chaussures roses et ses chaussettes pleines de sable. Elle marchait d'un pas solennel derrière les scotch-terriers replets et bichonnés qui, l'année où elle-même était née chez des parents débordés par leur ribambelle d'enfants, avaient fait le trajet d'Édimbourg à Idlewild en première classe afin d'être placés dans les bras accueillants de Mrs. Richardson.

Nous reconduisîmes Red Rover dans sa niche, lui donnâmes de l'eau fraîche, des biscuits pour chien tout en lui promettant de passer dans l'après-midi. Nous ramenâmes les scotch-terriers chez moi afin de prendre nos affaires de plage avant d'aller chercher Flora. Tony et Petey Moran étaient déjà assis sur notre porche, Petey avait un œil au beurre noir. À peine avions-nous pénétré dans le jardin que les deux garçons se ruèrent sur les deux chiens, tels de jeunes crétins pourchassant un cochon enduit de graisse. Ils s'élancèrent le torse en avant, les bras ouverts, se roulèrent dans l'herbe. Quant aux chiens, ils eurent la présence d'esprit de décamper à une vitesse étonnante, en poussant une espèce de grognement. Il me fallut élever la voix, pour rappeler les garçons à l'ordre, puis j'obtins que tout ce petit monde, y compris Daisy, s'asseye en cercle sur la pelouse. À ce point, les malheureux scotch-terriers étaient là qui haletaient, Petey et Tony haletaient eux aussi d'amour, de désir, sous l'effet de leur folle affection pour toute créature qu'ils pouvaient choyer ou caresser et, souvent même, involontairement blesser. Je laissai Petey s'asseoir à côté de l'un d'eux, Angus, je crois, je dois avouer que je les confondais toujours... Tony, lui, prit place aux côtés de Rupert je les regardai caresser chacun leur chien pendant quelques minutes. Les bêtes eurent tôt fait de s'accoutumer à ces longues caresses apaisantes, sinon à ces visages de petits garçons planant à côté d'eux, voire au-dessus d'eux comme pour leur donner un baiser. À un moment, Tony passa son bras autour du chien, il voulait le mettre sur ses genoux, mais je l'en empêchai. Ces chiens n'étaient pas si vieux que ça, expliquai-je, c'était leurs maîtres qui, eux, étaient vieux, et si les garçons les excitaient trop, ils pourraient bien se retrouver avec un nez en moins. Je guidai leurs mains sur le crâne des chiens et le long de leur échine. « Tout doux », leur recommandai-je. Là-dessus, je leur présentai Daisy, tous deux la regardèrent du haut de leur septième ciel. « C'est ma cousine, elle est venue me donner un coup de main cet été. »

— Salut », dirent-ils. « J'aime bien tes chaussures », ajouta ce fripon de Petey, avec une pointe de flatterie dans la voix, un ton qui, nul doute, allait de pair avec son œil au beurre noir, rappel d'un bandeau de pirate. Petey devait avoir neuf ou dix ans, il s'était tout juste affranchi de son habitude de me demander toutes les trois minutes : « Tu aimes mon frère ? » Il était celui des enfants Moran qui était le plus en manque affectif, ce dont pourtant ils souffraient tous. L'année précédente, il avait passé deux fois la nuit sous la haie devant ma chambre et deux fois mes parents avaient songé à appeler S.O.S. Enfants à son sujet, mais il ne souffrait pas de carence alimentaire, il allait en classe et ses plaies et blessures étaient ni plus ni moins les mêmes que celles de ses frères et sœurs ; toutes semblaient résulter de la malchance et de circonstances malencontreuses, être imputables à un accident autant qu'à la fatalité. Quand je demandai à Petey ce qui était arrivé à son œil, Tony m'expliqua à sa place qu'il courait en tenant deux verres contre sa figure, feignant de tenir des jumelles et qu'il avait heurté un montant de porte...

« Tu devais courir vite, dis donc ! remarquai-je.

— Il criait qu'il poursuivait la dernière cinglée sur terre, dit Tony.

— Et peut-on savoir qui était cette cinglée ? » demandai-je à Petey.

Il baissa la tête. « Baby June », répondit-il, puis, honteux, il enfouit son visage dans le cou d'Angus — ou de Rupert... ? Si étonnant que cela puisse paraître, le chien, toujours haletant, ne broncha pas, allant jusqu'à agiter la queue et à lever une patte comme pour assurer son équilibre.

Sans doute se rendait-il compte que jamais au cours de ses huit années chez les Richardson il n'avait été aussi utile. Je me penchai sur la pelouse et posai la main sur la tête échevelée de Petey. « C'est parfaitement clair... » dis-je, espérant qu'il comprendrait : « Je t'aime beaucoup, Petey. »

Une fois garçons et chiens domptés, je tendis les laisses à Daisy, me relevai et nous rentrâmes chez moi. Je rassemblai nos affaires de plage, préparai nos sandwiches, non sans jeter un coup d'œil par la fenêtre sur les enfants Moran, avec eux on pouvait s'attendre à tout. Les chiens étaient allongés sur la pelouse, les enfants continuaient à les caresser, il semblait même que Petey, Tony et Daisy étaient en train de bavarder. Daisy tressait négligemment les trois laisses en hochant la tête, quant à Tony, il arrachait des brins d'herbe tout en parlant. Je me demandai s'ils s'apitoyaient sur leur sort : le nombre de frères et sœurs, des parents débordés et une famille où vous étiez, certes, aimé mais peut-être pas autant qu'il l'eût fallu. Sur ces maisons qui sentaient le bois humide, les vieilles chaussettes et le détachant, où les parents se trompaient de prénom, vous giflaient distraitement ou vous regardaient comme si vous étiez bon à mettre au rebut, puis refermaient la porte, vous expédiant ainsi aux oubliettes en gémissant : « Où est-ce ? Oh ! Que s'est-il passé ? Oh ! oh ! oh ! » Une alchimie de misère, de bonheur, de colère, de rire et de douleur...

Je préparai deux sandwiches en plus pour les enfants Moran, mais au moment où je les leur apportai deux de leurs sœurs apparurent : Judy qui avait autour de onze ans et Baby June, dont la couche pendouillante était si mouillée qu'elle semblait laisser une trace de bave d'escargot sur le gazon. Je renvoyai Judy chercher une couche et je changeai le bébé sur la pelouse. Tony et Petey m'observaient tout en mangeant leurs sandwiches, offrant de vagues remarques : « Elle a des brins d'herbe sur les fesses », tels des maçons pendant la pause-café. Je jetai la couche humide dans le panier à linge de ma mère et laissai les garçons promener les scotch-terriers jusqu'au coin de la rue. Judy et le bébé les accompagnèrent. Une fois là, je les prévins qu'il fallait que je parte au travail. Ils rebroussèrent chemin sans trop se faire prier, mais quelques minutes plus tard, Tony et Petey arrivèrent en trombe sur leurs vélos. Parvenus près de nous, ils ralentirent puis ils nous contournèrent et repartirent en trombe. Ils nous attendaient quand, après avoir ramené les chiens, nous émergeâmes de l'allée des Richardson et ils nous suivirent presque jusque chez les Clarke, jusqu'à ce qu'une décapotable rouge au spacieux intérieur d'une blancheur éblouissante nous dépasse à une intersection. Debout sur leurs pédales, ils tentèrent de la poursuivre, curieux de savoir si elle appartenait à une vedette de cinéma. « On vous le dira ! » nous cria Petey, par-dessus son épaule, d'une voix grave, ayant l'insistance des répliques de bandes dessinées. Il était clair que nous étions deux à impressionner... « Il t'aime bien », dis-je à Daisy. Elle acquiesça d'un petit sourire satisfait, haussa les épaules et marmonna le « Ah ! ah !... » de rigueur, puis, en m'entendant répéter, ajouta le « Pas vrai... » pour la forme.

Je m'arrêtai, me baissai et saisis sa petite jambe maigrichonne. Je soulevai son pied, elle s'appuya contre moi, sautillant sur l'autre pour garder l'équilibre. Je feignis d'inspecter sa chaussure. Ses chaussettes blanches étaient encore pleines de sable. Une cicatrice brillait sur son genou et je notai une série de bleus sur son mollet couvert de taches de rousseur. Une fille qui a des frères... « Tes chaussures sont en train de devenir encore plus roses, dis-je en laissant retomber sa jambe et en prenant l'autre : Tu dois être amoureuse ! »

La maison des Clarke était de style plus ou

moins victorien avec un grand porche par-devant et, à l'arrière, un patio qui donnait sur une grande pelouse en pente et une petite mare entourée de joncs et de libellules. Mr. et Mrs. Clarke étaient des amis de mes parents, ils avaient les mêmes origines citadines et un revenu qui les situait, eux aussi, dans la bourgeoisie. Ils avaient hérité leur maison d'un oncle de Mr. Clarke, un célibataire qui avait réussi dans l'industrie du prêt-à-porter. Enfant, cette maison m'enchantait. Avec sa mare, son porche, les carreaux en losanges de ses baies vitrées, sa tourelle et son belvédère, elle semblait droit sortie d'un conte de fées, aussi, des années durant, avais-je pris l'oncle de Mr. Clarke pour une fée. Jusqu'au jour où j'appris qu'en fait de bonne fée, Tonde était une tante.... Dans ce pays des merveilles qu'était mon enfance solitaire, un tel legs semblait tout à la fois concevable et merveilleux : magie des joncs qui ployaient au vent, du rayon de soleil sur un carreau biseauté ou des battements d'ailes des libellules. Si je n'avais pas appris la vérité au cours de ma première année de lycée, une découverte lente, décevante, plutôt qu'une fulgurante révélation, qui sait si, en cette radieuse matinée de juin, bourdonnante d'abeilles, gazouillante d'oiseaux et sentant bon le lilas, je n'aurais pas dit la même chose à Daisy ?

L'été, les Clarke emménageaient dans un appartement situé sur la côte nord de Long Island, ce qui leur permettait de louer leur maison, de juin à septembre, à une famille aisée de Westchester, les Swanson. Les chats appartenaient aux Clarke mais l'idée de louer en bloc maison et chats plaisait à la famille de Westchester, car cela donnait à leurs enfants une chance de se familiariser avec les animaux domestiques sans avoir à s'en occuper toute l'année. Quant à moi, j'étais incluse dans le marché. Je m'occupais des chats pendant la semaine, quand les Swanson repartaient chez eux car, à la différence de nombreuses mères dont les maris travaillaient en ville et qui prenaient ici leurs quartiers d'été, Mrs. Swanson refusait de passer cinq nuits seule par semaine. Il m'arrivait aussi de garder leurs enfants le samedi soir. Mes parents refusaient que j'accepte de l'argent des Clarke puisqu'ils étaient de leurs amis et qu'ils semblaient avoir beaucoup de difficultés à entretenir la vieille maison. Les Swanson, eux, avaient toujours des dîners trop bien arrosés, aussi, à leur retour, me donnaient-ils le double de ce que je demandais.

Les Clarke et leurs locataires avaient développé une de ces étranges relations à long terme, qui tenait davantage d'une entente de gardiennage que d'une location estivale. Bien que n'ayant pas d'enfants — ils avaient des chats et leur empressement à louer chats et maison en disait long sur eux —, les Clarke avaient autorisé les Swanson à installer un panier de basket au-dessus du garage et une petite balançoire dans la cour. Ils avaient également permis aux Swanson de mettre un nouveau réfrigérateur dans la cave et de poser un store au-dessus du patio. Le jour où les Swanson proposèrent de changer le matériel électroménager de la cuisine et de repeindre la plupart des pièces, les Clarke acceptèrent. Ils laissèrent ainsi les Swanson acheter les meubles en rotin du porche et ne virent pas d'in-

convénient à ce qu'ils retirent la moquette relative-
ment neuve et vernissent le plancher. D'ici un ou
deux étés, les Swanson envisageraient une piscine,
une chance pour les Clarke, au dire de mes parents,
car cela augmenterait la valeur de leur propriété
tout en les assurant que leurs fidèles et généreux
locataires avaient la ferme intention de revenir y
faire de nombreux séjours. Plus tard, bien longtemps après que j'avais quitté la maison, alors que
les taux d'intérêt étaient astronomiques et que le
marché immobilier était en crise, les Swanson offrirent une somme coquette, permettant ainsi aux
Clarke d'acheter une maison sur la côte nord de
Long Island et un appartement en Floride. Une
telle proposition engendra maintes discussions
entre les Clarke et mes parents, les Clarke les suppliant de parler, à leur tour, à un agent immobilier.
D'après mes parents, une telle offre était une
chance extraordinaire pour les Clarke et un geste
purement affectif de la part des Swanson. Qu'importait si, dans une dizaine d'années, la maison des
Clarke vaudrait plus de dix fois ce que les Swanson
leur en avaient donné. Pendant un moment, il sembla que l'électricien et la femme de ménage de
Woodside avaient en fin de compte mieux réussi
que le gars de Westchester officiant à Wall Street
qui, selon la vieille plaisanterie, avait plus de dollars
que de bon sens...

Après leur avoir redonné de l'eau et avoir changé
leur litière, Daisy et moi préparâmes trois bols de
pâtée pour Moe, Larry et Curley, qui tournaient
autour de nos jambes, ronronnant leur amour et
leur fidélité à qui en voulait. Daisy s'assit sur le sol

avec eux, riant quand ils passaient sur sa robe qu'elle avait tirée entre ses genoux, ou en voyant Curley frotter son museau contre ses chaussures roses. « Ils sont si gentils », dit-elle. « C'est leur monnaie d'échange », répondis-je.

Profitant de ce que je devais ouvrir les fenêtres quelques instants, un autre service que Mrs. Clarke m'avait demandé, Daisy eut droit à un tour de la maison. Même si l'été n'en était qu'à ses débuts, avec les nattes en faux gazon, les vases tarabiscotés aux fleurs sauvages fanées et les chambres d'enfants, la maison était déjà davantage Swanson que Clarke. Les Swanson avaient un fils et une fille, Donald et Debbie, un choix de roi, selon l'expression de ma mère. À cause d'eux, les deux chambres d'invités qui, sous le règne des Clarke, étaient aussi simples et fonctionnelles que des cellules de couvent avec leurs murs blanc cassé désespérément nus, leur dessus-de-lit en chenille de coton blanc et leur petite commode en acajou, offraient désormais une explosion de couleurs, un fatras d'œuvres d'art en papier kraft, d'animaux en peluche bigarrés, de coquillages peints, de couvre-lits et rideaux bleu vif ou rose bonbon. Moe, Larry et Curley devaient, bien sûr, leurs noms à Mr. Clarke, homme aux bras courts, au visage rond, pugnace, lui-même un hybride des trois Stooges[1]... Ils nous suivirent dans chaque pièce, pointant et la queue et le museau,

---

1. Les Frères Stooges, Larry, Curly et Moe, étaient des comiques archiconnus aux États-Unis pour leurs rôles d'idiots profonds. Ils tournèrent une soixantaine de longs et de courts métrages.

indiquant par leur féline assurance que, quel que soit le décor, l'endroit appartenait à eux seuls. J'en vins à me demander si c'était à cause d'eux qu'en jetant un coup d'œil furtif dans les pièces, Daisy se sentait obligée de parler tout bas.

Au deuxième étage, où voisinaient une chambre d'invité et un grenier inachevé, je lui montrai la petite porte menant au belvédère. Autrefois, lui expliquai-je, quand il n'y avait ni téléphone ni télégraphe, la seule façon dont une épouse pouvait savoir si son mari parti en mer rentrerait sain et sauf était de scruter l'horizon, de jour une ligne bleue toute droite et continue, et de nuit, quand il y avait de la lune, une ligne presque impénétrable, noir d'encre. Il lui fallait regarder et regarder jusqu'à ce que le bateau de son mari apparaisse à l'horizon, d'abord un point infime, ou une toute petite lumière, rien d'autre. Pouvoir scruter l'océan, expliquai-je, était aussi important pour les épouses des marins et des capitaines au long cours que le seraient pour nous un téléphone, une radio ou même une boîte aux lettres. Sans la possibilité de sonder l'horizon dans l'espoir de voir apparaître le bateau de son époux, elle aurait été contrainte d'attendre entre les quatre murs de sa salle de séjour que son mari franchisse le seuil de la maison. Impossible alors de savoir si votre mari, votre fils ou votre père était en train de revenir, jusqu'à ce qu'il soit sur le pas de la porte.

Daisy écoutait poliment, elle approuvait de la tête, chassant ses mèches rebelles derrière ses oreilles en feuilles de chou, comme une gentille petite fille consciente qu'elle est censée apprendre quelque chose.

« Ça m'arrive de rester debout avec ma mère, les soirs où mon père travaille tard, commenta-t-elle.

— Oui, répondis-je, mais, vois-tu, il a la possibilité de téléphoner. S'il sait qu'il va être en retard, il peut appeler pour prévenir, mais à cette époque les marins ne pouvaient pas téléphoner.

— Parfois quand il est en retard, maman est vraiment inquiète, poursuivit Daisy, soulignant le "vraiment" en roulant les yeux.

— Ça se comprend », repris-je. Comme si tante Peg avait jamais pu garder son calme... « Imagine ce que ce serait s'il fallait que tu grimpes chaque soir sur le toit pour guetter sa voiture, s'il n'y avait pas d'autre façon de savoir qu'il arrivait, imagine ce que ce serait ! »

Elle haussa les épaules, l'air amusé. « Oui, ça serait drôle », dit-elle, mais je ne pus malgré tout la convaincre de sortir sur le belvédère pour entrevoir l'océan.

En traversant les pièces pour refermer les fenêtres, j'entonnai une chanson que chantait mon père, une des innombrables et lugubres mélopées de son répertoire. Il y était question d'un bateau qui jamais ne revint. Je n'en étais pas à la moitié du refrain que Daisy se joignit à moi. « Jamais, jamais ils ne revinrent, seule la mer sait ce qu'il advint d'eux. Et depuis ce jour, des cœurs aimants attendent le bateau qui jamais ne revient. » En entendant ces paroles chantées de sa petite voix frêle, contrastant avec celle de baryton de mon père, je fus frappée de voir que, contrairement à ce que j'avais toujours pensé, loin d'être empreintes d'une délicieuse et noble mélancolie, elles étaient d'une sentimentalité violente, voire cruelle. « Encore un voyage, laisse-moi traverser l'océan, dit le marin à sa femme, encore un voyage, laisse-moi traverser l'océan et jamais plus ne repartirai... mais jamais il ne revint. »

« Comment connais-tu cette chanson ? » demandai-je à Daisy, l'interrompant. Elle me répondit que sa mère la chantait, j'en conclus que mon père avait dû l'apprendre dans son enfance. Me mettant alors à la place de Daisy, elle m'apparut pour la première fois bien tragique pour la chanter à une enfant, et même si je l'avais entonnée, même si j'avais abordé le sujet avec mes leçons en sciences sociales sur les malheureuses femmes de marin, c'est la tante Peg que je blâmai pour avoir enseigné à la pauvre Daisy cette triste mélopée.

« Je n'ai jamais entendu ta mère chanter », remarquai-je. Daisy hocha la tête. « Ça lui arrive, surtout la nuit, pour nous aider à nous endormir. »

J'imaginai soudain la tante Peg, dans le couloir du premier étage, les mains sur les hanches, la pointe du pied scandant frénétiquement, comme si c'était une tâche de plus à achever : « Jamais revenu... Encore à la mer... Cœurs aimants... Guettant toujours... La vie est courte, la vie est cruelle... Allez, ça suffit, au lit, terminé ! » La vie est courte, la vie est cruelle... à qui le dites-vous !

Et pendant ce temps, le Sacré-Cœur lorgnait par-dessus son épaule...

Je me mis à l'imiter tandis que nous achevions de vérifier que les fenêtres étaient bien closes. Daisy se joignit à moi et à peine avions-nous refermé la porte de la cuisine et replacé la clef dans le pot de fleurs sous les marches du porche que nous nous mîmes à chanter à tue-tête, martelant les syllabes : « ja-mais re-ve-nus » jusqu'à ce qu'à l'énième répétition je hurle « cul au vent » au lieu de « cœurs aimants » et que Daisy, toute rouge, plaque vivement ses mains sur sa bouche — encore un des interdits de l'oncle Jack —, à la fois confuse et ravie. Cette euphorie teintée d'embarras étant, à mon avis, un parfait antidote au sinistre message de la chanson sur la cruauté du temps, du destin et les vains désirs de nous tous qui restons... Là-dessus, nous nous rendîmes chez Flora.

*

L'entrée de service menant chez Flora était difficile à repérer, ce qui lui donnait un avantage sur la grande entrée, située à trois cents mètres de là. « Nous y sommes », annonçai-je à Daisy, m'arrêtant au milieu de la rue. Détail charmant, elle commença par regarder dans les arbres avant d'apercevoir, au milieu des ronces, l'étroite grille de fer forgé en travers d'une trouée de la taille d'un enfant. « Ici ? » demanda-t-elle. « Ici », répondis-je. La haie était si haute, si dense que l'on pouvait se demander s'il y avait quelque chose par-derrière, d'où son hésitation après que nous avions traversé le bas-côté de la route et que je commençais à tirer sur les gonds récalcitrants. « Entre », lui dis-je, tenant la porte, mais elle s'arrêta. « Je peux ? » demanda-t-elle. « Bien sûr, répondis-je. C'est juste une porte de service. » Elle me regarda malgré tout d'un air méfiant jusqu'à ce que je pose la main sur son épaule et l'incite à avancer. « Ils ont prévu cette porte-là juste pour nous, expliquai-je. Ils l'appellent la porte du gardien, elle est juste pour nous. » Toujours prudente, Daisy entra, puis elle passa avec une certaine élégance sous la tonnelle basse et touffue alors que je me baissais pour me frayer un chemin à travers branches et feuillages.

À l'intérieur de la propriété, le sentier disparaissait sous les mauvaises herbes et les branches mortes, laissant entrevoir ici et là du sable et des gravillons. Il courait à travers un bosquet assez épais et le sous-bois, encore humide, dégageait une légère odeur de moisi. Le soleil, qui se faisait plus chaud au-dessus de nos têtes à mesure que la matinée progressait, semblait soudain bousculé dans son rythme immuable : cela aurait pu être n'importe quelle heure de la journée, le petit matin, la fin de l'après-midi, n'importe quelle saison ou presque. Je mentionnai cela à Daisy. « J'aime bien », dit-elle. À nos pieds, c'était la débandade des salamandres et des rats des champs. Là-haut, entre les feuilles, les ombres des oiseaux allaient et venaient. Je cueillis une tige de laiteron pour Daisy, elle hocha la tête, prenant son air sérieux, comme à chaque fois que je lui montrais quelque chose. Je lui pris la main.

Magie de cette lumière de cathédrale, de ces senteurs de terre moite, de bois humide... Et, sitôt que je distinguai la maison de Flora entre les arbres, griserie... Griserie de la discrète bouffée de peinture ou de térébenthine, qu'importe ce dont se servait le père de Flora, toutes deux étaient essences de l'art.

Il était dans l'allée, devant une vieille porte posée sur des tréteaux. Il remuait un petit pot de peinture. Une toile était placée contre le mur du garage. Elle avait à peu près la largeur et la longueur des bras d'un homme et elle était déjà mouchetée de gouttes de peinture noire et grise. Quatre autres pots de peinture, blanc, gris, noir, et, à ma grande satisfaction, rouge vif, chacun avec sa collerette de bavures, attendaient sur la table improvisée. Il avait aussi disposé sur la table des croquis qu'il étudiait tout en remuant la peinture, les fixant de cet air indifférent avec lequel il regardait son œuvre lors de ma première visite, l'évaluant en fonction de critères que je ne pouvais ni concevoir ni comprendre. Il avait une cigarette au coin de la bouche et, en entendant les chaussures de Daisy marteler les graviers de l'allée, il leva la tête, grimaçant un peu à cause de la fumée, le temps de voir ce qui, du sentier à travers bois, venait de surgir au grand soleil, puis, amusé, il se remit à son travail. Je lui fis un signe de la main par politesse et guidai Daisy vers le gazon pour assourdir ses pas.

« C'est ça l'artiste ? » murmura-t-elle. Je lui répondis que oui, c'était bien lui et lui recommandai de ne pas le dévisager.

« Il est très vieux, dit-elle en se retournant.

— C'est le père de Flora », répondis-je comme pour la contredire.

La femme de chambre nous accueillit à la porte d'entrée et nous expliqua dans son anglais précipité où l'on décelait un accent que la maîtresse de maison s'était rendue au village avec le bébé, qu'elle serait de retour d'une minute à l'autre et que nous devrions l'attendre. Je posai notre sac de plage près de la porte, puis je traversai le porche et j'allai m'asseoir sur une marche. Daisy me suivit. Le porche d'entrée était long et bas, il était pourvu de quelques sièges en toile blanche entre lesquels étaient placés deux cendriers sur pied. Trois petits cerisiers ornaient la grande pelouse du devant. Un jour, racontai-je à Daisy, nous y accrocherions des sucettes et peut-être des colliers en bonbons ou des bâtons de réglisse pour faire une surprise à Flora. Nous nous penchâmes pour regarder par-dessus nos genoux. La rosée avait assombri le bout de ses chaussures roses, je tâtai les paillettes pour voir si l'humidité les avait décollées. Il n'en était rien. Je traçai dans la poussière un damier pour jouer au morpion et me préparais à lui laisser prendre sa revanche quand nous entendîmes le père de Flora nous dire : « Excusez-moi, mesdemoiselles... » et il passa entre nous deux. Ses chaussures de toile et son pantalon kaki étaient tout barbouillés de peinture et ses chevilles nues avaient une teinte bizarre, un mélange de blanc jaunâtre et de rose bonbon. Ses vêtements dégageaient une odeur de fumée de cigarette et de térébenthine. À peine fut-il rentré dans la maison que Daisy se leva et alla au bout de l'allée, tendant le cou pour voir la toile contre le mur du garage.

« Qu'est-ce que c'est ? me demanda-t-elle tout bas.

— C'est un tableau, répondis-je.

— Qu'est-ce qu'il représente ? »

Je haussai les épaules. « Je n'en sais rien…
Quelque chose que le père de Flora a dans sa
tête… »

Impressionnée, elle regarda à nouveau la toile.
« Mais quoi? » insista-t-elle. La porte derrière moi
s'ouvrit, je fis pivoter mes genoux sur le côté pour
le laisser passer.

Vêtu d'un pantalon, il portait de vieilles savates
avachies, comme je n'en avais jamais vu sur aucun
homme, il tenait à la main, contre sa cuisse, un
verre contenant des glaçons et une espèce d'alcool
brunâtre, dont les effluves me rappelèrent l'oncle
Tommy. Ses doigts et son poignet desséchés par
l'âge étaient mouchetés de peinture sombre. Daisy
se tourna pour le regarder, elle en resta la bouche
entrouverte, les yeux écarquillés, comme si elle
avait devant elle un dragon. En passant près d'elle,
il lui caressa la tête, aussi distraitement que s'il
s'agissait d'un montant de clôture ou d'une statue
de jardin. Daisy s'empressa de grimper les marches
pour s'asseoir à côté de moi, ramenant ses chaussures roses sous sa jupe à fleurs. Au lieu de retourner à la table sur laquelle étaient posées les peintures ou à ses croquis, il emprunta la porte de côté
et nous vîmes s'allumer l'ampoule derrière la
fenêtre tout au fond du garage. Il était toujours là
lorsque la voiture de son épouse entra dans l'allée.

Flora pleurait sur la banquette arrière. Sa mère
se hâta de descendre. D'un ton glacial, elle me dit
sans prendre le temps de me saluer : « Pourriez-
vous la faire sortir de là ? » Puis elle se dirigea vers
la maison, ses sandales claquaient contre ses talons
nus, éparpillant des gravillons sur son passage.

Flora était attachée au siège arrière par un harnais compliqué, réalisé à l'aide de foulards en soie de sa mère, l'un autour de sa taille, deux en bandoulière sur sa poitrine, tous trois attachés au siège en toile noire par deux énormes épingles de nourrice. « Salut, Flora Dora », dis-je et elle se mit à gigoter, tiraillant sur les foulards en gémissant, mais il était évident que ses pleurs se calmaient. « On croirait que tu as été kidnappée par des romanichels », m'exclamai-je. Il devait y avoir un long moment qu'elle pleurait, son petit visage était tout gonflé et ses traits, peu marqués à l'ordinaire, étaient presque estompés par ses larmes. Je m'agenouillai près d'elle sur la banquette, chassai de la main quelques cheveux sur son front moite et, tout en retirant une à une les épingles des foulards, je lui parlai de Daisy qui se tenait derrière moi dans l'allée. En reniflant, Flora se pencha pour l'apercevoir. « Tu vois, Daisy est venue toute seule de New York en train, lui dis-je, et elle a six frères, trois grands et trois petits, plus une sœur qui s'appelle Bernadette. Figure-toi que sa sœur s'appelle Bernadette en souvenir d'une petite fille à qui jadis la Sainte Vierge Marie, la plus belle femme que l'on ait jamais vue, est apparue alors qu'elle jouait avec ses amis dans une grotte près d'un torrent, dans un pays lointain, où se trouvent Paris et la tour Eiffel. Et de nos jours, les malades qui vont en France pour y boire l'eau de ce torrent se sentent mieux, les personnes âgées retrouvent leur jeunesse et si l'on en remplit le biberon des bébés qui pleurent, ils se mettent à sourire et leurs larmes se transforment en pierres précieuses que les mamans recueillent sur leurs joues pour en faire des bagues, des colliers ou des bracelets ; certaines, comme la mère de Daisy, en décorent même leurs chaussures. »

Les foulards noir, or, blanc et turquoise étaient beaux et chers, ils dégageaient un subtil parfum légèrement éventé. Je les repliai au fur et à mesure que j'en retirai les épingles et les rangeai à l'arrière de la voiture. Prenant ensuite Flora dans mes bras, je la déposai sur l'allée à côté de Daisy. Toutes deux se penchèrent pour admirer les chaussures de Daisy. Au moment où je tendais la main pour prendre foulards et épingles, j'entendis Daisy murmurer : « Pierres précieuses. »

Sa mère était à la cuisine, elle conversait en français avec la femme de chambre. Je lui tendis les foulards, elle haussa les épaules et me confia en riant : « C'est la seule façon de l'empêcher de baisser les vitres de la voiture. » Elle les posa au-dessus du réfrigérateur et me demanda de donner à Flora des crackers et un verre de lait car elle n'avait pas eu de petit déjeuner. La femme de chambre et elle sortirent de la pièce sans que j'aie eu l'occasion de leur présenter Daisy, mais c'est tout juste si la mère de Flora l'avait remarquée. Je servis un verre de lait aux deux fillettes et posai une assiette de sablés sur la table. Flora ne but qu'une gorgée puis elle descendit de sa chaise, grimpa sur mes genoux et, l'air épuisé, blottit sa tête contre ma poitrine. Elle portait une de ses petites tuniques blanches informes, des bottines de bébé, et des chaussettes bordées de dentelle. Ses jambes nues étaient potelées et toutes roses. Je remarquai que Daisy les examinait, sans

doute se remémorait-elle, comme moi, la peau diaphane du vieux père de Flora. « Je connais quelqu'un qui n'en peut plus... dis-je à Daisy et à Flora.
Ça vous épuise de pleurer, pas vrai? » Les deux
fillettes en convinrent.

La mère de Flora réapparut dans la cuisine, elle
portait une robe beige, des escarpins et un cardigan
blanc sur ses épaules. Ses cheveux noirs tirés en
arrière accentuaient la proéminence et l'autorité de
son nez aussi long que décidé. Le rouge à lèvres
qu'elle venait d'appliquer était plus vif que le précédent. « Écoutez, dit-elle, son regard s'arrêtant
négligemment sur Daisy, je dois me rendre en ville,
je ne sais pas combien de temps j'y resterai. Venez
comme d'habitude. Ana sera ici. La cuisinière
aussi. Si le temps le permet, gardez Flora dehors le
plus possible. Elle dort mieux quand elle passe la
journée dehors. » Se tournant vers Ana, elle poursuivit, comme si nous avions quitté la pièce :
« Manhattan va être une foutue fournaise ! » Malgré
cette grossièreté, elle esquissa un sourire sous son
grand nez, anticipant quelque plaisir, qui sait les
bons moments qu'elle passerait à Manhattan tandis que nous autres ici nous efforcerions d'épuiser
Flora. Je pensais à mes visites à Manhattan, l'été,
en compagnie de mes parents, je me rappelais les
rues étouffantes, l'air grumeleux, les effluves tièdes
du métro émanant de ces grilles où vous vous pre-
niez les talons. Ces troupeaux de femmes en gants
blancs et robes sans manches, dont les épaules
se frôlaient en passant, qui, toutes transpirantes,
attendaient aux coins des rues que le feu passât au
rouge. Et ces secondes de désorientation et d'an-

goisse en sortant du Music-hall, du muséum d'Histoire naturelle ou du restaurant en constatant que le ciel au-dessus de la ville était maintenant noir comme poix et que la ville de jour l'avait cédé à la ville de nuit. J'étais à peu près certaine que c'était précisément cette ville de nuit, vers laquelle la mère de Flora s'en était allée, heureuse et ravie, nous laissant derrière, nous les domestiques... « Je dois avoir perdu la tête ! » lança-t-elle en nous tournant le dos, de toute évidence très contente d'elle, mais contrariée de ne pas avoir embrassé sa fille avant de partir. Quant à Flora, épuisée d'avoir tant pleuré, elle ne sembla guère s'en émouvoir.

Par la fenêtre de la cuisine, je la vis traverser l'allée, Ana se hâtait derrière elle avec une petite valise qu'elle mit sur la banquette arrière de la voiture tandis que Mrs. Richardson pénétrait dans l'atelier de son mari par la porte de côté. Je ne me souvenais pas de l'avoir vue y rentrer jusqu'ici et elle n'y resta que quelques instants et en ressortit le visage plus fermé, les traits plus contractés, son cardigan blanc boutonné au cou, flottant sur ses épaules, telle une cape de Superman, symbolisant une détermination empreinte d'indignation. Elle adressa un signe à Ana qui s'empressa de grimper dans la voiture, puis elle pivota une fois de plus sur ses talons et retourna à la maison. J'entendis ses chaussures sur le plancher, je les entendis traverser le couloir, la salle de séjour, repasser dans les chambres au sol couvert de moquette puis, quelques minutes plus tard, ressortir de la maison. Je regardai Daisy, habituée aux variations climatiques d'une maison où se côtoient des êtres humains. Elle haussa les épaules et esquissa un sourire. La mère de Flora réapparut à la porte de la cuisine. « Mes foulards », dit-elle. Je les lui montrai, ils étaient au-dessus du réfrigérateur, là où elle-même les avait laissés. Elle les prit, les inspecta et choisit le turquoise et le blanc, posant les autres sur la table, devant moi. Je profitai de cet instant pour lui présenter Daisy et, bien qu'elle parût à peine entendre, elle commenta, en dépliant l'écharpe et en s'arrêtant pour examiner le petit trou dû à l'épingle de nourrice : « Quelle jolie robe, j'en avais une juste comme ça. » Elle plia ensuite le foulard en triangle, le posa sur ses cheveux, penchant la tête en arrière, levant le menton, les yeux mi-clos. Elle le noua sous son menton, enroula les extrémités autour de son cou, avant de les nouer sur sa nuque.

« Ce ne serait sans doute pas une mauvaise idée que vous veniez un peu plus tôt en mon absence, dit-elle. Vers huit heures, huit heures et demie pour donner un coup de main à Ana. » Je le lui promis. Elle se pencha en avant pour regarder son image que reflétait le côté du grille-pain en inox.

Assise sur mes genoux, Flora lui dit : « Au revoir, maman. » Et maman répondit : « Au revoir, ma chérie. »

Elle se redressa. Le foulard lui allongeait la silhouette, il lui donnait du chic tout en l'enlaidissant, car les cheveux noirs n'étaient plus là pour adoucir les traits acérés de son visage et sa peau grise et sèche. « Si mon mari essaye de vous baiser en mon absence, ajouta-t-elle à mi-voix, n'ayez pas peur. Il n'est plus tout jeune et il boit, il y a de grandes chances pour que ce soit bref. Vous pouvez toujours l'envoyer trouver Ana, si vous voulez. » Puis, elle se baissa, son foulard odorant frôla mon nez, et elle embrassa Flora sur la tête, laissant du rouge à lèvres et l'odeur de sa poudre sur la peau pâle de l'enfant.

Je restai quelques instants assise après son départ, attendant, pour regarder Daisy, que mes joues ne soient plus en feu. J'avais un bras autour de Flora, mais ma main droite était sur la table et je fus surprise de voir que mes doigts tremblaient. Je me sentais à la fois gênée, furieuse et étonnée. J'aurais cru que la femme de chambre était trop âgée pour être incluse dans ce genre de propos tout comme, quelques minutes plus tôt, j'aurais pu penser que j'étais trop jeune, et la mère de Flora trop élégante, pour que l'on se servît devant moi d'un mot aussi grossier. J'entendis la voiture sortir du garage, j'attendis alors un court instant avant de lever lentement les yeux vers Daisy. Elle me contemplait avec plus d'espoir que de méfiance, et sans la moindre crainte. Je me demandai si elle avait compris le mot. Je poussai un léger soupir, Daisy m'imita. Même si le mot lui était étranger dans ce contexte, elle savait détecter un problème de couple. Elle hocha doctement la tête en m'entendant m'exclamer : « Ah ! Bien fols sont parfois ces mortels… ! »

« Elle tombe de sommeil », murmura Daisy, en me montrant les paupières papillotantes de Flora, blottie contre moi. Je la hissai jusqu'à mon épaule et me relevai. J'envoyai Daisy chercher le sac de plage sur le porche et j'emmenai Flora dans sa chambre, persuadée qu'elle allait retrouver son entrain sitôt que je la poserais sur la table à langer pour changer sa couche. Au lieu de cela, elle se contenta de gémir et pleurnicher sans ouvrir les yeux aussi, lorsqu'elle fut changée, je la mis dans son petit lit, posant sur elle une couverture légère. Elle esquissa un sourire. Elle semblait reconnaissante d'être mise sur la touche. Je me demandai ce qui avait pu se passer ce matin, si c'était le caprice de sa fille ou la familiarité de son époux avec la domestique qui avaient fait fuir la mère de Flora à New York. Je lissai les cheveux de Flora. Toujours est-il que l'enfant avait été exclue...

Sur le mur, au-dessus du petit lit, je remarquai les trois croquis représentant Flora et sa mère, assez angéliques pour être accrochés dans une église. Il a du talent, pensai-je. Toutefois, dans la salle de séjour que je venais de traverser, était exposée une grande toile, représentation bizarre et fragmentée, semblait-il, d'une femme : une oreille, un sein, des lèvres. Cette toile voisinait avec un autre tableau de plus petite taille, qui n'était que couleurs et, de surcroît, peu attirantes, de sombres bavures que l'on avait plaquées là ou étalées. Je ramenai la couverture sur la joue de Flora.

Il me vint alors à l'esprit qu'après tout, Ana n'était pas trop vieille et que moi je n'étais pas trop jeune parce que cet homme était à la fois le père de ce bébé et un vieillard. Ne dessinait-il pas, en effet, aussi bien de tendres madones que des tronçons de visages ou des compositions purement abstraites ? Je me demandais si la seule volonté ou une longue, longue vie vous permettaient de dépasser, de survivre ou juste de vous affranchir des limites du temps et de l'âge, de ce qui se faisait ou ne se faisait pas, de ce que l'on devrait ou ne devrait pas faire. De ne vous référer à d'autres critères que les vôtres.

Détournant mon regard du lit de Flora, j'aperçus Daisy qui, le sac de plage sur le bras, arrivait par l'étroit couloir menant de la salle de séjour à la chambre. Elle semblait s'appuyer davantage sur sa jambe droite que sur sa jambe gauche. Je posai le doigt sur mes lèvres et la touchai au creux des reins pour la faire sortir de la chambre et, sitôt la porte d'entrée franchie, je lui demandai si elle n'avait pas une ampoule à cause de ses chaussures. Elle me répondit que non, il s'agissait d'une simple crampe, mais je ne fus pas sans remarquer certaine rougeur sur ses joues.

« Si elles te blessent, repris-je, ce serait sans doute une bonne idée de les retirer un moment. » En guise de réponse, elle secoua la tête, me tendit le sac de plage et changea de sujet en demandant :

« Et maintenant que devons-nous faire ?

— Nous asseoir et attendre qu'elle se réveille », répondis-je.

Voyant que cela ne la satisfaisait pas, je lui proposai de lire. J'installai deux fauteuils en toile sous la fenêtre de Flora et j'envoyai Daisy chercher des livres dans la corbeille à côté du bureau. Je pris le livre que j'avais glissé dans le sac de plage et m'assis, ramenant les jambes sur le rebord du siège, mon livre de poche calé sur mes genoux repliés. Levant les yeux, j'aperçus le père de Flora sortir de son atelier et rentrer dans la maison. Il gravit lentement les trois marches, traînant les pieds, la tête baissée, non pour m'éviter, je pense, mais faute de remarquer ma présence. Il entra dans la maison. Je prêtai l'oreille. J'entendis s'entrechoquer les glaçons dans le bac du réfrigérateur puis, quelques minutes plus tard, je le vis ressortir de la cuisine, un verre à la main. Il me dit tout de go : « La petite rouquine à l'intérieur prétend que tu saurais où l'on range saint Joseph. »

Je posai livre et jambes sur le sol. Une image aussi vague que troublante du vieux saint Joseph et de la jeune Vierge Marie s'imposa à moi avant que je parvienne à dire : « Pardon... ? » Il souriait, plissant les yeux, comme s'il avait été heureux de découvrir une petite rouquine dans sa maison et de me voir aussi perplexe.

« L'aspirine pour enfants, répéta-t-il. L'aspirine Saint-Joseph pour enfants ? La petite qui est dans la maison m'a dit que tu saurais où on la range.

— Dans la chambre de Flora, répondis-je. Dans la boîte à chaussures qui est dans son placard. »

Comprenant soudain ce qu'il attendait de moi, je me levai pour aller la chercher. Je trouvai Daisy à la porte, une pile de livres dans les bras. Je lui dis que je revenais tout de suite.

À mon retour, il était dans l'autre fauteuil en toile et Daisy était par terre, les livres épars autour d'elle. Je lui tendis l'aspirine et il me fallut ensuite passer entre elle et lui, enjamber les livres et ses pieds à lui, me glisser entre l'épaule de Daisy et ses genoux à lui pour regagner mon fauteuil. Le feu me montait au visage. Je posai le livre sur mes genoux, par crainte de voir bientôt trembler mes doigts si je le gardais en l'air. Je ne faisais que commencer à pleinement comprendre l'abominable justification des recommandations de dernière minute de la mère de Flora à la baby-sitter.

Je ne pus regarder son visage. Il posa son verre dans le cendrier en verre fumé puis il ouvrit le flacon et le tendit à Daisy. « Vois donc si tes petits doigts agiles arrivent à retirer ce coton... » dit-il.

L'air solennel, elle prit le flacon, en extirpa le coton et le lui rendit. La bouche ouverte, elle le contemplait, tenant encore le bout de coton. Je tendis la main pour l'en débarrasser. Il fit tomber plusieurs petits comprimés d'aspirine dans sa paume, puis il les prit un par un, les mit dans sa bouche et commença à mâcher, sans me lâcher du regard. Je relevai la tête. Derrière ses lunettes aux verres épais, ses yeux semblaient au bord du rire. Sa tignasse blanche frémit un peu.

« Puissiez-vous ne jamais vieillir ! s'exclama-t-il, mâchonnant d'un seul côté de sa bouche... Ou, mieux encore, puissiez-vous ne jamais avoir de vieux crocs ! » Il tendit la main pour prendre son verre, but une gorgée, s'en rinça les gencives et avala. Il replaça le verre dans le cendrier et fit tomber d'autres aspirines dans la paume de sa main. « Rien de mieux que des dents qui pourrissent dans vos gencives pour vous rappeler que vous êtes mortel... » Il contempla Daisy, plissant le front. « J'ignore si ces trucs-là vont me soulager, reprit-il comme si elle seule pouvait comprendre son dilemme, mais on peut les croquer, elles sont parfumées à l'orange et elles attaquent la douleur à la source. » Il eut un vague haussement d'épaules.

« Ça ne peut pas faire de mal, n'est-ce pas ?

— Elles sont très bonnes, renchérit Daisy. Je les adore. »

Galant, il lui tendit sa paume.

« Tu aimerais en avoir une ? »

Elle se tourna vers moi.

« Tu n'es pas malade », lui dis-je. De son bras tendu, il me donna un coup sur le genou.

« Allons donc, dit-il, le pouce sur ma peau. Elle peut très bien en avoir une.

— J'ai un peu mal à la jambe, dit Daisy et elle toucha la jambe repliée sous sa jupe.

— C'est au pied que tu as une crampe, tu me l'as dit toi-même, lui rappelai-je d'un ton plus ferme que je ne l'aurais voulu. Ce ne sont pas des bonbons, Daisy, c'est un médicament », ajoutai-je.

Tous deux me regardèrent, à la fois surpris et déçus. J'avais un poids sur l'estomac et la poitrine, je me sentais aussi entravée par mon sérieux guindé, coincé, que l'avait été plus tôt Flora par les foulards en soie de sa mère. Il s'agissait, je pense, d'un réflexe conditionné face à une éventuelle impudicité. Je n'étais sans doute pas l'élève la plus populaire de l'école, mais je devais être la plus attentive, surtout quand la conversation s'orientait subtilement vers le sexe. Je croyais entendre sœur Alphonse-Marie : « Restez de marbre, mes filles ! »

Il haussa les épaules, referma la main et la retira. Affalée à mes pieds, Daisy se replongea sagement dans ses livres. Je rompis le silence : « D'accord, une seule aspirine. » Et lui de rejeter la tête en arrière tant il riait, un rire si haut et si fort que je craignis un moment qu'il ne réveillât Flora, tout en pensant que le réveil de cette dernière serait notre salut : lui seul nous permettrait de sortir d'ici.

Il se pencha encore une fois, Daisy prit une des aspirines qu'il tenait dans sa paume et la porta à sa bouche. « Je vois déjà le genre de mère que tu seras plus tard, dit-il avec un sourire empreint d'affection. Une douzaine d'enfants qui te mèneront par le bout du nez. » Son regard passa sur mes cheveux qui, à cette heure, et par une journée d'été, étaient aussi ébouriffés que ceux de Daisy, puis il suivit le contour de ma bouche, et descendit le long de ma gorge. Il portait une chemise blanche en tissu léger, ouverte au cou. Je crus qu'il allait me dire que j'étais jolie, je connaissais ce genre de regard, un compliment allait suivre... Au lieu de cela, il se pencha et prit le livre sur mes genoux. Il releva ses lunettes sur son crâne pour lire le titre et je vis dans son visage les traits de la petite Flora, émoussés par les larmes.

« Hardy », s'exclama-t-il en le feuilletant, le nez en l'air afin d'ajuster sa vision. Un vieillard, après tout... « *Egdon Heath. Charmante Eustacia...* » Je lui dis que c'était pour le collège. Il hocha la tête : bien sûr... « Au moins, ce n'est pas *Jane Eyre* », poursuivit-il. Et moi de rétorquer : « J'aime bien *Jane Eyre*, aussi », comme si je n'avais pas noté son ironie. Il me tendit l'ouvrage par-dessus la tête de Daisy, et cette fois, je ne détournai pas mon regard. Il avait de la peinture noire sur les ongles, des traces grises et blanches sur le revers de la main. Il prit ses lunettes, les posa sur son genou, passa les mains sur son visage, peignant de ses doigts sa mèche poivre et sel. « Une douzaine d'enfants, marmonna-t-il, comme s'il se parlait à lui-même, et un bon à rien pour mari ! » Il attrapa son verre, but une gorgée, s'en rinçant à nouveau les gencives. « La douleur... dit-il en avalant. À quand un *Traité de l'influence des rages de dents sur l'Histoire universelle* ? Combien de royaumes auront été perdus à cause d'une malheureuse rage de dents ? Combien d'histoires d'amour n'auront jamais été consommées à cause d'une malheureuse rage de dents ? Combien de navires auront sombré ? Combien de chefs-d'œuvre demeureront à jamais inachevés ? »

Daisy l'observait avec une placide inquiétude. S'en apercevant, il lui passa la main dans les cheveux. « Ne vieillis jamais, répéta-t-il. Vends ton âme si besoin est... » Il regarda. Et dans ce visage épuisé, ce front dégarni, cette peau jaunâtre, aussi fine que du papier, j'entrevis les traits de Flora. Mais ce regard éteint, c'était le sien. « Que ne donnerais-je pour avoir comme toi toute la vie devant moi, ma petite, dit-il. Les gosses, le bon à rien et tout et tout. »

Je baissai les yeux et haussai les épaules, comme s'il m'avait complimentée sur ma beauté. Je n'avais plus peur de lui, j'en étais consciente, je n'avais plus l'estomac noué, ni ce tremblement au bout des doigts. Dans ses propos, je retrouvais cette philosophie du troisième verre, familière à l'oncle Tommy, prenant un malin plaisir à le mettre dans l'embarras, à le prendre en pitié. J'avais pour moi l'avantage de la jeunesse, de la beauté et de la vie devant moi. Je ne fus même pas étonnée de le voir se pencher une fois de plus vers moi, au ralenti, comme un ivrogne, prendre mon poignet et insérer son doigt maculé de peinture dans mon poing pour le desserrer. J'avais dans ma paume le bout de coton du flacon d'aspirine. Il me le prit, le trempa dans son verre et le pressa dans sa bouche, du côté où il avait mâché le comprimé d'aspirine. Il passa sa langue dans sa bouche, appréciant, je le lus dans son regard, non pas le seul whisky, mais l'arrière-goût tiède et salé de ma peau.

Je haussai à nouveau les épaules, ramassai mes cheveux en une torsade sur ma nuque, comme ce matin. Il faisait chaud. « Flora est épuisée », dis-je. À mes pieds, Daisy renchérit tout bas : « Ça, c'est vrai. Nous ne pourrons jamais aller à la plage… » Elle posa son menton sur sa main et tourna négligemment sa page. Il était clair qu'elle avait l'habitude de ce genre de déception, inévitable car il fallait toujours tenir compte de ses jeunes frères. « Bien sûr que si », la rassurai-je.

À ce point, il me regardait tout bonnement, enfoncé dans le fauteuil en toile, les doigts sur ses tempes. Il observait, mais ne souriait plus. Quand Ana entra en voiture dans l'allée, ses yeux étaient toujours rivés sur moi.

Ana grimpa les marches et, les mains sur les hanches, darda sur nous un regard contrarié, surprise qu'elle était de nous trouver là. « Le bébé dort ? » me demanda-t-elle. Je lui répondis que oui. Elle fit un signe en direction de la maison. « À l'intérieur ? » Je faillis lui dire : Où voudriez-vous qu'elle dorme ? « Oui, répondis-je. Dans son lit. » Elle fit claquer sa langue et jeta un coup d'œil à sa montre. « Pas bon, dit-elle. Trop tôt. Elle sera trop fatiguée pour dîner, ce soir. » Elle était jolie femme, dirons-nous, mais j'avoue qu'il ne m'était jamais venu à l'idée de la regarder. Elle avait un teint bistre, des cheveux ondulés par une discrète permanente et de grands yeux noirs, une croix en or pendait à son cou. Bien en chair dans son uniforme bleu pâle de domestique, elle avait ce qu'il convient, je crois, d'appeler des formes généreuses. J'avais l'impression qu'elle avait un mari en ville. « Vous devriez la réveiller », dit-elle, gesticulant en direction de la rue. Qui sait si elle n'était pas en colère contre moi. « Allez donc faire un tour. »

De son fauteuil le père de Flora s'écria : « Ridicule ! » Là-dessus, il mit ses lunettes, se leva lentement, péniblement, grand échalas retournant au travail. Il avait encore son verre à la main. « Laissez-la dormir », me dit-il puis il passa devant moi, glissant quelques mots en français à Ana. Elle resta là, debout, quelques minutes, la tête tournée par-dessus son épaule, les yeux fixés sur le plancher, la bouche songeuse, les mains toujours sur les hanches, tandis qu'il descendait les marches et regagnait son atelier. Même si elle n'était pas française et en dépit de sa silhouette de femme mûre, on aurait pu qualifier cette pose d'aguichante.

Après m'avoir gratifiée d'un dernier regard, elle rentra dans la maison. Je me demandai quelles recommandations de dernière minute avait bien pu laisser la mère de Flora avant de prendre le train ou... ce que Ana avait prévu, une fois l'épouse embarquée et la baby-sitter et son ombre rouquine parties passer la journée sur la plage... La domestique française et l'artiste sur le retour batifolant sous les cerisiers du Japon...

« Zut alors », m'exclamai-je après qu'elle eut claqué la porte moustiquaire derrière elle. Daisy leva les yeux au ciel et dit :

« Pourquoi est-elle de si mauvaise humeur ?

— Ça me dépasse », dis-je.

Je m'assis avec elle par terre sur le porche. Les livres de Flora étaient neufs pour la plupart, de nombreuses pages avaient été griffonnées aux crayons de couleur, un délit qu'eût condamné l'oncle Jack et qui laissait la pauvre Daisy pantoise. « Que veux-tu, c'est une enfant gâtée, expliquai-je. C'est souvent le cas des enfants uniques, comme elle ou moi... » Daisy réfléchit un moment puis, craignant, je pense, d'avoir pu se montrer blessante, elle reprit : « C'est vrai, son père est un artiste après tout, peut-être qu'elle ne peut pas s'en empêcher... »

Je ris et me penchai pour l'embrasser sur son front, il était chaud. Me glissant ensuite derrière elle, je la ramenai entre mes jambes et entrepris de natter sa tignasse. Ana apparut une ou deux fois derrière la porte moustiquaire, curieuse de voir à quoi nous nous occupions, je la soupçonnai de vouloir tirer Flora de son sommeil. Elle sortit tenant bien haut un plateau de déjeuner, traversa le porche, descendit les marches et se dirigea vers la porte du garage. Daisy et moi profitâmes de son absence pour aller manger nos sandwiches sur la pelouse, appréciant l'ombre éparse d'un des petits cerisiers. Il faisait chaud mais bon, une délicieuse tiédeur de juin, aussi douce que l'eau sur la peau. Entre la maison basse, les bosquets et la haute haie, le ciel bleu étirait un dais merveilleux juste pour nous. Allongées sur la pelouse, la tête de Daisy posée sur mes cuisses, nous étions assez silencieuses pour entendre l'océan.

Mon atout, je le compris, c'était que non seulement je pouvais le mettre dans l'embarras, m'apitoyer sur son sort ou reconnaître sa stupidité : pensez donc, un prétendu génie, un richard ayant une jeune épouse... Mon atout, ce n'était même pas les années que j'avais devant moi alors que lui était au bout du rouleau. Mon atout, c'était que je savais où il voulait en venir, ici dans son royaume au bord de la mer, où l'art répondait à ses attentes, où les limites du temps et de l'âge étaient proscrites, où tout était possible car ce qui comptait était dans sa tête. Oui, mon atout c'était que je savais où il voulait en venir et que j'étais plus maligne que lui.

Flora finit par se réveiller, elle avait chaud, transpirait mais était heureuse de me voir et de retrouver Daisy et ses chaussures. Je la fis déjeuner rapidement, attrapai son drap de bain, son maillot et l'installai dans sa poussette. « Si je mettais mon maillot ? » demanda Daisy. Elle me regarda d'un air méfiant quand je lui dis que nous nous changerions sur la plage. « Tu ne veux pas faire tout ce trajet dans un maillot de bain trop serré, repris-je, ajoutant en guise de plus ample explication : Sous un drap de bain, Daisy Mae, ne t'inquiète pas. »

Ana était de retour à la cuisine. Elle paraissait d'un peu meilleure humeur, sans doute parce qu'elle feignait de ne pas nous voir. Je coiffai Flora d'un chapeau, en empruntai un autre pour Daisy puis, cédant à une impulsion, car, d'une façon générale, j'ai la sagesse de ne jamais rien emprunter aux gens chez qui je travaille, je saisis le chapeau de paille de la mère de Flora sur la patère près de la porte et le posai en arrière de ma tête. Je ne l'avais vu sur elle qu'une seule fois, un après-midi où j'avais ramené Flora et l'avais trouvée en train de boire un verre sur la pelouse en compagnie d'un autre vieux barbon, échappé de Broadway, s'empressa de me confier la cuisinière, et d'une épouse qu'il avait prise, lui aussi, au berceau. Il faisait frais, le temps était couvert, c'était une de ces journées dont elle se plaignait tant lors de mes débuts chez elle, aussi le chapeau semblait-il un simple déguisement, une façon d'impressionner ses amis théâtreux. En le décrochant, je surpris un coup d'œil d'Ana par-dessus son épaule. Je me rendis compte que je me moquais pas mal qu'elle moucharde, qui sait même si je ne le souhaitais pas. Daisy me regarda, admirative : « Tu es très belle », dit-elle.

Je ris. « Je ressemble à Huckleberry Finn », répondis-je.

Elle grimaça. « À Huckleberry Hound[1], tu veux dire... »

Je me tus. À l'ombre de son chapeau de soleil, ses yeux étaient cernés de bleu pâle. Elle souriait de toutes ses petites dents de travers. « Tu y es, Daisy Mae, dis-je émerveillée. Oui, tu y es ! »

Flora avait l'habitude de chantonner la bouche ouverte, de sorte que sa voix tremblotait sous l'effet des vibrations des roues de sa poussette sur

---

1. Personnage d'une émission télévisée pour enfants à la fin des années cinquante.

les pierres. C'était là un truc que je lui avais appris quand je la poussais sur l'allée de gravier. Daisy ne se tenait plus de rire, ce qui rendait Flora toute fière d'elle-même. Sa chanson cahotante alla crescendo et le rire de Daisy tourna au fou rire au moment où nous passions devant la toile dégoulinante de couleurs, l'ampoule allumée derrière la fenêtre, l'odeur de peinture avant de rejoindre la route.

Daisy marchait près de la poussette. Flora lui avait pris la main, et même si elle s'appuyait davantage sur un pied que sur l'autre, sa claudication était moins évidente qu'auparavant. Curieuse de voir sa réaction, je m'arrêtai, posai la main à même la route et déclarai que j'allais retirer mes chaussures de tennis. Je les attachai ensemble et les mis par-dessus mon épaule. Le goudron était d'une chaleur supportable. Je remuai ostensiblement mes doigts de pied. « Ça fait du bien ! m'exclamai-je, imitant l'accent du Sud. Drôlement plus agréable que d'être trop civilisé ! » Mais Daisy ne suivit pas mon exemple.

On apercevait déjà quelques baigneurs sur la plage. Je rangeai la poussette dans notre coin du parking et Flora, qui connaissait bien nos habitudes, se précipita sur le sable avec Daisy. « Tant pis pour tes chaussures », criai-je, puis je décidai de ne plus m'en inquiéter. Étant enfant, m'avait souvent raconté ma mère, il m'était arrivé de porter une jupe de gitane haute en couleur, reste de mon déguisement de Halloween, du 31 octobre jusqu'à Thanksgiving, soit près de quatre semaines ! Je l'avais gardée sur moi, jour et nuit, par-dessus mes habits, que ce soit ceux du dimanche, ma tenue pour jouer dehors ou mon pyjama, pour la simple raison que j'en avais ainsi décidé. Ma mère me racontait l'histoire sans jamais se demander pourquoi elle m'avait laissée faire, cherchant juste à savoir ce qui m'avait pris d'insister de la sorte pour garder sur moi cette jupe de mauvais goût aux festons noirs et rouges, dont les volants en tulle écarlate me grattaient les jambes, cette robe aujourd'hui suspendue dans ma garde-robe du grenier, à droite d'une robe-chasuble en tissu écossais bleu et vert, taille sept ans.

Sur la plage, j'étendis la couverture de plage bleue que nous avait donnée la mère de Flora, et je sortis du sac de plage draps de bain et crème solaire. J'ouvris la Thermos de citronnade et j'en servis un verre à Flora et Daisy. Je leur dis que je venais de me rappeler une histoire qu'une des bonnes sœurs de l'école nous avait racontée. Il était une fois une petite fille qui avait reçu un ravissant jupon blanc, brodé à la main dans le coton le plus fin, le plus doux qui fût. Il avait été fait par des religieuses du nord de l'État de New York qui ne sortaient de leur couvent qu'une fois l'an, quand elles allaient d'église en église vendre à la sortie de la messe des vêtements d'enfant, du linge d'autel et des napperons de leur confection. Le jupon était d'une blancheur immaculée et la petite fille devait l'étrenner au mois de mai, le jour de sa première communion. Voici que par une nuit glaciale du mois de février, au moment de se coucher, elle ouvrit le tiroir du bas de sa commode, sortit le jupon de son papier de soie et le passa. Le lendemain matin, en voyant dans quoi sa fille avait dormi, sa mère se mit en colère. La petite fille lui dit :

« Mais maman, je voulais le montrer aux anges...

— Les anges le verront le jour de ta première communion », répondit sa mère.

Eh bien, figurez-vous que le lendemain matin, quand la maman entra pour la réveiller, la petite fille dormait encore avec le jupon blanc. (Daisy sourit, l'air de dire, elle me plaît cette petite fille.) Sa mère s'apprêtait à la gronder une nouvelle fois lorsqu'elle se rendit compte que la petite fille ne dormait pas, mais qu'elle était morte. Eh ! oui, elle avait vraiment mis son beau jupon pour le montrer aux anges...

Daisy fronça les sourcils, rentra le menton, me regardant en plissant les yeux à cause du soleil. Une vague se brisa avec un bruit de tonnerre.

« Je n'y crois pas plus que toi », lui dis-je en riant. Flora, impatiente, entreprit de retirer sa petite robe blanche, elle la passa par-dessus sa tête, montrant ses cuisses dodues, son nombril et sa culotte toute froissée. « Je veux nager », déclara-t-elle. Je l'assis sur mes genoux pour délacer ses chaussures.

Attentive, songeuse peut-être, Daisy vint s'asseoir à côté de nous :

« Bernadette connaît une histoire qui ressemble à celle-là, dit-elle. Elle me l'a racontée. Sauf que dans la sienne ce n'était pas un jupon, c'était autre chose. Des chaussures blanches de première communiante, je crois.

— Ça doit être une histoire qu'on raconte aux filles qui vont devenir bonnes sœurs », dis-je.

Je retirai les chaussures et les chaussettes de Flora et la remis sur ses jambes. « À sa place, repris-je, je me serais présentée au ciel avec une jupe de gitane rouge faite pour Halloween, qui n'aurait vraiment rien d'angélique... » Je tapotai le bout de la chaussure de Daisy.

« Et toi, je suppose que tu porterais celles-là ?

— Des pierres précieuses, s'exclama Flora. Daisy a des pierres précieuses sur ses chaussures ! »

Je soulevai un des draps de bain, en couvris la tête de Flora, selon notre habitude, puis je la retrouvai au-dessous pour retirer sa robe et sa couche et je glissai son petit maillot de bain avec sa jupe minuscule sur ses jambes dodues, sur son petit ventre de bébé, tandis qu'elle s'agrippait à mes cheveux pour garder son équilibre. Quand nous émergeâmes, je sortis du sac le maillot de bain de Daisy et lui annonçai que c'était son tour. Elle regarda autour d'elle, toute gênée et secoua la tête. « On pourrait me voir », murmura-t-elle. Je remarquai qu'elle avait enlevé ses chaussures roses, mais qu'elle avait gardé ses chaussettes blanches, remontées jusqu'à l'ourlet de sa robe à fleurs. Je vis que ses joues se coloraient. « Je t'assure que personne ne te verra », lui dis-je.

Je saisis un autre drap de bain. « Regarde, je vais te fabriquer une espèce de tente, lui dis-je, tenant les deux serviettes à bout de bras. Glisse-toi là-dessous et relève-toi à l'intérieur. »

Elle obéit, amusée, sa tête dépassant tout juste des serviettes, entre mes bras. Je fermai les yeux, tournai la tête de l'autre côté. « Maintenant, personne ne peut te voir, sauf les mouettes. » Je la sen-

tis remuer contre la couverture, passer la robe par-
dessus sa tête, se baisser pour enfiler son maillot. Je
jetai un coup d'œil à la dérobée. Son petit dos nu
était courbé, le soleil accentuait le tracé anguleux
de sa colonne vertébrale et je remarquai, juste au-
dessus de sa hanche, une zone marbrée de bleus,
fallait-il voir là l'effet du soleil et de mes yeux mi-
clos, ou l'ombre que projetaient les serviettes de
plage, je n'aurais su le dire. J'aurais pu la questionner mais à l'instant où elle sortit de derrière le drap
de bain, avec un panache digne d'une diva au dernier rappel, nous aperçûmes Tony et Petey se dirigeant vers nous, après avoir abandonné leurs vélos
dans le sable comme des objets inutiles, à mettre au
rancart. « Où étiez-vous donc passées ? » demanda
Tony. « Qu'est-ce qui vous a pris aussi longtemps ? »
renchérit Petey.

Ils me regardèrent du coin de l'œil, l'air sceptique ; je leur expliquai que Flora avait fait la sieste
plus tôt que d'habitude et que nous avions dû
l'attendre. Je m'assis sur la couverture de plage.
« Alors, vous l'avez trouvée la star de cinéma ? » Ils
firent non de la tête, se laissant tomber sur les
genoux dans le sable.

« Nous avons repéré la maison où ils sont entrés,
intervint Tony. Nous avions prévu de surveiller les
allées et venues, mais Baby June a refusé de se tenir
tranquille. »

Les deux frères échangèrent un regard, puis
Petey, celui à l'œil au beurre noir, reprit : « Rags est
revenu. Nous l'avons attaché à ta clôture pour que
Grand-Père ne le voie pas. » Il se tourna vers Daisy.

« Mon grand-père tire sur les chiens errants, dit-il.

— Mais non, voyons, ce n'est pas vrai, rétorquai-je, même si cela ne semblait pas impossible, compte tenu du bonhomme...

— Il a dit qu'il tirerait sur Rags, riposta Tony. Il prétend que Rags a voulu le mordre.

— Rags ne mord pas, dis-je, m'emparant de la sucette pleine de sable que Petey venait de tendre à Flora. Où est Baby June ? demandai-je, ayant perçu une lueur bizarre dans le regard qu'avaient échangé les deux frères.

— À la maison, je pense, dit Tony.

— Avec Judy ? repris-je.

— Judy et Janey sont allées monter à cheval avec leur père, dit Petey avec une pointe d'indignation. C'est ton chapeau, ça ? »

Il attrapa le chapeau de la mère de Flora sur la courtepointe et s'en coiffa puis, tirant le bord sur ses oreilles, il déclara :

« Vous ne me trouvez pas beau avec ça ?

— Ta mère est à la maison ? » demandai-je.

Le chapeau enfoncé sur sa tête, ses paumes contre ses joues, Petey fit signe que non.

« Alors qui s'occupe de June ? » demandai-je. Les mains sur ses genoux, Tony s'assit un moment et jeta un coup d'œil par-dessus son épaule en direction du parking. « Elle arrive. Elle était derrière nous », lança Petey depuis l'ombre du chapeau.

Je pris Flora et le sac de plage, le drap de bain, passai ma robe sur le maillot de Daisy, lui demandant de ramasser la couverture et ses chaussures. Tony et Petey nous suivirent, nous assurant que

Baby June ne tarderait pas à apparaître : elle était toujours à la traîne, c'est tout. Elle était juste derrière eux la dernière fois qu'ils l'avaient vue.

Je remis Flora, pour le moins surprise, dans sa poussette et me hâtai de regagner la route, accompagnée de Daisy qui s'efforçait de marcher à mon rythme, raclant le sol de ses chaussures roses, et de Petey et Tony qui pestaient à mes côtés. Pas de Baby June à l'horizon.

« Par où êtes-vous venus ? » demandai-je. Ils me regardèrent du coin de l'œil, pointant le doigt vers la gauche, vers la maison. « Quand l'avez-vous vue pour la dernière fois ?

— Juste à côté de la maison de la star, répondit Tony en pointant le doigt. Pourquoi toute cette histoire ? »

Nous la retrouvâmes quelques minutes plus tard, assise, au bord d'un champ de pommes de terre, comme un bébé de conte de fées, le visage strié de larmes et de poussière, les mains sales, et ses vêtements, une robe bain de soleil trop petite, encore plus sales. J'avançai pieds nus sur le sol frais et graveleux et l'attrapai. Elle sentait la terre, la patate que l'on vient de ramasser, tout juste sortie du champ.

« Quant à vous, les garçons... » dis-je aux deux frères déconcertés par cette affaire : après tout, on avait retrouvé leur sœur à peu près là où ils s'attendaient à la trouver, à savoir juste derrière eux.

« Oui, écoutez-moi, les garçons, insistai-je, vous ne devez jamais perdre votre petite sœur de vue. Savez-vous ce qui aurait pu lui arriver ?

— Oh ! il faut toujours qu'elle reste à la traîne »,
grommela Petey.

Je haussai la voix : « Elle aurait pu être renversée
par une voiture, Petey, elle aurait pu être kidnappée, oui, quelqu'un aurait pu l'enlever...

— Je me demande bien qui voudrait d'elle »,
riposta Tony. Les deux frères éclatèrent de rire.

« Elle aurait pu être renversée par une voiture,
dis-je haussant la voix. Je n'arrive pas à croire que
vous, les garçons, ayez pu faire une chose pareille !
Vous êtes deux idiots, deux véritables idiots. »

Le visage de Petey changea soudain. Il s'avança
d'un pas, les poings serrés.

« Eh bien, figure-toi que nous te cherchions,
dit-il, grimaçant, s'efforçant de prendre le même
ton que moi.

— Ouais, s'écria Tony indigné. Où diable étiez-
vous passées ? »

Petey fit un nouveau pas en avant.

« Ouais, où étiez-vous ? »

Il était là, juste sous mon nez. Dans mes bras, sa
petite sœur, toute sale, le dévisageait. Il se tenait, la
bouche grande ouverte, sous le large chapeau de
paille de la mère de Flora, son œil au beurre
noir mi-clos. Il parlait si fort que j'en avais mal
aux oreilles. « Nous sommes allés plusieurs fois à
la plage et tu n'y étais pas. » Il gesticulait à tour
de bras, comme un adulte. Il en avait l'écume
aux lèvres. « Tu n'étais pas où tu aurais dû être. » Il
planta son doigt sur moi. « L'idiote, c'est toi. »

Le toisant du regard, je lui dis en gardant mon
calme : « Vous avez abandonné votre petite sœur sur

la route. C'était bien la chose la plus stupide que vous puissiez faire ! »

Je vis ses yeux pâles s'emplir de larmes puis j'aperçus son poing. Je me détournai légèrement afin de protéger le genou de Baby June. Il me décocha un coup vigoureux dans l'avant-bras. « Eh bien, va te faire foutre ! » s'écria-t-il d'une voix rappelant à s'y méprendre celle de son grand-père. Là-dessus, il se retourna, glissant sur le talus entre la route et le champ et, comme pour ne pas faire de jaloux, il frappa Daisy à l'épaule, assez fort pour qu'elle recule, sous l'effet de la surprise et de la douleur, puis il se sauva, Tony sur les talons.

Avec Baby June dans les bras, je courus vers Daisy qui se tenait l'épaule en murmurant « Aïe, aïe, aïe », mais ne pleurait pas. Une fille habituée aux frères... Je l'entourai de mon bras libre. « Allez rechercher vos vélos, espèces d'idiots, et rapportez-moi ce chapeau ! » criai-je aux garçons. Tony se retourna, nous gratifia d'un pied de nez, nous tira la langue et les deux garnements reprirent leur course.

Je serrai Daisy très fort contre moi, Baby June tendit la main pour lui caresser la tête. Dans sa poussette, Flora se mit à pleurer, mais je la calmai. « Daisy va bien, ne t'inquiète pas. N'est-ce pas que tout va bien, Daisy Mae ? » Elle hochait la tête, s'efforçant de se montrer courageuse. « Tout va bien, Flora Dora, dit-elle. Ne t'inquiète pas. »

Je dis aux filles que nous nous passerions de plage aujourd'hui. Je donnai à Daisy une petite tape de plus sur la tête, puis de ma main libre, je fis pivoter la poussette de Flora. « Margaret May, repris-je, crois-tu que tu pourrais t'occuper de la poussette pendant que je porte Baby June ? Je sens qu'elle a assez marché.

— Bien sûr », répondit Daisy, mais elle avait du mal à empêcher la poussette de dévier. Je tentai de guider celle-ci puis je décidai de laisser Daisy se débrouiller seule. Cela exigea de sa part un certain effort, les semelles lisses de ses chaussures roses glissaient, mais elle y investit ses jambes et son épaule meurtrie, y allant de tout son petit corps.

« Que ferais-je sans toi, Daisy Mae ? À peine un jour que tu es ici, et je ne puis déjà plus me passer de toi. »

Nous regagnâmes la maison, Rags était attaché à la clôture de côté à l'aide d'un bout de corde à linge. En nous voyant, il se mit à aboyer avec férocité, grognant même, comme si ces quelques heures passées chez nous l'avaient établi gardien des lieux. Je demandai aux filles de ne pas bouger, mais elles reculèrent malgré tout, je m'approchai alors de Rags et lui dis : « Pourquoi aboies-tu, gros sot ? » Au son de ma voix, il se recroquevilla, agita la queue, gémit une excuse. C'était un petit clebs aussi gentil que bizarre, plutôt de race colley. Il était tour à tour espiègle, affectueux, timide, schizophrène. Et stupide. Il allait et venait, errant la majeure partie du temps. Sans doute avait-il été abandonné par des estivants qui renâclaient à avoir toute l'année la responsabilité d'un animal. À l'occasion, une autre famille d'estivants l'adoptait au cours de leur séjour et il disparaissait de la circulation pendant plusieurs semaines. Les enfants Moran n'étaient pas autorisés à le garder, mais ils me le ramenaient sitôt qu'ils le trouvaient dans les parages. En général, Rags les tolérait, même si je l'avais surpris une fois ou l'autre en train de leur mordiller les doigts. Pour le moment, il se tournait et se retournait en signe de joyeuse soumission tandis que je le caressais en lui parlant. Le voyant apaisé, je permis aux filles de lui apporter de l'eau et des biscuits pour chien.

Rags maîtrisé, heureux et solidement attaché à la clôture, je retirai dans la cour les vêtements sales de Baby June, la lavai à l'aide du tuyau d'arrosage de mon père, puis je l'enveloppai dans une grande serviette et l'emportai à la salle de bains. J'emplis la baignoire d'eau et de shampooing et laissai Flora et June s'amuser avec les bulles. Daisy riait, mais elle ne voulut pas se joindre à elles, fût-ce en maillot de bain. De retour sur la pelouse envahie par les ombres grandissantes de l'après-midi, je donnai à chacun biscuits et jus de fruits. Judy et Janey passèrent prendre Rags, mais les garçons ne donnèrent pas signe de vie. Je confiai Baby June à ses sœurs et demandai à Daisy si elle n'avait pas envie de quitter son maillot de bain pour se rhabiller et de changer de chaussures pour notre promenade de l'après-midi. À ma grande surprise, elle acquiesça d'un signe de tête et réapparut au bout de quelques minutes, non point avec ses nouveaux tennis mais avec les vieilles chaussures qu'elle avait portées dans le train. « Elles ont l'air confortables », dis-je, constatant sa déception d'être forcée de les remettre.

Nous installâmes Flora dans sa poussette et la ramenâmes chez elle en chantant à tue-tête pendant presque tout le trajet. J'entonnai *Barnacle Bill le Marin,* en croisant Mr. Moran qui tanguait, torse nu dans son allée, marmonnant tout bas. Daisy et moi nous efforcions d'empêcher Flora de dormir avant son dîner. L'atelier de son père était toujours éclairé, mais il n'y avait pas trace de lui, ni d'Ana non plus, ce qui valait mieux puisque je n'avais pas rapporté le chapeau de paille. À l'intérieur, je retrouvai l'odeur familière des lieux, le parfum de la maîtresse de maison, les effluves de cigare, relevés d'un arôme nouveau et complexe. La cuisinière s'activait à ses fourneaux, elle sortait du four une pomme de terre. Quand je lui dis que Flora avait pris son bain chez moi, elle me passa la main dans les cheveux. Elle appartenait à notre paroisse et connaissait plus ou moins ma mère. Malgré ses airs d'aïeule corpulente, elle n'avait pas les yeux dans sa poche.

« Merci, ma chérie, dit-elle. Ça m'aidera... » Comme si elle et moi avions deviné qu'elle aurait ce soir à assumer les tâches d'Ana. Flora, épuisée, pleura quand Daisy et moi la quittâmes. Elle ne s'accrocha pas à nous et n'essaya même pas de nous suivre, elle était trop lasse pour cela. Elle s'assit à la table de la cuisine, avec la serviette en tissu éponge que lui avait nouée autour du cou la cuisinière et elle éclata en sanglots. Sur l'assiette devant elle, la pomme de terre encore fumante voisinait avec des petits pois et du poulet. Flora avait beau être rehaussée sur son siège par deux ou trois annuaires, son menton arrivait tout juste au-dessus de son assiette. Elle pleurait la bouche ouverte, les larmes ruisselaient le long de ses joues. La cuisinière s'assit à table à côté d'elle, essuyant ses larmes de son pouce. Je remarquai sous son gros coude les foulards de la mère de Flora, à l'exception du bleu turquoise. Ils étaient là où elle les avait laissés.

Daisy et moi sortîmes à reculons de la cuisine, en faisant au revoir de la main. Derrière nous, la maison semblait vide. Sitôt dehors, je pris la main de Daisy. La toile aux éclaboussures colorées était toujours adossée au mur du garage, je pensai à la remarque du père de Flora au sujet des chefs-d'œuvre inachevés. En nous rendant chez les Kaufman pour la promenade du soir de Red Rover, je dis à Daisy que nous pourrions peut-être dormir dans les deux vieux lits du grenier. Nous pourrions approcher de la fenêtre une des chaises et, si jamais nous apercevions le fantôme dont parlait toujours l'oncle Tommy, nous lui demanderions son nom ainsi que le nom du petit garçon sur ses genoux. « Quelle est, à ton avis, leur histoire, Daisy Mae ? » demandai-je. Elle réfléchit et répondit : « Le fantôme est le père du petit garçon. Il attendait à la fenêtre son retour. Le petit garçon a fini par revenir s'asseoir sur les genoux de son père dans le fauteuil. »

Je hochai la tête. « Cela me paraît sensé, reprise-je. Reste à trouver où a bien pu aller le petit garçon...

— Sur un bateau qui a fini par revenir », s'écriat-elle, sans hésitation aucune. Le soleil se couchait. Dans les arbres, les loriots s'affolaient, se préparant pour la nuit. De derrière une des hautes haies nous parvinrent des appels d'enfants, suivis de rires et d'un cri. Plus loin retentissait une balle de tennis. L'air embaumait l'après-midi d'été tirant à sa fin, épicé d'un discret rappel de la crème solaire dont étaient enduits ces enfants invisibles. Je me mis à chanter. « Et il a fini par revenir, il a fini par revenir, de la mer il est revenu. Et depuis ce jour... » Je regardai Daisy, elle me lança un coup d'œil plein d'espoir : « Les cœurs tendres se réjouissent », dis-je en détachant les mots. Elle parut soulagée, la soirée était trop belle pour la gâcher par des pensées mélancoliques... « car le bateau est enfin revenu. »

Nous n'avions pas atteint la maison que nous entendions déjà Red Rover geindre et japper. De toute évidence, il s'était senti horriblement seul toute la journée. Pour lui remettre du baume dans le cœur, je le laissai nous lécher le visage. Nous l'emmenâmes sur la plage où, bien entendu, les vélos de Petey et de Tony traînaient encore sur le sable. Daisy et moi les relevâmes et les adossâmes aux poubelles, laissant Red Rover explorer le rivage avant de le ramener à son enclos. La fenêtre à côté de l'entrée des Kaufman était éclairée, le porche l'était aussi, mais la maison était vide. Le docteur Kaufman n'était pas rentré de la ville, j'espérais qu'à son retour il penserait à aller trouver Red dans sa niche.

En retournant chercher les vélos des garçons sur la plage, nous croisâmes les Richardson et leurs scotch-terriers. Du regard, Mrs. Richardson inspecta Daisy de la tête aux pieds tandis que je la lui présentais et je craignis un instant qu'elle lâchât ces mots qui lui brûlaient les lèvres : une pitié... Oui, bien sûr, cette pauvre Daisy avait tout l'air d'une enfant abandonnée. Sa natte se défaisait, sa ceinture pendait, les mains de Baby June et les pattes de Red Rover avaient laissé leurs empreintes sur sa robe blanche et verte, héritée de moi, qui, sous l'œil à monocle ou presque de Mrs. Richardson, paraissait soudain démodée. Sans parler des mocassins non cirés, dont le noir et le blanc n'étaient plus qu'un dégradé de gris. La différence, elle tenait à ces mocassins. Revoyant le charmant lutin qu'elle était ce matin, tandis qu'elle suivait les scotch-terriers sous les grands arbres verts, je conclus que ces chaussures bon marché rose bonbon avaient malgré tout un certain charme. « Et dans quel quartier habitez-vous ? » s'enquit Mrs. Richardson, et Daisy, intimidée, inclina la tête et marmonna : « Seventy-ninth Place. »

Mrs. Richardson me regarda droit dans les yeux. « Qu'a-t-elle dit ? » sous-entendant par là : on ferait bien d'apprendre à cette enfant à parler distinctement...

Je souris et incitai Daisy à poursuivre notre chemin. « Elle habite Sutton Place, répondis-je. Voulez-vous que je passe prendre les chiens demain matin ? »

Mrs. Richardson jeta un coup d'œil en direction de son mari, la pipe à la bouche.

« Bien sûr, dit-elle. Ravie de vous avoir rencontrée, Daisy. » Et Daisy en dépit de ses chaussures en piètre état et de sa robe sale exécuta une petite révérence dans les règles de l'art et répondit : « Ravie de vous avoir rencontrée, moi aussi... »

« Tu imagines ce que ça doit être de vivre avec cette femme ? » lui demandai-je un peu plus loin.

Daisy hocha la tête. « Pauvres chiens ! » s'exclama-t-elle. Nous repartîmes chez nous sur les vieilles bécanes que nous laissâmes au passage dans la cour défoncée des Moran. Mes parents n'étant pas rentrés, j'allai à la cuisine peler des pommes de terre et je les mis à cuire. Daisy feuilletait des magazines sur le canapé de la salle de séjour. Lorsque je la rejoignis, je m'aperçus qu'elle pleurait, des larmes roulaient sur ses joues. Je posai les revues par terre et m'assis à côté d'elle, et l'entourant de mon bras, je la pressai contre moi.

« Qu'y a-t-il, Daisy Mae ? » demandai-je. Elle renifla et répondit tout bas : « Maman me manque. »

Cela m'étonna un peu et je m'en voulus aussitôt de m'être moquée de tante Peg ce matin, chez les Clarke. Certes, la réaction de Daisy était compréhensible : après tout, cette cinglée de tante Peg était sa seule et unique mère. « Et puis ma maison me manque aussi », ajouta-t-elle. Je l'embrassai sur le sommet du crâne. « Tu peux retourner chez toi quand tu voudras », murmurai-je dans ses cheveux, tout en percevant, et sans doute pour la première fois de ma vie, combien je me sentirais seule sans elle, ici, chez moi, où j'avais pourtant toujours été seule. « Je peux te raccompagner chez toi en train, demain ou quand tu voudras. Tu n'as qu'à me le dire. » Elle secoua la tête et me regarda, l'air très sérieux. « Oh ! Je ne veux pas partir, dit-elle, je me sens vraiment bien ici, je pourrais y rester pour toujours ! » Des larmes voilèrent à nouveau ses yeux. « Ils me manquent, c'est tout... » Je lui répondis que je comprenais. « C'est difficile quand on est habitué à des personnes », repris-je. Elle acquiesça d'un signe de tête. « Ils peuvent te manquer sans que tu veuilles pour autant être avec eux. »

Elle hocha de nouveau la tête.

« Somme toute, tu aimerais être à deux endroits à la fois : avec eux, parce que tu les aimes et que tu es habituée à eux, mais également loin d'eux, afin de pouvoir être juste toi.

— Oui, c'est ça, répondit Daisy, s'appuyant contre moi, son coude maigrelet pressant contre ma cuisse.

— Dans le fond, tu aimerais pouvoir apparaître et disparaître comme un petit fantôme. Être avec eux sans les avoir tout le temps sur le dos ! »

Elle approuva à nouveau de la tête. « C'est bien ça le mystère des familles », dis-je.

Elle posa la tête sur mon épaule. Elle avait les traits tirés. J'entendais les pommes de terre qui bouillaient dans leur casserole, et je savais qu'il aurait mieux valu baisser le feu, mais je ne voulais pas laisser Daisy. Je lui dis de mettre les pieds sur le canapé pour se reposer un moment, elle accepta. Songeant davantage aux housses roses du canapé, si chères à ma mère, qu'à toutes nos futiles escarmouches au sujet des fameuses chaussures roses, je repris : « Tu devrais enlever tes chaussures. » Obéissante et lasse, elle se pencha pour délacer les vieilles chaussures bicolores sans discuter, bien sûr, car ces chaussures, des chaussures d'écolière des plus ordinaires, n'avaient aucun charme. « Et ces chaussettes pleines de sable ? » insistai-je. Avec un hochement de tête à peine perceptible, discret vestige de son hésitation antérieure, elle retira ses chaussettes blanches et les rangea dans ses chaussures. Elle ramena ses pieds sur le canapé, replia ses genoux sous l'ample jupe de ma vieille robe du dimanche et posa la tête sur mes genoux. Sur le mur près de la cheminée était accroché le croquis que le père de Flora m'avait donné au mois d'avril. Il bénéficiait désormais, au dire de mes parents, d'un cadre digne d'un musée, qui, racontaient-ils, leur avait coûté une « petite fortune », mais l'encadreur leur avait offert cent dollars pour ce dessin, ce qui les avait surpris et comblés d'aise. En le rapportant à la maison, ils l'avaient accroché en grande pompe, même s'ils continuaient à penser que le dessin en lui-même était nul. Toujours est-il qu'il était la première preuve tangible de ma réussite sociale, la raison même de leur exil. Je surpris Daisy, les mains sous sa joue, en train de contempler le dessin. « C'est le père de Flora qui a fait ça », expliquai-je. Elle hocha la tête. « C'est bien ce que je pensais », dit-elle.

« J'ignore ce que ça représente, repris-je. Il en a dessiné une cinquantaine et m'en a donné un.

— On dirait quelque chose de cassé, commenta-t-elle, mine de rien, sortant soudain de sa somnolence, comme revigorée par ses propres pensées. Un objet que l'on s'attendait à voir se briser, sans être prêt, malgré tout, à le voir en morceaux. Et qui, on ose l'espérer, demeurera intact. »

Je tirai le bas de la robe sur ses chevilles maigrichonnes. Le soleil pénétrait à travers la fenêtre, il inondait la salle de séjour des ors rougeoyants du crépuscule, tout en épargnant le canapé. La lumière n'était donc pas assez vive pour m'aveugler, mais elle ne le cédait pas non plus à une véri-

116

table pénombre qui m'eût incitée à douter de ce que je voyais. « Daisy », dis-je, me penchant vers elle. Je touchai ensuite son épaule et lui demandai de se rasseoir. Elle parut un moment retenir son souffle. Me laissant glisser du canapé, je m'agenouillai au milieu des magazines et pris tout doucement ses petits pieds dans mes mains. Sur chacune de ses plantes de pied suivant, semblait-il, les contours de ses vieilles chaussures, je remarquai une contusion qui à elle seule en disait long, je léchai mon doigt et frottai un peu afin de m'en assurer. Le croissant bleu s'étirait presque jusqu'à ses orteils, je l'effleurai, puis appuyai délicatement, elle ne cilla pas.

« Ça te fait mal ? dis-je et elle secoua la tête, l'air gêné.

— Pas vraiment, répondit-elle.

— Alors, qu'est-ce que c'est ? » murmurai-je.

Elle haussa les épaules, ses deux mains sagement posées sur sa jupe.

« C'est juste un bleu », reprit-elle avec méfiance. Elle leva le menton et tourna légèrement la tête.

« Comment t'es-tu fait ça ? Tes frères ? »

Des larmes perlèrent à nouveau dans ses yeux. « Non », murmura-t-elle, d'une voix presque inaudible. Nos regards se croisèrent et elle hocha légèrement la tête comme pour admettre que c'était là le secret qu'elle s'était donné tant de mal à cacher. « Je ne sais pas comment je me suis fait ça, dit-elle. C'est venu un jour, il y a quelque temps, je ne sais pas pourquoi. »

Je regardai de plus près. C'était un bleu, jaunâtre par endroits, presque noir à d'autres. « Tu en as parlé à quelqu'un ? lui demandai-je. Tu l'as dit à ta mère ? »

Daisy fit non de la tête, cette fois ses lèvres tremblaient. « J'avais peur qu'on m'envoie chez le docteur et qu'il ne me laisse pas venir », dit-elle tout bas. Une larme glissa sur le bord de son œil, coula sur son visage et atterrit sur le joli col de sa robe sale. « Tu sais, la vérité c'est que je ne veux pas retourner chez moi. » Je retournai sur le canapé et la pris à nouveau dans mes bras. Elle posa sa bouche ouverte contre mon épaule, comme un bébé.

« Je me disais que c'était à cause des chaussures que je mets pour aller en classe, reprit-elle. Je croyais que mes chaussures roses l'aideraient à disparaître, mais je les ai portées toute la journée et ça ne part pas. Je ne veux pas rentrer si vite à la maison... » Je la gardai un moment contre moi, caressant son bras, lui tapotant le dos, m'efforçant de l'apaiser. Je songeai à la tache blanchâtre que j'avais remarquée sur sa hanche tandis qu'elle se changeait, à la pâleur de sa peau ce matin, à la tiédeur de sa tête et de son avant-bras quand je me penchais pour l'embrasser. Des indices que la tante Peg ou l'oncle Jack, vu leur vie occupée, grouillante d'enfants, auraient pu ne pas noter, peut-être même depuis un certain temps. Pauvre Daisy. Pauvre Daisy, disions-nous tous. Cette pauvre Daisy, c'était un des grands refrains familiaux, cette pauvre Daisy à qui l'on ne prête guère attention, avec ses fripons de frères et sa sœur Bernadette, aussi boulotte que fragile. Cette pauvre Daisy ! Pensez donc, continuait le refrain familial, la maison à tenir, les règles de la vie familiale à faire respecter, ces nuits interminables, et non sans risque, imposées par le travail de son père, sans mentionner les nuits non moins nombreuses et fort occupées, porte close, où il était à la maison... Pauvre Daisy, une bonne petite, continuait la chanson, une enfant obéissante, polie, d'une admirable indépendance, capable de prendre son bain toute seule, d'enfiler son pyjama et de se préparer pour aller à l'école le matin. Une vraie petite souris, cette pauvre Daisy, mais dans ce contexte, comment pourrait-il en être autrement ? Je cite ici l'oncle Jack, pistolet à la ceinture, assis à la table en formica, devant une assiette de salade de fruits parsemée de minuscules marshmallows, tandis que la tante Peg s'agite autour de lui, lui tapote l'épaule, caresse sa joue balafrée, tous les enfants étant au lit sauf moi. Derrière eux, on aperçoit le carreau sur lequel on a vaporisé de la fausse neige. « Cette pauvre Daisy », reprend-il, en engloutissant une généreuse cuillerée de salade de fruits. L'oncle Jack dans sa cuisine, à une heure du matin, enfin rentré à bon port... « C'est une vraie petite souris, mais je crois que nous la garderons, après tout. »

Je ne me revois pas prenant une décision. Je ne crois pas avoir compris ce que les bleus pouvaient signifier ni présager, même si je pense que Daisy et moi y avions perçu quelque menace, qui s'insinuait dans sa vie, dans la mienne. Quelque chose qui s'était brisé. Quelque chose que l'on s'attendait à voir se briser. Tout en espérant que non. « Un jour, ce n'est pas bien long, lui dis-je, quand je la sentis prête à m'écouter. On ne sait jamais... Tu n'as pas porté assez longtemps ces chaussures roses. »

Elle s'assit, les bras toujours autour de mon cou, nos visages à quelques centimètres l'un de l'autre. « Tu ne les as portées qu'hier, dis-je, jusque-là c'était des chaussures parfaitement ordinaires. » J'entendis la voiture de mes parents dans l'allée, le gravier crissait sous les pneus. « Il faut leur donner une chance, tu ne trouves pas ? Attendons, on verra bien... » Je passai les pouces sur ses joues toutes rouges, encore humides de larmes. Le frein à main de la vieille voiture grinça dans le garage.

Je me penchai doucement au-dessus des genoux de Daisy pour ramasser ses chaussettes. « Tu sais ce que l'on dit au sujet de la magie, des fantômes et de la chance ? repris-je. On dit qu'il faut d'abord y croire, d'accord ? »

Je retirai ses chaussettes. Tièdes et humides, elles étaient encore pleines de sable. Je les secouai avec soin, l'une après l'autre, les tapai contre mes poignets. J'essuyai ensuite de la main les pieds tout pâles de Daisy, passant les doigts entre ses orteils, la chatouillant un peu. J'entendis claquer les portières de la voiture et mes parents se parler dans l'allée menant du garage au porche. De leur voix calme, usuelle, ils poursuivaient la conversation entamée au réveil.

« Pointe tes orteils comme une danseuse, Daisy Mae », murmurai-je, lui enfilant ses chaussettes et gardant ses pieds cachés dans mes mains le temps que mes parents franchissent la porte moustiquaire.

À les voir chacun avec son journal et sa serviette

sous le bras, mon père dans son costume bleu marine fripé, ma mère avec sa jupe, ses collants et ses escarpins, on aurait pu les prendre pour des visiteurs extraterrestres. Leurs vêtements sentaient l'atmosphère enfumée du bureau et de la voiture. « Les voilà ! » s'exclama mon père comme s'il était réellement surpris de nous voir. « Alors, les filles, comment s'est passée votre journée ? demanda ma mère. Tu as épuisé cette pauvre Daisy ? Les pommes de terre sont en train de cuire ? »

Je serrai les pieds de Daisy, comme pour sceller notre pacte et l'aidai à se relever du canapé. « Oh ! Mon Dieu ! Les pommes de terre ! » m'écriai-je, feignant l'étourderie en guise de bienvenue.

Après le dîner, Daisy et moi allâmes attraper des lucioles. Elle avait remis ses chaussures roses, pour leur permettre de se faire à son pied, une élégance qui lui redonnait tout son charme. Nous nous assîmes sur la balançoire, l'une en face de l'autre, les jambes de Daisy autour de ma taille, serrant de nos mains la grosse corde. Dès que j'avais donné trop d'élan à la balançoire et que je sentais Daisy trembler à chaque remontée, je raclais l'herbe de mes pieds nus, afin de nous freiner. Nous étions là, dans la pénombre du jardin, avec pour seules lumières la lampe du porche arrière et celle de la cuisine où mes parents parlaient et fumaient, quand Petey et Tony vinrent nous rejoindre par le portail, et non point en sautant par-dessus la clôture, selon leur bonne habitude.

« Vous avez vu Rags ? demanda tout bas Petey, levant à peine la tête pour nous regarder.

— Judy et Janey l'ont emmené, juste avant que je raccompagne Flora chez elle, répondis-je.

— Eh bien, il s'est encore sauvé, reprit-il, fixant le sol du regard. Elles ne l'ont pas vu.

— Moi non plus », dis-je.

Je continuai à faire lentement aller et venir la balançoire, on n'entendait que le grincement de la corde sur la branche. Seuls les yeux des garçons et leurs cheveux en brosse, d'un blond presque blanc, luisaient dans l'obscurité, leurs corps semblaient s'être évanouis.

« Écoute, Petey, tu dois demander pardon à Daisy, finis-je par lui dire, comme s'il attendait que je le lui souffle.

— Pardon, Daisy. »

Elle me jeta un coup d'œil et se tourna vers lui :

« C'est oublié, dit-elle.

— Peut-être que tu veux me dire la même chose », ajoutai-je.

Une fois de plus, et sans la moindre hésitation, Petey s'exécuta : « Pardon », dit-il.

Tony s'avança et fit apparaître le chapeau de derrière son dos. « Tiens », dit-il, en me le tendant avec une certaine solennité. Le malheureux chapeau avait perdu de son allure, et même si la semi-obscurité m'empêchait de l'examiner de près, il apparaissait déformé, voire mâchonné à divers endroits.

« J'ai aussi quelque chose pour Daisy, reprit Petey, gêné. Je ne l'ai pas encore, mais elle aimera ça. » Daisy et moi échangeâmes un clin d'œil, puis Daisy répondit avec quelque panache : « C'est très aimable à toi. »

L'écho creux et lointain du vieux Mr. Moran criant je ne sais quoi à quelqu'un à l'intérieur de la maison suivi de la réponse que hurlait sa fille vinrent marteler le silence. Je fis descendre Daisy de mes genoux et nous nous lançâmes à la poursuite des lucioles. Petey et Tony passaient la plupart de leur temps à décoller de leurs paumes les pauvres insectes encore scintillants, les ayant attrapés une seconde trop tard et avec trop de fougue. Judy finit par nous rejoindre tenant Garbage, le chat trouvé, lové sous son menton. Elle jura tout bas quand il s'échappa de ses bras et disparut dans les buissons. Là-dessus, Janey arriva : chez eux, le ton de la discussion variait d'intensité, les portes claquaient. Je préparai du pop-corn, les laissant le savourer à la table de notre cuisine car les moustiques arrivaient en force. Je les renvoyai chez eux à dix heures du soir quand mes parents m'appelèrent depuis la salle de séjour pour me dire qu'il était temps que Daisy aille se coucher.

Nous passâmes la nuit au grenier, prenant soin de placer le vieux fauteuil à oreilles devant la petite fenêtre, ainsi que l'avait fait l'oncle Tommy. Je sentais au timbre de sa voix, à certaine brusquerie dans ses réponses, à certains coups d'œil derrière le fauteuil alors qu'elle retirait le couvre-lit et arrangeait ses oreillers, que Daisy commençait à se demander avec une légère inquiétude si le fantôme n'apparaîtrait pas vraiment... Je lui montrai donc qu'il était écrit dans mon livre que les fantômes n'apparaissaient qu'à des personnes seules, qui dormaient seules. Cela parut la rassurer un peu, mais elle me demanda tout de même de m'allonger près d'elle jusqu'à ce qu'elle s'endorme. Je le fis, récitant tout bas, comme jadis ma mère avec moi, un monotone chapelet de Je vous salue, Marie. Nous ne mentionnâmes pas les bleus, même si lorsqu'elle se déshabillait, j'en avais remarqué un nouveau, sur son épaule, un petit bleu tout rond, dû au coup de poing de Petey. J'avais cru bon de lui montrer que j'avais le même en plus petit sur mon avant-bras. Quelques minutes plus tard, elle dormait à poings fermés. Je me levai, ramenai la couverture sur son épaule et me glissai dans l'autre lit.

Je regardai la fenêtre face à laquelle se découpait la haute silhouette sombre du fauteuil. Bien sûr, l'oncle Tommy qui dormait seul dans ce lit devait avoir vu le fantôme. Les fantômes, d'après mon livre, n'apparaissaient pas aux gens mariés. J'imaginais l'oncle Tommy, seul dans ce lit. L'oncle Tommy, la cinquantaine bien sonnée, célibataire et sans enfants. Un petit corps de jeune garçon, un grand et beau visage, gamin, à sa façon. Des cheveux encore blonds qu'il commençait à perdre, les joues aussi lisses que celles d'un bébé, jusqu'à ce qu'elles rejoignent les pattes-d'oie autour de ses yeux souriants.

Oncle Tommy... Toujours seul, toujours souriant... Toujours. Même après le cap de la cinquantaine, changeant sans cesse de travail et de copine. Il habitait le West Side et je ne connaissais pas son appartement. Mon seul souvenir de lui se résumait à une série de visites inattendues et de départs non moins inattendus — en coup de vent. Je l'aimais parce qu'il appelait ma mère, sa sœur, Sis ou Sissy, et, lorsque celle-ci le suppliait d'être sérieux, il rétorquait, en m'adressant un clin d'œil : « Rien n'est sérieux dans la vie. » Il affirmait en riant que le mariage n'était pas pour lui, et « tant qu'on y est », l'Église non plus. Il prétendait qu'il n'aimait pas le « jusqu'à ce que la mort nous sépare », et de ponctuer ça d'un frisson qui lui secouait les épaules et d'un hochement de tête. Il n'aimait pas non plus l'idée que, pour jouir, il fallait attendre le ciel. « Tant qu'à faire, j'aime mieux jouir ici-bas ! » Il aimait les enfants et il aimait les chiens, ajoutant, même s'il n'en avait pas, que c'était les seules créatures capables de comprendre ce qu'est le présent. Si je tenais de quelqu'un, ce devait être de lui.

« Être heureux est une rude besogne », se plaisait à dire l'oncle Tommy. Il prétendait y employer tout son temps.

Mais le fantôme qui lui apparaissait dans notre grenier guettait, il voulait quelque chose. À en croire l'oncle Tommy, il était si bouleversé qu'il pouvait à peine parler. Un bien triste fantôme jusqu'au jour où l'oncle Tommy lui donna un fauteuil et un petit garçon à tenir dans les bras. Le petit garçon était enfin revenu...

Je restai éveillée aussi longtemps que je le pus, allongée dans le lit d'oncle Tommy, écoutant la discrète respiration de Daisy qui, je l'avoue, m'effrayait un peu, tout comme cette inconscience dans laquelle le sommeil l'avait plongée, jusqu'à ce que je l'entende rire en dormant.

En tout cas, le fantôme et son petit garçon ne se manifestèrent pas cette nuit-là, mais j'appris le lendemain que Petey avait passé la nuit allongé sur le sol, sous la fenêtre de ma chambre déserte.

Le lendemain matin, je trouvai Petey assis à la table de la cuisine en compagnie de mes parents. Ceux-ci feignirent d'ignorer qu'il avait dormi là. Ils me racontèrent que Petey s'était levé aux aurores dans l'espoir d'attraper un lapin dans notre jardin. Mon père lui apprenait la façon de s'y prendre, il lui expliquait comment construire un piège à l'aide d'une boîte d'allumettes et d'un cure-dents tandis que ma mère cherchait dans le réfrigérateur des carottes susceptibles de servir d'appât. Petey s'étant approprié ma chaise, je l'observais, adossée au comptoir. Son visage, ses bras et ses jambes brunes étaient criblés de piqûres de moustiques, j'en voyais même sur son cuir chevelu rose. Ayant dormi sous les buissons, son épaule droite, son bras, le côté droit de son visage et de sa tête étaient couverts d'une croûte de boue. Il ne trempa pas les lèvres dans le thé, mais il dévora une assiette de toasts puis, les carottes de ma mère à la main, il se leva, remercia et fila, tel un lapin, par la porte de service.

Ma mère revint s'asseoir, elle semblait lasse, comme si Petey était son garnement de fils. Elle me demanda si la nuit dernière j'avais entendu la voiture de police, appelée une fois de plus chez les Moran. Je répondis que non, elle secoua la tête.

« Ton père ne l'a pas entendue, et il n'a pas entendu non plus tous ces hurlements, dit-elle.

— J'ai entendu hurler en début de soirée, précisa mon père, mais ma mère secoua la tête.

— Non, reprit-elle. Il s'agissait d'une heure avancée de la nuit. »

Et il haussa les épaules, reconnaissant, l'air penaud, que lui dormait alors qu'elle ne dormait pas.

Sitôt qu'ils furent partis, je grimpai au grenier réveiller Daisy, prenant avec moi les vêtements neufs que sa mère avait mis dans sa valise. C'était un geste de réconciliation, voire de réparation à l'égard de tante Peg qu'aimait Daisy et qui aimait Daisy. J'avais sorti la plus petite des tenues qu'elle avait apportées, un short écossais rose et bleu assorti à ses chaussures roses. J'avais pris soin de lui donner un coup de fer et j'avais prévu d'éventuellement resserrer l'élastique de la taille à l'aide d'une épingle de nourrice. À la vue de ce short, Daisy fit une légère moue : elle avait déjà jeté son dévolu sur une robe en vichy rouge et blanc de ma garde-robe taille huit ans. Elle trouvait fort à son goût les rubans aux épaules. En bas, dans ma chambre, je l'assis entre mes genoux pour lui brosser les cheveux que j'attachai sur le sommet de son crâne à l'aide d'un élastique et d'un large ruban rouge. Les cheveux ainsi relevés, son visage paraissait plus étroit et ses oreilles rappelaient les anses d'une tasse à thé. La peau, les os de ses épaules nues avaient la finesse et la fragilité d'une porcelaine bleu pâle.

Ce matin-là, j'avais mis par-dessus mon short et mon tee-shirt une vieille chemise de mon père. Soudain, sans trop savoir pourquoi, j'en ramenai le pan sur ma tête et m'élançai sur Daisy, nous atterrîmes toutes deux sur le lit. Elle riait et poussait des petits cris quand, soudain, elle porta la main à ses cheveux en s'écriant : « Attention à mon chignon ! — Oh ! C'est ton chignon, ça ? demandai-je en la chatouillant. Moi qui croyais que c'était le mien ! » J'aimais ses petites dents de travers ou manquantes, son petit nez et les arcades rousses de ses sourcils. Reprenant notre souffle, nous restâmes allongées sur mon dessus-de-lit en coton, le visage caché par le pan de la vieille chemise, à travers lequel nous ne distinguions que la lumière du matin. Elle murmura alors : « Tu ne diras rien ? » Je secouai la tête, un hochement presque imperceptible, visant à la rassurer. « Oublie ça », repris-je, dégageant nos visages de la chemise. Je lui dis que du travail nous attendait.

La veille au soir, j'avais posé le chapeau de paille de la mère de Florence sur la patère derrière la porte de service, et ce matin, je pus constater qu'il avait été tordu, cassé et que sans aucun doute le rebord en avait été mâchonné. Quoi qu'il en soit, je le plaquai sur ma nuque, j'avais les moyens de lui en racheter un.

Petey, Tony et Janey apparurent dans notre jardin avec une boîte en carton, la corde à linge qui tenait lieu de laisse à Rags et les carottes ramollies. À peine avions-nous franchi la porte de service que Petey alla se placer devant la boîte, les carottes dans son dos, tandis que, de la main, Tony me signifiait de décamper car Daisy n'était pas censée regarder. Les yeux de Janey allaient et venaient entre le ruban rouge dans les cheveux de Daisy, sa robe à carreaux et ses chaussures aux pierres précieuses. Comme tous les enfants Moran, elle avait remis les vêtements de la veille, voire de l'avant-veille, la même blouse et le même corsaire que lors de sa promenade à vélo avec un père qu'elle ne partageait pas, semblait-il, avec Petey et Tony. C'était une petite fille ravissante, en dépit de sa frimousse sale et de ses cheveux blond filasse, raides comme des baguettes, une de ces petites filles chez lesquelles, à six ans, la finesse des traits, la cambrure des reins ou le bleu d'acier des yeux laissaient déjà entrevoir la beauté de l'adulte.

« Où allez-vous ? demanda-t-elle en ajoutant, sans me donner le temps de lui répondre : Je peux venir ?

— Non, Janey, non ! hurla Tony, bombant le torse, autoritaire. Maman veut que tu restes ici, poursuivit-il de la voix forte, brutale d'un maître-chien ou, qui sait, de son propre père.

— Je crois qu'il faut que tu restes ici, repris-je, et Tony de renchérir :

— La police va l'emmener si elle quitte la rue, c'est maman qui l'a dit ! »

Janey parut un instant déçue, puis elle se tourna vers lui, ses prunelles bleues s'étrécirent : ses espoirs le cédaient au mépris. Je pouvais voir que se préparait un coup dans le tibia, aussi j'attrapai le malheureux chapeau de la mère de Flora et le plaçai devant Janey. « Il te plaît ? demandai-je. Il te va très bien. »

Relevant la tête, elle sonda l'ombre du chapeau, et son visage changea à nouveau : elle était redevenue une fillette de six ans. « Tu as l'air d'une star, dis-je. On croirait Sandra Dee. » Je décochai à Tony un coup d'œil lui intimant de ne pas me contredire.

Esquissant un sourire, Janey passa la main le long du bord. « Je peux l'avoir ? » demanda-t-elle. « Bien sûr », répondis-je, comme s'il m'appartenait. Je lui proposai de venir me trouver après le dîner : j'aurais des rubans de couleur pour le décorer.

De sa main libre, l'autre tenant toujours les carottes dans son dos, Petey, qui s'entêtait à interdire l'accès à la boîte en carton, nous signifia à nouveau de déguerpir. « Va-t-en, marmonna-t-il. Allez-vous finir par partir ? »

Bien que le docteur Kaufman fût en principe chez lui aujourd'hui, Daisy demanda si elle pouvait s'arrêter pour dire bonjour à Red Rover. Ce n'était pas un gros détour, aussi j'acceptai. Voyant que la voiture était garée devant la maison mais que les stores étaient baissés, je dis à Daisy que nous passerions par l'arrière de la maison pour donner à Red Rover une rapide caresse et un biscuit et que nous repartirions aussitôt.

En longeant la maison, nous aperçûmes de dos, sur le patio, le docteur Kaufman qui contemplait la piscine et son cabanon, aussi vides l'un que l'autre. Nu-pieds, il était en caleçon et polo. Je me serais esquivée si les pas décidés de Daisy sur le béton ne l'avaient pas incité à se retourner. Ses cheveux clairsemés étaient encore ébouriffés par le sommeil et il avait besoin de se raser. Toute sa personne, bras, jambes, revers des mains, tout, sauf le sommet de son crâne, semblait ombré de poils frisés. Il tenait à la main une tasse de café. « Tiens, tiens, tu es venue promener Red ? remarqua-t-il avec calme. Je t'avais demandé de venir aujourd'hui ? »

J'inclinai la tête et lui présentai Daisy, expliquant

que nous avions décidé de nous arrêter pour saluer Red Rover.

« Ça alors, n'est-ce pas gentil ? » poursuivit-il d'une voix tout aussi posée, l'air de chercher ses mots, sans doute dormait-il encore à moitié. Il bougea soudain pour rapprocher une des chaises du patio. Ses jambes poilues étaient légèrement arquées et il n'était pas aussi bronzé qu'il le serait au mois d'août. « Tu veux t'asseoir ? demanda-t-il en gesticulant avec la tasse de café. Tu ne bois pas de café, je suppose, j'ai rapporté des petits pains de la ville. Tu en veux un ? » Je déclinai son offre d'un double « Non merci », ajoutant que je m'étais juste arrêtée en me rendant à mes autres boulots.

« Oh ! Bien sûr… » dit-il avec un hochement de tête d'une voix redevenue douce et terne. Derrière lui, l'eau de la piscine était d'un paisible azur, moucheté de petits nuages. Le cabanon de la piscine était fermé, avait-il jamais été ouvert ? J'entendis Red Rover geindre une ou deux fois, des plaintes plutôt désespérées.

Daisy me prit la main, comme pour me dire « Allons-y », mais le docteur Kaufman semblait vouloir nous garder. « Ton été se passe bien ? » demanda-t-il, s'appuyant à la table du patio, comme si nous allions entamer une conversation. « Très bien, merci », lui répondis-je. « Occupée… » Nous nous étions parlé par téléphone à maintes reprises pour conclure notre arrangement, mais c'était la première fois que je le voyais cette année. Il était large d'épaules, mais à peu près de ma taille, un peu voûté, sans doute avait-il pris un peu d'embonpoint ces temps derniers. Il avait toujours cet air aimable, mais malheureux. « Tu sembles en forme, tu as grandi », dit-il. Gêné de m'avoir regardée pendant ce qui me parut une seconde ou deux de trop, m'évaluant de ses yeux sombres et tristes, il se tourna vers Daisy et lui demanda : « Et toi, où habites-tu, mon ange ?

— À Sutton Place », répliqua Daisy du tac au tac. Je ne pus m'empêcher d'éclater de rire. Le docteur Kaufman se tourna vers moi, souriant et intrigué, c'était la première fois qu'il souriait depuis notre arrivée. « Que se passe-t-il ? Qu'y a-t-il de si drôle ? » s'exclama-t-il. Son regard ne cessait de glisser de mon visage à mes jambes. Daisy souriait elle aussi.

J'attrapai le chignon de Daisy et le secouai. « Disons plutôt à Queens Village », repris-je. Et Daisy de pouffer et de hausser les épaules tandis que le docteur Kaufman, prenant son parti, concluait : « D'après ce que je vois, elle a l'imagination fertile... » Il la regarda à son tour de la tête aux pieds. « ... et de bien jolies chaussures », ajouta-t-il.

Les plaintes de Red Rover se faisaient plus vigoureuses, il les ponctuait d'aboiements lugubres, je prévins donc le docteur Kaufman de mon intention de descendre au chenil et de repartir. Toujours appuyé contre la table, il agita sa tasse à café. « Allez-y, dit-il, il en sera ravi. »

Nous donnâmes à Red Rover les biscuits pour chien que j'avais dans mon sac de plage, le grattant derrière les oreilles. Au moment où nous refermions la porte de la clôture, le docteur Kaufman nous rejoignit. Il avait enfilé un short par-dessus son caleçon et il portait des espadrilles. On aurait cru qu'il venait de se raser à la va-vite. Il tenait la laisse de Red Rover et il annonça que le chien et lui nous accompagneraient à notre prochain lieu de travail. Je savais que Daisy apprécierait la compagnie du chien, mais serait peut-être déçue d'avoir à partager la matinée avec un adulte, toutefois son visage n'en laissa rien paraître. Les déceptions, elle y était habituée... Il marchait à côté de moi, son bras effleurant le mien, tandis que Red Rover tirait sur sa laisse. Je lui demandai des nouvelles des jumeaux, quand ils arriveraient. Lorsqu'il me répondit, je notai que Mrs. Kaufman était désormais devenue « leur mère », alors que, deux ans plus tôt, lorsqu'il faisait référence à elle, c'était toujours « mon épouse ».

Il voulut savoir si j'avais déjà réfléchi à l'université où je voulais m'inscrire. Je lui répondis que non. « Leur mère, dit-il, est une ancienne de Smith College, ne va pas à Smith. Tu pourrais envisager une carrière de mannequin », poursuivit-il et quand je lui répondis que cela ne me semblait pas possible, il s'exclama : « Bien sûr que si ! Sans aucun problème. » Puis, se tournant vers Daisy : « Tu ne trouves pas que ta cousine pourrait être dans des magazines ? » Daisy me sonda du regard, en quête d'une réponse, flairant sans doute ma répugnance pour ce genre de conversation. « À condition qu'elle le veuille », répondit-elle tout bas.

« Bien sûr que tu en serais capable », insista-t-il, s'emballant à cette idée. Sa voix, son comportement semblaient changer, une sorte de transformation que je ne comprenais pas encore vraiment, mais que je sentais d'une façon ou d'une autre apparentée à cette autre transformation qui, de « ma femme », avait fait « leur mère ». « J'ai des relations dans ce milieu, reprit-il, certaines de mes patientes. Je pourrais te présenter à elles, t'aider à te lancer, je te le garantis. Tu pourrais être dans des magazines. Par exemple *Seventeen*. Tu lis *Seventeen*, n'est-ce pas ? Même ma fille lit *Seventeen* et elle n'a que six ans ! » Il se mit à rire. L'idée me vint de lui rappeler que je connaissais sa fille : n'étais-je pas sa baby-sitter, après tout… ? « J'ai pour amies plusieurs de ces mannequins », dit-il. Il se remit à rire. « Je suis maintenant célibataire, tu sais, ajouta-t-il en guise d'explication. Elles ont toutes débuté très jeunes, quel âge as-tu ? Presque dix-huit ans ?

— Quinze ans », précisai-je, Dieu sait pourtant que j'avais envie de lui répondre douze.

Il me jeta un coup d'œil par-dessus son épaule, pendant que Red tirait sur sa laisse. Son polo était encore empreint d'une vague odeur de transpiration nocturne. « Pas plus ? demanda-t-il. Je te croyais plus âgée. » Puis il reprit : « Ma parole, mais tu étais encore au berceau quand nous t'avons embauchée ! Ça alors, j'étais loin de m'en douter ! » Quelque chose semblait peu à peu lui revenir. « Bon sang, tu avais treize ans. Elle le savait, leur mère, que tu avais treize ans ? »

Je haussai les épaules. « Je le suppose », répondis-je. Il continuait à hocher la tête. « Bon sang », répéta-t-il. Après un silence, ponctué de pépiements d'oiseaux, de la respiration haletante de Red Rover et des semelles de Daisy martelant la chaussée, il reprit : « Je ne vais pas te raconter ce qui s'est passé dans la tête de cette femme. »

J'aurais certes pu l'en remercier, mais je préférais lui dire : « C'est ici que vivent les scotch-terriers. »

Enfin parvenus à l'allée des Richardson, nous nous arrêtâmes un instant. Il avait l'air si désespéré que je crus qu'il allait fondre en larmes. Le personnage qu'il essayait de jouer quelques minutes plus tôt en m'entreprenant au sujet d'une carrière de mannequin, en me baratinant sur ma beauté, en me demandant mon âge, semblait s'être évanoui, sa voix était à nouveau posée, on le sentait aussi désorienté que lors de notre rencontre fortuite ce matin. Tenant toujours Red par la laisse, il plaça soudain sa main libre sur ma nuque, il se pencha pour m'embrasser sur la joue, puis il passa la main sur la chemise blanche de mon père et me prit doucement par l'épaule avant de lâcher et de reculer. Il se tourna vers Daisy. « Puis-je te donner à toi aussi un petit baiser ? demanda-t-il. Vois-tu, j'ai une fille à peu près de ton âge qui est ce matin tout là-haut dans le Maine. » Daisy répondit par un simple « oui ». Et à la voir se pencher, tendre la joue et se résigner à accepter sa triste affection, je crus qu'un miroir me renvoyait mon image. Il lui toucha l'épaule et, remarquant le bleu que Petey y avait laissé, il posa son doigt sur celui-ci en disant :

« Comment t'es-tu fait ça ?

— Un petit garçon », répondit Daisy comme elle aurait dit une guêpe ou un moustique.

Il fit la moue et hocha la tête. « Méfie-toi d'eux, reprit-il, avant d'ajouter : De nous. » Il laissa alors courir ses doigts le long du bras de Daisy, lui soulevant la main, prenant sa paume. Je le vis étudier une ou deux secondes ses petits ongles. Il me vint soudain à l'esprit que je ne savais pas au juste quelle sorte de docteur était le docteur Kaufman. Tout ce que je savais, c'est qu'il exerçait sur Park Avenue. Sa spécialité n'exigeait pas qu'il passe en ville plus de trois jours par semaine. C'était quelqu'un pour qui ma mère semblait fort aise que je travaille.

« Hé ! les filles, venez donc piquer une tête dans la piscine un de ces jours, nous cria-t-il en nous quittant à reculons, tiré par Red. La piscine est là qui ne sert à rien jusqu'à l'arrivée des enfants au mois d'août, cela me fait mal au cœur. Profitez-en donc, les filles ! N'hésitez pas ! Vous me rendrez un réel service ! »

Après avoir promené les scotch-terriers, nourri Moe, Larry et Curley et pris connaissance d'une note posée sur la table de la cuisine annonçant l'arrivée des Swanson pour le lendemain, nous nous rendîmes chez Flora au pas de course, mais, au bout d'un moment, Daisy étant trop essoufflée à force de marcher en balançant les bras et en riant, je la portai sur mes épaules pour le reste du chemin.

Flora nous attendait sur le perron, attachée dans sa poussette, la couverture de plage pliée dans son panier, le sac du déjeuner accroché à la poignée. On lui avait donné un biberon de jus de fruits exotiques hawaiien, bien qu'un mois plus tôt sa mère ait proscrit les biberons... Malgré la satisfaction avec laquelle elle le tétait, je remarquai immédiatement qu'elle aussi avait versé des larmes, ce matin. À l'intérieur, l'aspirateur s'activait. J'en conclus que je devais emmener l'enfant et disparaître pour le restant de la journée et même si c'était plus ou moins ce que j'avais toujours fait, je sentis monter en moi une colère noire. Je me retournai, aidai Daisy à descendre de mes épaules, veillant à ne pas trop serrer ses chevilles ou ses poignets. Ma première réaction eût été d'ouvrir la porte moustiquaire, d'aller trouver Ana, de débrancher l'aspirateur et de lui dire tout cru, encore une expression de ma mère, que Flora n'était plus censée avoir de biberons et qu'on ne devait jamais la laisser seule sur le perron comme un sac de pommes de terre... Hélas, je savais aussi qu'Ana feindrait de ne pas comprendre et me noierait dans un flux de mots français jusqu'à ce que je m'en aille, ce qui était plus ou moins sa façon de traiter la cuisinière chaque fois qu'elles s'affrontaient.

Je regardai Daisy. « Je me demande depuis combien de temps cette pauvre gosse est ici », lui dis-je. Elle haussa les épaules. Voyant que son ruban rouge était dénoué, je le lui rattachai puis je chassai des mèches de son visage. Elle avait chaud, elle transpirait bien que le ciel se couvrît, rafraîchissant la matinée. Elle me parut pâlotte. Je jetai un coup d'œil à Flora par-dessus mon épaule : « Il y a longtemps que tu es ici, Flora Dora ? » Retirant la tétine de sa bouche, Flora répondit : « J'ai un biberon ! » pointant avec trois doigts le reste de jus rouge et brillant.

« C'est vrai, repris-je. Et ta maman ne serait pas contente, n'est-ce pas ?

— Ana me l'a donné », dit-elle, s'empressant de

l'enfourner à nouveau dans sa bouche au cas où quelqu'un pourrait décider de le lui retirer.

Daisy éclata de rire, s'appuyant légèrement contre moi. « C'est bon, Flora ? » lui demanda-t-elle. Flora approuva de la tête puis elle retira le biberon de sa bouche avec un bruit sec. « C'est bon », dit-elle et elle se remit à le téter, balançant ses chaussures de bébé et ses jambes dodues, satisfaite de son sort.

« Repose-toi un peu », dis-je à Daisy, approchant un siège en toile de la poussette de Flora, puis je pénétrai dans la maison. L'aspirateur allait et venait dans la chambre principale. Je suivis le couloir jusqu'à la chambre de Flora, inspectai la boîte à chaussures dans le placard et, notant que le flacon d'aspirine n'avait pas été remis à sa place, je me dirigeai vers la cuisine. La bouteille de jus de fruits exotiques juste ouverte traînait sur le comptoir, j'en servis un verre pour Daisy qui avait soif. J'aperçus aussi sur le comptoir une bouteille de scotch, ouverte elle aussi. Je mis des glaçons dans un autre verre de jus, y ajoutai un peu de scotch et emportai les deux verres dehors. Je donnai le punch à Daisy. Flora évalua la situation de ses yeux bruns, quelconques, et se sentit forcée de retirer une fois de plus son biberon de sa bouche. « Du jus rouge », dit-elle à Daisy. Le devant de sa robe blanche en était tout taché. « C'est bon », ajouta-t-elle comme pour inciter Daisy à boire. Elle aurait aussi bien pu lui dire « Santé ! ».

J'expliquai aux filles que je serais vite de retour. Les nuages s'assombrissaient et s'épaississaient. Je songeai alors que si je retardais notre départ de

138

quelques minutes, nous pourrions fort bien être contraintes de passer la journée à la maison. Pauvre Ana ! Le tableau n'était plus contre le mur extérieur de l'atelier, une ligne dans l'herbe marquait son ancien emplacement. Imaginant un instant la mère de Flora dans son petit tricot blanc entrant par cette porte d'un pas martial, suivie d'Ana tenant le plateau du déjeuner, balançant ses hanches larges et bleues, je faillis renoncer, mais au lieu de cela, je franchis le seuil, et m'avançai sur le sol en béton. L'endroit était beaucoup plus austère que je ne l'avais imaginé, il s'agissait, en réalité, d'un garage ou d'un hangar transformé pour les besoins de la cause. Une lumière d'un gris laiteux tombait d'une lucarne enchâssée dans le toit. À divers endroits, des toiles étaient entassées contre les murs. Deux tréteaux, de vieilles tables, voisinaient avec une haute étagère disparaissant sous un bric-à-brac de peintures, chiffons, papiers et pinceaux. Deux ampoules nues pendaient, éteintes, à de longs fils. Comme je m'y attendais, le sol était tout éclaboussé de peinture et, à l'autre bout de l'atelier, j'entrevis, et j'avoue que je ne m'y attendais pas, un divan recouvert de faille de soie. Il était étendu dessus, posé eût-on dit, un bras pendant, l'autre sur son visage, une jambe repliée, l'autre allongée et, si son œuvre avait été plus figurative, j'aurais pensé que le lit était une partie du décor. Un verre et un plus grand flacon d'aspirine étaient à sa disposition sur un petit tabouret près du lit. Avait-il passé la nuit là ou s'agissait-il d'une courte sieste matinale ? Il fallut que je répète : « Excusez-moi », pour qu'il remue un peu la tête et demande :

« Qui est-ce ? », tel un vieillard que l'on tire des limbes du sommeil.

« Theresa », répondis-je. Un vieillard qui revient des limbes du sommeil non sans quelque réticence et confusion. Il resta un moment sans bouger, puis il tourna la tête et retira le bras de son visage. « Theresa », dit-il remuant la bouche, goûtant pour ainsi dire le mot. « Theresa », reprit-il comme s'il se parlait.

Il s'assit avec un certain effort, en esquissant un sourire. « Je sais qui vous êtes, dit-il, en faisant pivoter ses pieds sur le côté du lit, je ne suis tout de même pas gâteux à ce point ! »

Il tendit la main entre ses genoux pour ramasser ses lunettes sur le sol en béton, et d'un geste lent les posa sur son nez. Il passa la main sur sa tête mais ses cheveux blancs se redressèrent. « Est-ce que je ronflais ? » demanda-t-il. Je répondis que je n'en savais rien, venant juste d'arriver.

Je traversai la pièce pour lui donner le verre de scotch. « Ana m'a priée de vous apporter ça », dis-je. Cette fois, il me dévisagea, l'air perplexe, le front plissé, puis il lança en riant : « Ça, j'en doute ! »

Toujours est-il qu'il tendit la main et prit le verre, le levant un peu avant d'y tremper ses lèvres. Avec un meilleur éclairage, sans doute aurait-il pu me voir rougir. Je n'étais pas rodée à ce genre de mensonges...

« Votre épouse, enchaînai-je, ne veut plus que Flora ait des biberons. Elle essaye de l'en sevrer, mais Ana lui en a donné un ce matin, quand elle l'a mise sur le perron, je sais qu'elle a fait cela pour la tenir tranquille, pendant qu'elle passait l'aspirateur, mais elle a eu tort. »

Il avait détourné la tête, il regardait du côté de la fenêtre, les coudes sur les genoux, le verre entre ses jambes. C'était, je le compris, une autre pose, une pose authentique, cette fois, une pose dont le message était qu'il se moquait pas mal de ce que je lui disais. Du coup je m'arrêtai. Au lieu de faille de soie, c'était une sorte de damassé très épais qui recouvrait le lit. Pour un autre artiste, ce tissu aurait pu servir de fond à un nu à la peau diaphane. À un tableau représentant un nu. Mais lui ne peignait pas ce genre de sujets.

« Ma cousine est encore avec moi aujourd'hui, repris-je doucement, Daisy, vous vous rappelez? »

Cette fois, il se tourna vers moi.

« La petite rouquine? »

Je hochai la tête.

« Elle a adoré ça, hier, quand vous lui avez donné de l'aspirine. » Il me fixait depuis le lit ou le cercueil, qu'importe. Son regard, derrière ses lunettes, semblait un peu stupéfié, comme si mes paroles le surprenaient. « Vous avez produit sur elle une vive impression, continuai-je. Vous l'avez fascinée. »

Il me fixait toujours, d'un œil aussi étonné que sceptique, quand il avança la main et passa le revers de son pouce le long de ma jambe, partant juste au-dessus de mon genou et s'arrêtant juste au-dessous de celui-ci. Puis il ouvrit sa paume, enserrant l'arrière de mon genou. Le bout de ses doigts était froid et humide à cause de son verre. Ses manches remontées laissaient voir ses poils blancs. Sa peau était rose, légèrement irritée, comme s'il venait de la frotter. Je ne pus m'empêcher de penser que d'ici peu d'années, elle serait poussière, et c'est cela qui me permit de le regarder droit dans les yeux quand il me toucha. Il me renvoya mon regard, l'air un peu intrigué, comme s'il s'interrogeait. L'éclairage de l'atelier était un peu plus gris, ce que j'appréciai d'autant plus que mes joues devaient être plutôt colorées, et je me demandai un instant s'il percevait le tremblement dans mon genou. Quoi qu'il en soit, je lui dis : « J'ai apprécié votre gentillesse à son égard, cela n'a pas été facile pour elle. »

Il appuya très légèrement sur ma jambe comme pour me rapprocher de lui, mais voyant que je reculais, il éloigna sa main. Il fit une moue qui le céda à un sourire en coin. « Je parlerai à Ana de cette histoire de biberons », dit-il avec douceur. Il leva le verre. « Et je lui recommanderai de ne pas confondre le rôle de barman avec celui de baby-sitter...

— Entendu, merci. »

En quittant la pièce, je tirai mes cheveux en arrière et les nouai sur ma nuque en un chignon, auquel j'ajoutai des ailes, faites des pans de la chemise blanche de mon père.

Dehors, les nuages étaient menaçants, mais avec l'aide de Daisy, je descendis la poussette du perron jusqu'à l'allée de graviers, profitant de ce que Flora était trop occupée à téter son biberon vide pour protester. En arrivant à la route, la pluie tombait à grosses gouttes, nous nous hâtâmes donc de regagner le porche, longeant l'atelier où les deux lampes étaient maintenant allumées. J'étendis la couverture de plage sur le porche, rentrai chercher dans la maison la boîte de crayons de couleur de Flora, ainsi que de la colle et du carton. « Nous allons construire une ville, annonçai-je. Une ville comme celle où est allée la maman de Flora. L'Empire State Building sera rouge, leur dis-je, St. Patrick sera bleu et Saks Fifth Avenue sera vert. Nous dessinerons Central Park, nous bâtirons le Metropolitan Museum of Art où nous accrocherons les tableaux du père de Flora. La mère de Flora prendra l'ascenseur jusqu'au sommet de l'Empire State Building, elle ira ensuite se poster sur la plate-forme d'observation où elle agitera son foulard bleu turquoise jusqu'à ce que Flora, assise sur mes épaules, tout en bas sur la plage, repère un minuscule point clignotant à l'horizon. »

Là-dessus, Flora se leva, alla au bord des marches et s'écria : « Bonjour, maman ! » Daisy la suivait comme son ombre, de peur qu'elle tombe. « Après ça, continuai-je, la mère de Flora ira chez Saks acheter une robe blanche pour Flora — et nos doigts de cheminer le long des coutures de la couverture matelassée...

— Non, une rouge, s'exclama Flora avec un coup d'œil à Daisy.

Une robe rouge pour Flora, avec des rubans rouges aux épaules et des rubans rouges pour ses cheveux. Elle s'arrêtera à St. Patrick le temps d'une petite prière dans la chapelle de la Sainte Vierge afin que Flora Dora ne soit pas trop triste pendant l'absence de sa maman. Elle remontera ensuite Fifth Avenue pour rendre visite au vieil ours polaire du zoo.

— Salut, ours polaire, s'écria Flora devant la couverture bleu pâle. Salut ! » lança-t-elle les mains sur ses genoux dodus, son petit arrière-train en l'air.

Et Daisy, appuyée contre moi, la tête sur mes épaules, reprit un peu embarrassée : « Salut, ours polaire ! »

« La maman de Flora gravira ensuite les marches du Metropolitan Museum of Art, elle traversera les salles au sol de marbre où l'on ne parle que tout bas, jusqu'à ce qu'elle trouve la salle où est accroché le tableau du père de Flora. Alors, un gardien détachera la grosse corde de velours et elle entrera dans la jolie petite salle, dans laquelle tout est de marbre et d'or, aussi silencieuse qu'une église, et elle y verra Flora, dans un tableau aussi long et aussi large que les bras de son papa. Flora en robe blanche, dans un cadre en or. Et la maman de Flora restera si longtemps devant ce tableau que lorsqu'elle finira par redescendre les marches du Metropolitan Museum of Art, le ciel sera tout noir, les étoiles brilleront et tous les gratte-ciel seront allumés, alors, elle lèvera la main, comme ça, en criant : Taxi ! » Flora répéta : Taxi ! « Et dès qu'elle sera montée dans un taxi, elle dira : "Oh ! Mon Dieu, mais qu'est-ce que je fabrique ici ! Ramenez-moi vite auprès de ma petite fille !" »

Il ne plut pas longtemps ce matin-là et le soleil réapparut alors que les cerisiers dégoulinaient encore sur l'herbe. Nous étions sur la couverture, parmi les ruines et décombres couverts de graffitis de notre ville en carton, quand le père de Flora apparut dans l'allée. « Mesdames... » dit-il en franchissant le porche, et alors, juste avant d'entrer, il se pencha vers Daisy et sans mot dire ouvrit sa

144

paume. Elle prit discrètement deux aspirines qu'elle mit dans sa bouche. Il se contenta de m'adresser un clin d'œil, par-dessus la tête blonde de Flora, je lui souris. Le temps de nous préparer pour la plage, la légère fièvre de Daisy semblait avoir disparu.

*

Une fois sur la plage, je mis à Flora son maillot de bain sous le drap de bain parfumé, puis Flora et moi improvisâmes un paravent afin de permettre à Daisy de se changer. J'entrevis à nouveau le bleu dans son dos, il me parut avoir pâli, virant à un vert jaunâtre, présage de guérison. Elle retira chaussures et chaussettes sans trop d'insistance de ma part. La luminosité de la plage accentuait la décoloration de ses voûtes plantaires, à tel point que Flora elle-même se pencha pour les regarder, retenant sa respiration avec commisération. Daisy s'empressa d'enfouir ses pieds dans le sable tiède, mais je détournai leur attention en leur disant que c'était à mon tour de me changer. D'ordinaire, quand j'étais seule avec Flora, je me glissais sous un drap de bain, retirais mes vêtements et j'enfilais aussitôt mon maillot de bain, mais les ayant toutes deux pour m'aider, je tendis une serviette de toilette à chacune en les priant de me servir de paravent. Je m'assis sur la couverture avec de chaque côté une fille étirant une serviette entre ses petits bras, appréciant la bonne chaleur du soleil sur ma tête et mes épaules. Je m'extirpai de la chemise de mon père, puis je retirai mon tee-shirt, agitant les bras au-dessus de notre rideau, puis j'enlevai short et sous-vêtements. Je me penchai pour enfiler mon maillot en leur criant : « N'allez pas me lâcher, les filles ! » tandis qu'à genoux j'essayais d'aider mon maillot à franchir le cap de mon ventre. Voyant que le côté de Flora donnait des signes de défaillance, j'encourageai cette dernière : « Encore une minute, c'est tout, Flora Dora... » tout en passant le bras droit sous la bretelle. La bretelle gauche me donna plus de mal car elle était entortillée, du coup, Flora se retrouva les quatre fers en l'air, je la suivis, entraînant le drap de bain et tout le reste. Pour peu qu'il y ait eu des spectateurs parmi la demi-douzaine de petits groupes éparpillés sur la plage, ils auraient eu droit à un bon aperçu de mes humbles avantages. Daisy en resta bouche bée, elle porta la serviette de plage à son visage comme pour s'en voiler les yeux. Flora, elle, se mit tout bonnement à pleurer. Je me couvris avec le haut de mon maillot, mais mon bras était nu et la seule façon pudique de passer la bretelle était de m'entourer une nouvelle fois d'une serviette de toilette, ce qui me parut soudain un peu excessif. Je me rendis compte que j'avais d'instinct voûté les épaules et mis mes mains en coupe pour cacher mes seins, ce qui me parut non moins excessif. Aussi m'age-nouillai-je avant de me relever carrément. « Per-sonne ne regarde, dis-je à Daisy tandis qu'elle éloi-gnait le drap de bain de ses yeux. Ne pleure pas, Flora Dora », ajoutai-je à l'intention de Flora sur la couverture. M'étirant de toute ma hauteur, je dégageai mon bras droit du maillot, tirai le maillot jusqu'à ma ceinture, le rajustai sur mes hanches et mon estomac puis, prenant tout mon temps, je passai les bretelles.

La bouche grande ouverte, Daisy serrait le drap de bain dans ses mains. Flora continuait à geindre sur la couverture. Je la pris dans mes bras, la calai sur ma hanche et me tournai vers Daisy. Je pouvais voir qu'à ses yeux, j'avais de toute évidence fait fuir tous ceux qui étaient sur la plage. « Viens, Daisy Mae, lui dis-je en lui tendant la main. Occupons-nous de toi. »

Cet après-midi-là, nous entreprîmes une thérapie qui sortait de l'ordinaire. Je demandai à Daisy de se tenir sur le rivage à un endroit où les vagues ondoyaient auprès d'elle sans toutefois lui faire perdre l'équilibre, l'eau se précipitait autour de ses chevilles et ses pieds s'enfonçaient dans le sable. Sitôt que l'eau se retirait, Daisy devait dégager ses pieds, bouger un peu vers la gauche ou la droite, avant de les laisser disparaître dans le sable. C'était ni plus ni moins le jeu auquel je m'étais amusée toute ma vie, un jeu auquel s'adonne tout enfant au bord de la mer, mais la précision de mes instructions lui donnait un nouveau sens, une nouvelle visée, et j'avais beau ne pas mentionner les vertus de l'eau, du sable ou des vagues comme remède aux décolorations de sa peau, Daisy obéissait avec grand sérieux et regardait ses pieds s'enfoncer dans le sable humide, un pas à gauche, un pas à droite, tandis que j'avançais dans l'océan, tenant Flora.

Tant qu'elle avait ses petits bras autour de mon cou, Flora n'avait aucune peur de l'océan. Je lui avais déjà appris à retenir sa respiration et à fermer les yeux quand nous plongions ainsi qu'à relever le

147

menton pour se protéger des embruns quand nous sautions sur une vague. Entre deux vagues, je lui montrais la ville en lui disant : « C'est là que se trouve ta maman, Flora », et elle agitait la main, dans un soleil d'or au milieu d'un ciel blanc et turquoise, comme le foulard de sa maman. Une fois, en plongeant avec elle au cœur de ce tourbillon de bulles et d'eau verte et de ce brusque silence sous-marin, je vis qu'elle m'observait, les yeux grands ouverts, le visage serein, ses cheveux pâles flottant. Elle ressemblait à quelque chose qui n'était pas encore né, mais était pleinement formé, potelé, à quelque chose qui n'était pour ainsi dire pas de ce monde, quelque chose d'angélique et d'humain, d'iridescent, d'une blancheur laiteuse, l'improbable miracle de la chair entre un vieillard tout courbé et sa jeune épouse, sèche comme une trique. Dans le soleil, dans le tumulte de l'océan, des mouettes et des cris des enfants, ses bras humides autour de mon cou et son cœur palpitant contre ma poitrine, je posai un baiser sur sa joue salée en lui disant : « Allons aider Daisy. »

Toutes trois sur le rivage, nous regardions nos pieds disparaître dans les remous de l'eau et dans le sable quand je sentis une quatrième présence tout près de moi. Je me retournai et j'aperçus Petey haletant à mes côtés. Trempé, il donnait l'impression d'avoir été roulé dans le sable. Son maillot de bain trop vaste pendait sur ses hanches maigrichonnes et son ventre concave. De ses piqûres de moustique dégoulinaient sang et eau de mer. Même dans des lieux aussi rudimentaires qu'un rivage, Petey pouvait se débrouiller pour paraître à

la fois victime et délaissé. Après un timide « Salut ! »
à Daisy, il me tira discrètement par le coude et me
parla tout bas. Je dus le faire répéter, plaquant mon
oreille contre sa bouche. Il en profita pour saisir
une poignée de mes cheveux mouillés et emmêlés
qu'il garda contre ses lèvres. « Écoute, j'ai un
cadeau pour Daisy, chuchota-t-il, quand rentrerez-
vous ? »

Je lui répondis que nous rentrerions pour le
dîner. Un coup d'œil par-dessus sa tête me permit
de voir qu'il y avait davantage de monde que d'habitude sur la plage, un de ces week-ends prolongés
de l'été allait commencer. « Tu es seul ? lui demandai-je. Où est Baby June ? » Il ne lâchait pas mes
cheveux qu'il tenait entortillés dans ses doigts et
contre ses lèvres. « Je suis avec maman », dit-il en
me la montrant du doigt, un peu plus loin sur la
plage. Je repérai effectivement Sondra en maillot de
bain noir, coiffée d'un grand chapeau noir. À ses
pieds, Baby June et Janey creusaient dans le sable.
Janey portait encore le chapeau de paille de la mère
de Flora et sa mère était assise sur sa couverture de
plage, comme une star de cinéma, le dos cambré,
enserrant de ses mains son genou replié. Elle nous
adressa un signe de la main auquel nous répon-
dîmes par un autre signe de la main. Petey tira légèrement sur ma mèche de cheveux pour me glisser
dans l'oreille : « Elle est avec la police. »

Ma mère avait eu beau mentionner ce matin une
nouvelle descente de la police chez les Moran, je
n'avais pas la moindre idée de ce dont Petey parlait.
Revoyant Tony en train d'expliquer à Janey que les
agents de police l'emmèneraient si elle s'éloignait,

j'en vins à me demander si cette inhabituelle excursion familiale à la plage n'était pas plutôt une sanction imposée par le tribunal local. Cette idée me remit un peu de baume dans le cœur jusqu'à ce que je voie un jeune gaillard sortir de l'eau et se diriger vers la couverture de plage de Mrs. Moran, suivi de Tony aussi exubérant qu'un chiot, qui marchait en levant haut la jambe, puis de Judy, trempée et pétulante, qui courait pour les rattraper. Le jeune homme se jeta sur la couverture à côté de Sondra, quant aux deux enfants qui, semblait-il, ne savaient pas jusqu'où approcher, ils restèrent à proximité de celle-ci, tels des jeunes chiens attendant qu'on leur lance la balle une fois de plus. L'homme leur parla un moment, tandis qu'il séchait son vaste torse avec une petite serviette de toilette, puis il se laissa retomber derrière leur mère qui s'allongea à son tour, s'appuyant sur ses coudes, à l'ombre de leur parasol. Judy et Tony se sentirent, je pense, exclus, mais ils n'en montrèrent rien, ils se contentèrent de tomber à genoux à côté de leurs deux sœurs et entreprirent de combler le trou qu'ils venaient de creuser dans le sable.

Je regardai Petey qui portait distraitement ma mèche de cheveux à ses lèvres : « Ta mère est ici avec un agent de police ? » demandai-je.

Il hocha la tête. Presque guéri, son œil au beurre noir n'était plus qu'une ombre grise. « Il a emmené Grandpa en prison, hier soir. Et il l'a ramené ce matin. Après ça, on l'a retrouvé ici », expliqua Petey. Il haussa les épaules comme si rien de cela ne le concernait : « Surtout, ne dis pas un mot à Daisy de son cadeau ! »

Je pris son poignet et j'extirpai doucement mes cheveux de ses doigts. « Je n'ai rien à dire », murmurai-je.

Plus tard dans l'après-midi, alors que j'allais mettre les emballages du déjeuner dans les poubelles en haut du parking, j'aperçus le docteur Kaufman, transat et journal sous le bras, qui se dirigeait vers sa voiture. Il agita la main, je lui répondis, là-dessus il pivota sur ses talons comme s'il venait de se rappeler quelque chose et me fit signe d'attendre. Cette fois, il portait un maillot de bain sous son polo foncé et il avait des sandales en cuir noir. « Mon petit chou, dit-il, en grimaçant un peu à cause du soleil, bien que ses lunettes de soleil soient sur son crâne, ce que je te dis là, je le dirais à ma propre fille. Tu es jolie comme un cœur, mais tu peux avoir une amende pour découvrir ta poitrine comme ça sur la plage. Deux dames patronnesses du Village qui étaient près de moi ont failli en avoir une attaque. S'il y avait eu un flic dans les parages, elles lui auraient demandé de t'arrêter. »

Je baissai les yeux et dis : « Il y en avait un », mais il ne parut pas m'entendre. Il s'approcha de moi. « Si tu veux un bronzage intégral, viens plutôt profiter de notre piscine, dit-il, elle est à l'abri des regards indiscrets. » Je le regardai, il le fallait, mais je ne répondis rien, rendant, par sa longueur, mon silence lourd de sens. Je savais que j'avais le feu aux joues mais je sentais qu'en quelque sorte, j'étais là qui l'observais derrière elles, que mon visage n'était qu'une sorte d'écran que j'avais placé entre nous, tel un éventail. Son sourire faiblit puis il reprit : « Non que je veuille te gêner, mais je me suis dit que mieux valait que tu saches. » Au moment de repartir, il se retourna. « J'y pense... » poursuivit-il. Il me vint à l'esprit qu'il rentrait retrouver Red Rover et une maison vide, que sa soirée d'été serait bien solitaire. « ... Oui... La petite fille, ta cousine...

— Daisy », achevai-je.

Il hocha la tête. « Oui, Daisy... Dis-moi, elle est en bonne santé ? »

Je regardai par-dessus mon épaule comme pour m'assurer qu'elle était là. Flora et elle étaient allongées sur la couverture de plage.

« Oui, répondis-je, elle va bien.

— Elle n'a pas été souffrante ces temps derniers ? poursuivit-il. Elle n'a pas subi d'opération ? Elle n'a pas eu d'accident ? »

Je perçus alors dans son attitude un côté sérieux, digne de confiance, que j'avais remarqué en le voyant avec ses enfants, mais qui avait été absent aujourd'hui. Si je n'avais pas été déjà écarlate à cause de tous mes coups de soleil, je crois que j'aurais rougi.

Je secouai la tête. « Elle est toujours pâle », répondis-je, pour lui montrer que je comprenais son inquiétude.

« Elle me paraît anémique, reprit-il. Elle pourrait bien l'être. Tu devrais en toucher un mot à ses parents. Un bilan sanguin pourrait être une bonne idée. Et mieux vaudrait ne pas tarder.

— Elle va bien, répétai-je.

— J'en suis persuadé, me dit-il, mais tu devrais tout de même mentionner ça à ses parents. Dis-leur que c'est moi qui l'ai suggéré, en tant qu'ami de la famille. »

Il esquissa un sourire, un sourire plus chaleureux qu'auparavant. « Assez de conseils. Je serai à nouveau absent de lundi à mercredi la semaine prochaine, poursuivit-il, mais il se pourrait que je revienne plus tôt s'il fait trop chaud en ville. Red sera ravi de vous voir. »

J'acquiesçai de la tête. «Vous pouvez compter sur nous, répondis-je. Sur Daisy et sur moi. »

Il se retourna une dernière fois. « Profitez de la piscine ! » nous lança-t-il par-dessus son épaule.

En ramenant Flora chez elle cet après-midi-là, il n'y avait pas trace de la cuisinière. Vêtue d'un chemisier bleu et soyeux qui laissait entrevoir la naissance de ses seins, Ana s'affairait à la cuisine, mitonnant dans une grande marmite un plat qui sentait l'oignon et semblait consistant. Sans rien en dire à Ana, Daisy et moi donnâmes le bain de Flora, lui enfilâmes son pyjama et nous assîmes auprès d'elle pendant qu'elle dînait. Après quoi, nous la réinstallâmes dans sa poussette et la promenâmes dans la rue jusqu'à ce qu'elle commence à dodeliner de la tête. Une fois au bout de l'allée, je la pris dans mes bras, la ramenai dans la maison et la couchai dans son petit lit, laissant à Daisy le soin de ramener la poussette vide. Je couvris ses petites épaules d'une couverture légère. Les tableaux accrochés au mur n'avaient plus guère de ressemblance avec cette enfant qui dormait là, ni avec sa mère absente. En premier lieu, Flora n'était plus un nouveau-né. Je m'arrêtai à la cuisine pour prévenir Ana que Flora dormait. « Merci, merci », cria-t-elle d'une voix douce qui semblait droit sortie d'un film. «Au revoir, les filles », ajouta-t-elle en anglais, agitant les doigts par-dessus ses épaules. « Bonne soirée ! »

Il était assis sur le porche dans un des transats, avec sa pipe et un verre de vin rouge, mais il nous regarda passer sans un mot. Sur l'allée, à mi-chemin entre la maison et la route, je me surpris à chercher des excuses pour revenir sur mes pas : et si je demandais à Ana si je devais venir plus tôt le lendemain ? Et si je le remerciais d'avoir dit à Ana de ne plus donner de biberon à Flora, même si, à mon avis, il ne lui en avait pas soufflé mot ? Tenant la main de Daisy, aussi épuisée que moi, rentrant calmement à la maison, j'étais en proie à une horrible hésitation que je ne comprenais pas. Il était clair que je quittais Flora à contrecœur, me demandant lequel des deux irait la trouver si elle se réveillait au milieu de la nuit, mais à cela s'ajoutait ma déception qu'il ait pu nous laisser aller sans un mot. Après ce matin, s'était établie, entre lui et moi, une sorte de complicité moins parce que je l'avais surpris en train de dormir, ou parce qu'il avait touché mon genou que pour la façon dont il s'était penché vers Daisy en ouvrant sa paume, tout comme je l'avais espéré. Enfin, c'était à regret que je m'éloignais de cette maison paisible et de ce qui était, pour eux, pensais-je, le sombre joyau de la nuit tombante.

Je soulevai la main de Daisy et la balançai doucement. « Je suis heureuse que tu sois ici, Daisy Mae », lui dis-je. « Moi aussi », répondit-elle avec un sourire. J'embrassai le revers de sa main et passai mon bras sous le sien. Elle avait quelques discrets coups de soleil. Je l'avais badigeonnée d'huile solaire, mais seulement après une demi-heure de plage, afin de lui donner bonne mine. « Nous mettrons de la crème, ce soir », lui dis-je. Je passai les doigts le long de son bras pour la chatouiller un peu. Elle leva les épaules et pouffa de rire. « Figure-toi que, la nuit dernière, tu riais en dormant », repris-je. Elle me répondit qu'elle le savait. « Ça m'arrive tout le temps, ajouta-t-elle. Bernadette me le répète sans arrêt. Elle se met en colère quand je ne peux pas me rappeler mon rêve. Elle prétend que si un rêve m'a fait rire dans mon sommeil, il mérite que je me le rappelle ! » Elle s'arrêta ; sans doute en avait-elle trop demandé à sa jambe droite. « Parfois, je m'en souviens, mais je ne le lui dis pas toujours, avoua-t-elle.

— Un bon point pour toi, dis-je.

— La nuit dernière, j'ai rêvé de l'arbre à sucettes, reprit-elle, tu sais, celui que nous allons fabriquer pour Flora. »

J'acquiesçai d'un signe de tête. Elle semblait un peu essoufflée quand elle parlait et ses semelles raclaient la chaussée, je ralentis.

« Je parie que tu manques atrocement à Bernadette », dis-je.

Daisy secoua la tête. « Je ne crois pas. »

Tendant la main, je ramenai le bord de la chemise de mon père sur ses épaules. « Je suis sûre qu'elle se réveille au milieu de la nuit, tend l'oreille et ne peut pas comprendre pourquoi elle ne t'entend pas. Je suis persuadée qu'elle s'imagine que tu es là quand elle s'endort. Je parierais même qu'elle te parle avant de s'endormir. Elle se souvient alors que ton lit est vide et qu'elle est là toute seule. »

Des nuages blancs striaient le beau ciel bleu et les feuilles sombres des arbres se détachaient sur le soleil d'un or encore dense et, par moments, aveuglant.

Bernadette, seule dans cette petite chambre, en compagnie de ses mentions au tableau d'honneur affichées sur le mur, quatre par année d'école et de la place pour les suivantes... « Je parie que deux grosses larmes s'échappent de ses yeux, je suis sûre qu'elles roulent jusque dans ses oreilles. »

Daisy rit, elle glissa son bras autour de ma taille. Je la serrai contre ma hanche, maintenant la chemise sur ses épaules tandis que ses petites chaussures roses continuaient à racler la route. Nous perçûmes toutes deux, un instant, la solitude de cette scène créée par notre imagination. Quant à moi, j'entrevis brièvement jusqu'à ce que je la bannisse de mon esprit, ma terrible prémonition.

« Tu aimerais que je te porte ? » lui demandai-je. Elle secoua la tête. « Tu te sens bien ? » repris-je. Je fus bouleversée de la voir secouer à nouveau la tête. « Pas vraiment », répondit-elle.

À notre retour, le piège à lapins de Petey était toujours sur notre pelouse mais il avait été déplacé. Nous étions à peine rentrées que Petey tambourina à la porte de service. Venant de mettre Daisy sous la douche, j'allais lui dire à travers la porte moustiquaire de revenir plus tard, mais en le voyant la bouche grande ouverte, le visage ruisselant de larmes, je le sentis en proie à un tel chagrin que j'ouvris la porte. « Il s'est sauvé ! » dit-il, d'une voix rauque à force de pleurer. Il m'enserra la taille de ses bras, enfouit sa tête contre ma chemise, enfonçant ses petits doigts dans ma chair. « ... Mon cadeau pour Daisy... sanglota-t-il. Il est parti ! »

Je caressai son crâne. Je pouvais sentir le sable collé à son cuir chevelu. Les pointes de ses oreilles étaient brûlées par le soleil, même si le reste de son corps était tout bronzé. « Qu'est-ce que c'était ? » demandai-je. Il secoua la tête. « Je ne veux pas te le dire », répondit-il. Puis, comme à contrecœur, il reprit : « J'en ai attrapé un. Il était dans la boîte quand nous sommes allés à la plage, je croyais qu'il serait en sécurité. Je ne pensais pas qu'il pourrait se sauver, mais à notre retour, j'ai trouvé la boîte renversée et il s'était sauvé, emmenant toutes les carottes.

— Tu as attrapé quelque chose ? Dans cette boîte ? » demandai je. Il fit oui de la tête, enfoui dans ma chemise.

« Mais il s'est sauvé !

— Es-tu sûr d'en avoir attrapé un ? » repris-je. Je compris que s'était établie entre nous une entente tacite selon laquelle nous évitions de nommer l'objet de nos préoccupations.

Il hocha la tête, mais cette fois avec moins d'assurance.

« Tu l'as vu dans le piège ? »

Il me regarda, en larmes.

« Il était dans la boîte, dit-il. J'ai vérifié la boîte avant d'aller à la plage, elle était retournée, le bâton était tombé. Il était dedans. Oui, je l'ai attrapé ! »

Je l'écartai un peu, les mains sur ses épaules. « Tu l'as vu dans la boîte ? » demandai-je. Il hocha la tête. « Tu l'as entendu remuer ? » Il hocha à nouveau la tête, ses sanglots le cédant à un léger grognement au fond de sa gorge.

« Peut-être que la boîte est juste tombée, repris-je. Peut-être que le bâton s'est cassé. Peut-être que c'est le vent... »

Il réfléchit une minute en reniflant. « Mais les carottes ont disparu », dit-il. Nous regardâmes tous deux la boîte en carton, posée sur son petit bâton, réplique de la boîte d'allumettes dont mon père lui avait parlé ce matin.

« Rags a rôdé dans les parages aujourd'hui ? » demandai-je.

Petey resta planté là un moment, puis je sentis ses épaules s'effondrer, s'écrouler de tous leurs os. Il s'éloigna de moi, sa déconvenue étant telle qu'elle supplantait même le besoin, éprouvé quelques secondes plus tôt, d'enfouir sa tête dans ma poitrine. Il regarda encore la boîte et s'exclama : « Merde ! » sans même jeter un coup d'œil dans ma direction, à l'affût d'une réprimande. « Je n'en attraperai jamais un », dit-il.

Daisy m'appelait depuis la douche, je lui répondis que j'arrivais. Je menaçai Petey du doigt et me dirigeai vers le frigidaire où je trouvai de la laitue. Je la lui apportai. Je ne lui dis pas que mon père m'avait donné les mêmes conseils quelques années plus tôt et que j'avais passé un été à essayer d'attraper un lapin sauvage avec un piège de ce genre. « Sans doute, conclus-je, Bugs Bunny est-il le seul lapin — et Rags le seul chien — qui mange réellement des carottes, et si avec lui la laitue réussissait mieux ? »

Il s'apaisa un peu en y réfléchissant, s'essuyant le nez avec le revers de son bras.

« De toute façon, rien de tel que le crépuscule pour les lapins, murmurai-je. Tu n'as guère de chances d'en attraper un au milieu de la journée ! »

Il prit une bouffée d'air.

« C'est vrai ? dit-il.

— ... Et encore moins si tu restes là à guetter, ajoutai-je. Ils te flairent dans les parages, ils te sentent, même si tu es en train de dormir, Petey, même si tu es caché dans les buissons ! »

Il acquiesça de la tête, comme s'il s'agissait là d'une précision purement informative. Je me remis à lui frotter le crâne. « Bonne chance », dis-je.

Je retrouvai Daisy assise sur mon lit, enveloppée dans une serviette de toilette. À côté d'elle étaient ouverts un paquet de sous-vêtements neufs et un autre contenant des socquettes. Ses cheveux mouillés paraissaient plus foncés et le bleu que lui avait fait Petey à l'épaule rappelait une broche sombre. Sur mon dessus-de-lit blanc, ses petits pieds semblaient tout noirs. Je pris le pot de Noxema sur la commode et avant d'en masser ses bras, ses épaules ou son nez rouge, j'enduisis délicatement ses pieds de cette crème rafraîchissante. Elle s'adossa à mes oreillers, m'observant derrière ses paupières mi-closes, avec une expression empreinte d'affectueuse commisération. Je retirai ses socquettes neuves. Voyant qu'elle voulait remettre sa robe à carreaux, je filai au grenier lui chercher une tenue propre. Je choisis pour elle un pantalon corsaire rose à rayures blanches et une chemise blanche à poches roses dont les manches courtes couvriraient ses épaules. Toujours devant la petite fenêtre, le fauteuil retenait les derniers feux du couchant. Je savais que seule comme je l'étais, pour peu que je reste ne fût-ce qu'une minute dans ce poudroiement de lumière, je pouvais faire apparaître le fantôme du capitaine ou celui de son petit garçon ou, qui sait, celui de l'oncle Tommy avec son clin d'œil et son gros rire.

De retour dans ma chambre, je m'aperçus que Daisy s'était, elle aussi, essayée à meubler sa solitude de présences. Elle était assise sur le lit, dans sa serviette de toilette, socquettes aux pieds, mais Judy et Janey étaient allongées en travers du matelas, et Baby June était par terre. Si étonnant que cela pût paraître, les trois enfants Moran avaient eu droit à une douche et à des vêtements propres. Baby June arborait même un petit ruban dans ses cheveux mouillés ! La chambre tapissée de roses sentait leur shampooing, leur savon et les heures qu'elles avaient passées dehors. Un rai de soleil piégé par le pied en verre taillé de ma lampe de chevet s'éparpillait sur le sol, Baby June jouait avec ses parcelles de lumière tandis que les trois autres filles penchées sur le matelas étudiaient le chapeau de la mère de Flora. Il semblait en plus triste état que ce matin. Je leur donnai ma boîte à rubans et j'allai prendre une douche à mon tour, pensant très brièvement — tel un coup d'œil par-dessus l'épaule —, à d'éventuelles comparaisons entre le corps replet d'Ana et le mien, puis je revins vers les filles et me hâtai de m'habiller. Je rejoignis ensuite les quatre filles sur le lit et j'entrepris de peigner leurs cheveux mouillés, nouant chaque natte avec le ruban de leur choix. Je commençais à peine à me coiffer — Baby June et Janey étaient encore assises entre mes jambes, Judy et Daisy étaient allongées l'une à ma droite l'autre à ma gauche et les rubans étaient éparpillés par terre et sur le couvre-lit blanc... — quand j'entendis mes parents rentrer et nous appeler. Je leur répondis que nous étions dans ma chambre et, quand ils arrivèrent à la porte dans leurs vêtements sombres, l'habituelle expression de surprise et de joie de mon père me parut, pour la première fois peut-être, sincère. Daisy et moi n'allâmes pas dormir au grenier ce soir-là, et nous restâmes longtemps éveillées, à l'affût de Petey, tapi sous les buissons. La maison des Moran était silencieuse, je me demandai si la police n'avait pas fini par trouver un système de domptage efficace en leur assignant un agent à résidence pour servir de copain à Mrs. Moran. Je pris la main de Daisy sous la fine couverture prévue pour l'été puis, au lieu de réciter des Je vous salue, Marie, je me lançai dans une longue série de Dieu bénisse... Dieu bénisse mes parents qui parlaient à voix basse dans leurs lits jumeaux de l'autre côté de la cloison, Dieu bénisse... suivait chacun des Moran, y compris l'agent de police, Rags où qu'il se trouve ce soir, Red Rover, le docteur Kaufman, Angus et Rupert et les Richardson, Moe, Larry, Curley sans oublier les Clarke, les Swanson et Flora, bien sûr, et sa mère et son père et, pourquoi pas, la grosse cuisinière, tous les conducteurs des trains de Long Island — nous pouvions entendre les coups de sifflet du dernier train à destination de Montauk — Daisy ne dormait pas encore, mais je percevais à sa façon de rire qu'elle était au bord du sommeil — et tous les cheminots de chaque gare dont je parvenais à me souvenir entre ici et Jamaica. Le père de Daisy aurait bien pu travailler avec eux, ce soir, s'il ne dormait pas, à poings fermés, dans sa chambre, sous les yeux noirs et tristes du Sacré-Cœur. Aux côtés de la mère de Daisy. Dieu les bénisse... Et qu'il bénisse aussi chacun de ses frères, et, bien sûr, Bernadette, allongée dans l'obscurité, Bernadette, que ses larmes en roulant jusque dans ses oreilles avaient entraînée dans ses rêves vers l'océan où elle nageait à côté de Daisy, yeux grands ouverts, cheveux épars... Cette fois, aucune réaction de Daisy, juste sa paisible respiration... Dieu bénisse aussi l'oncle Tommy dans son appartement de New York, toujours tout seul, après avoir vécu toujours tout seul, l'oncle Tommy, parlant aux fantômes et bien décidé à être heureux. Dieu te bénisse, Daisy Mae, murmurai-je pour clore la série. Je me penchai pour poser un baiser sur sa joue et me tournai pour m'endormir. Dieu me bénisse moi aussi, aurais-je pu ajouter. Oui, Dieu me bénisse... Mais je me retins et cela, nul doute, pour la simple raison que je commençais à sentir qu'entre Dieu et moi, selon l'expression de l'oncle Tommy, le torchon brûlait...

*

Le lendemain matin, Flora attendait à nouveau sur le perron, un biberon de jus écarlate coincé entre les dents. Aucune trace d'Ana, bien que la porte menant à la chambre des maîtres fut close. Les deux lampes de l'atelier étaient allumées, mais je n'y entrai pas. Je n'étais pas vraiment sûre qu'il s'y trouvât. Je dis aux filles qu'en ayant assez de la plage, j'avais pensé que nous pourrions aller explorer la nature, nous promener dans les bois en quête de salamandres et de fleurs sauvages et, qui sait, après le déjeuner, descendre jusqu'au rivage.

Daisy approuva cette idée ; quant à Flora, elle m'annonça, en tirant le biberon de sa bouche, que sa maman rentrait le lendemain. « Demain », répéta-t-elle avec grand sérieux, fronçant les sourcils. Je perçus là un mot que quelqu'un lui avait dit d'un ton catégorique, voire empreint de dureté. « Maman rentrera demain. Demain... » Même si un jeune enfant s'en faisait l'écho, ce mot résonnait comme un mensonge.

« Demain, répétai-je. Demain, c'est demain. » J'effleurai son nez pour effacer le sillon entre ses sourcils. Je me demandai lequel des deux lui avait raconté ce mensonge, lequel des deux lui avait parlé avec une telle brutalité. Ana, sans doute. « Demain, et puis demain, et puis demain, lui dis-je en l'embrassant sur la tête. Demain, et puis demain, et puis demain, se glisse à pas menus de jour en jour... » Je détachai sa ceinture et l'aidai à sortir de la poussette en la tirant par sa main libre. J'offris mon autre main à Daisy et nous descendîmes toutes trois les marches. « Et tous nos hier », poursuivis-je, tandis que Flora tétait son biberon en marchant la tête en arrière, le coude en l'air, tel un trompette dans un cortège funèbre à La Nouvelle-Orléans. Quant à Daisy, elle envoyait voltiger les gravillons à grands coups de chaussures roses. « Et tous nos hier ont éclairé pour des sots le chemin vers la mort poussiéreuse. » Nous longeâmes la porte de son atelier. À la forte odeur de peinture, je conclus qu'il était bien sûr à l'intérieur, et en train de « travailler ».

« Éteins-toi, éteins-toi, courte flamme, lançai-je en passant, tout en me félicitant d'être arrivée au bon moment, il aurait au moins pu dire à Ana de veiller à ce que je ne voie pas Flora avec un biberon. La vie n'est qu'une ombre fugitive, un pauvre histrion qui se pavane et se démène son heure sur la scène, avant de se taire à jamais.

— Qu'est-ce que ça veut dire : se pavane ? » demanda Daisy. Je le lui montrai, et nous nous pavanâmes toutes les trois sur l'herbe, puis sur le sentier menant aux bois. Nous nous écartâmes un peu du chemin, ramassant des bâtons, des pierres, essayant, mais sans succès, d'attraper les ombres filantes des salamandres. Une fois parvenues devant l'entrée de la gardienne, j'essayai de faire tourniquer Flora et Daisy sur la grille, mais les gonds étaient trop vieux et l'herbe trop haute pour que ce soit drôle. Nous nous arrêtâmes sur le talus pour fabriquer des guirlandes avec des trèfles pendant que j'essayais de leur raconter *Macbeth*. Flora préférait toutefois s'aventurer dans les parages, quant à Daisy elle écarquillait les yeux en pensant aux sorcières, au meurtre du roi et à l'apparition du spectre de Banquo. Elle n'apprécia pas le passage au cours duquel Lady Macbeth frotte la tache sur sa pauvre petite main, se levant même, tandis que je parlais, pour poser son doigt sur mes lèvres. Il me fallut lui tenir le poignet. « Ne t'inquiète pas, Daisy

Mae », murmurai-je, ajoutant qu'elle ne réentendrait pas parler de tout ça avant d'être au lycée.

En reprenant notre promenade dans les bois, elle me demanda : « Pourquoi la tache refusait-elle de partir bien qu'elle se soit lavé la main plusieurs fois ? »

Je lui souris. J'avais glissé des jacinthes des bois et des boutons-d'or dans les nattes que je lui avais faites ce matin et une des guirlandes de trèfles lui tombait sur le front. « C'était son imagination qui lui jouait des tours, lui expliquai-je. Ce n'était pas vraiment là, ça se passait dans sa tête. »

Elle réfléchit un moment en marchant avec Flora qui serrait très fort son biberon vide. « Tout est dans la tête, reprit-elle. — Non », répondis-je. Je touchai l'écorce d'un arbre et ramassai une branche. « Ça, c'est bien réel, lui dis-je. Et ça aussi. » Je lui touchai le bras : « Tu l'es, toi aussi.

— Mais c'est aussi tout dans ma tête », dit-elle. Elle portait une de mes petites robes bain de soleil qui lui allait beaucoup mieux que les robes à trois sous achetées par sa mère. Ses chaussures roses avaient été mises à rude épreuve... Le faux cuir craquait un peu le long des coutures et elles étaient poussiéreuses à cause des gravillons et du sentier. « Si ce n'était pas dans ma tête, comment en saurais-je quoi que ce soit ? »

Je lui tirai les cheveux. « Tu n'es pas née de la dernière pluie, Daisy Mae », dis-je.

Elle resta pensive un instant. « C'est une bonne chose ? demanda-t-elle.

— D'après ma mère, c'est ce que les gens disent toujours de moi. »

Elle sourit, de toute évidence ravie, puis elle reprit : « D'accord, mais toi tu te rappelles davantage. Tu te rappelles le ciel avant ta naissance ! » Je ris, il était clair qu'elle répétait sa prestation afin d'éblouir ses frères et, qui sait, Bernadette une fois de retour chez elle, si tant est que quelqu'un voulût bien l'écouter. Des histoires à mon sujet.

« C'est toi qui sembles avoir une mémoire d'éléphant, ma petite amie, répondis-je, avant d'ajouter : Sutton Place... »

Elle laissa échapper un rire tout rose, à bouche grande ouverte. « Je ne sais même pas où ça se trouve, dit-elle, comme si pareil aveu rendait sa fierté encore plus charmante. Je ne sais même pas pourquoi tu as dit à la mère des scotch-terriers que j'habitais là. »

Je soulevai les cheveux sur ma nuque. Avec l'humidité, ils semblaient plus épais et plus doux, puis je passai mes doigts au travers, leur donnant une apparence broussailleuse qui fit rire Flora. Une de mes guirlandes de trèfles se détacha et tomba au sol en voletant. « Je m'amusais à le lui faire croire, dis-je à Daisy, chassant mes cheveux de mes épaules. Comme les sorcières de *Macbeth*. »

Je ramassai la guirlande mal en point et j'en coiffai Flora. Elle était déjà parée de bracelets et colliers de ce genre et portait une triple guirlande autour de ses cheveux. De sa main libre, elle saisit des brindilles, quelques cailloux orange et blancs, une longue tige de laiteron et une tige de carotte sauvage.

« Mais moi, je ne me rappelle pas le ciel, dit

Daisy au bout d'un moment. Je ne suis pas comme toi. »

Je pris Flora dans mes bras pour l'aider à escalader un arbre qui était tombé. « C'est comme ça, c'est tout », lui dis-je.

Si Flora avait été l'enfant d'un père autre que celui-ci, je l'aurais envoyée passer la tête à la porte de son atelier pour lui montrer à quoi elle ressemblait ainsi couverte de trèfles, de pissenlits, de laiterons et de gerbes d'or. Vu le père qu'elle avait, je savais que je ne l'enverrais qu'à seule fin de le leurrer au-dehors, curieuse que j'étais de décrypter son visage quand il me regardait.

Nous déjeunâmes une nouvelle fois sous les cerisiers du Japon, puis nous ramenâmes Flora à la maison afin de lui lire un moment des histoires dans sa chambre à l'abri du soleil. Elle somnolait quand je la mis dans son petit lit, mais elle se levait et pleurnichait sitôt que Daisy et moi essayions de partir. Il nous fallut donc nous allonger sur la natte au pied de son lit et bien vite Flora et Daisy respiraient paisiblement. Quant à moi, je dus m'assoupir aussi car j'entendais la voix d'Ana, je la voyais dans l'embrasure de la porte, je conversais même avec elle et tout ça, sans ouvrir les yeux. Quand je finis par les ouvrir, il n'y avait personne et la maison était silencieuse. Je m'assis. Daisy était à côté de moi, les mains sous sa joue, la tête posée sur un des chiens en peluche de Flora, sa petite bouche entrouverte remuant à peine au gré de sa respiration. Les chaînes de trèfle étaient encore sur sa tête, les fleurs qui se fanaient collaient à ses cheveux. Résistant à la tentation de la secouer pour la réveiller à seule fin de voir ses yeux verts, je passai le revers de ma main sur sa joue puis sur son front. Elle était tiède mais d'une saine tiédeur. Je me rendis compte que je commençais à percevoir la différence entre la tiédeur du sang en bonne santé à fleur de peau et la chaleur inquiétante de la fièvre. Pour l'enfant que j'étais, ce don qu'avait ma mère de reconnaître au seul toucher s'il y avait fièvre ou non relevait tout simplement de la magie et du mystère. Et voici qu'il m'était soudain donné. Je me levai puis jetai un regard sur Flora encore parée de ses atours sylvestres, j'allai jusqu'à la salle de séjour.

Un œil, une mâchoire, les rondeurs d'une poitrine, le tout aussi disproportionné que disgracieux, figé dans des couches de peinture. Comme s'il voulait ainsi montrer qu'il savait ce qu'il faisait. Comme s'il voulait ainsi montrer qu'il pouvait transformer ce qui eût pu sembler arbitraire ou être qualifié d'amateur en quelque chose d'intentionnel, ayant de la valeur. À lui seul. Son œuvre.

Je me tournai pour regarder l'autre tableau qui n'était qu'une tache de peinture. Éradiquez le monde à coups de pinceau puisqu'il n'est pas à votre goût et inventez-en un nouveau, meilleur.

J'allai chercher un verre d'eau à la cuisine. Je me demandai si Ana était partie, puisque des tasses et des assiettes traînaient dans l'évier et que le sol avait besoin d'un coup de serpillière. Je sortis par la porte moustiquaire et m'assis sur les marches du porche. La voiture était toujours là. J'aperçus de la lumière dans son atelier. Je me levai et me dirigeai vers l'allée, me penchant pour voir si la toile était contre le mur. Elle n'y était pas, je m'avançai un peu plus. Je pouvais sentir la peinture, mais je n'entendis pas de voix. J'entrai sur la pointe des pieds par la porte de service : il était là, debout devant la fameuse toile, posée à même le sol en béton, les jambes écartées, les mains sur les hanches, vêtu de sa chemise blanche et de son pantalon kaki, il contemplait son œuvre, tel un antique colosse. Je ne pouvais pas voir le lit au fin fond de la pièce, mais il me sembla qu'il n'était pas seul, et je continuai vers l'allée du gardien, comme si cela avait été ma destination première. Croyant soudain entendre mon nom, je m'arrêtai, j'écoutai, sûre de m'être trompée, mais je l'entendis me dire : « Tu peux entrer. »

Je retournai à la porte, hésitante mais curieuse. Il était debout au même endroit, dans la même pose, un grand chiffon dans la main calée sur sa hanche, une espèce de couteau de vitrier dans l'autre. La lumière qui filtrait par la lucarne était plus intense aujourd'hui, et sous l'effet de cette clarté vaporeuse ses cheveux, sa peau, ses vêtements et jusqu'à son chiffon, qui n'était autre qu'une vieille couche maculée de peinture, prenaient une teinte uniforme. « Nous pensions que vous faisiez toutes les trois la sieste », dit-il et, depuis le seuil de la porte, je pus constater qu'Ana était, bien sûr, assise sur le lit. Elle portait un pull sans manches et une jupe noire, ses grosses jambes nues étaient croisées. Son menton, baissé, paraissait triple. Elle avait l'air mécontente et son expression ne changea pas en me regardant.

« Entre », répéta-t-il. Je pénétrai dans la lumière

blafarde, restant de l'autre côté du tableau, qui, je suppose, progressait, en tout cas les couches de peinture s'intensifiaient. Il se tourna pour jeter un coup d'œil à Ana par-dessus son épaule, lui adressa quelques mots en français et se tourna vers moi. « La nymphe des bois », déclara-t-il, traduisant, pensai-je, ce qu'il venait de lui dire. Je me rendis compte que j'avais encore les guirlandes de trèfle dans les cheveux. J'y portai la main. «Une nymphe des bois qui lit Thomas Hardy, cite Shakespeare, vous sert à boire... » Il contourna le tableau pour venir vers moi, mais changea soudain de direction et mit le cap vers les étagères couvertes de ses pots de peinture et de son fatras, jetant la couche et le couteau sur l'une d'entre elles. Je souris, par politesse.

« Comme Flora m'a dit que sa mère rentrait demain, je me suis demandé si vous aviez besoin que je vienne d'aussi bonne heure ou si vous aviez même besoin de moi. »

Il se tourna, riant un peu, comme s'il m'avait à nouveau surprise en flagrant délit de mensonge. Il cala son coude sur une étagère au-dessus de lui, posa son autre main sur sa hanche. Grâce à ma pratique de l'oncle Tommy, je sus d'emblée qu'il venait de boire ou qu'il était en train de boire. On ne décelait chez lui aucun manque d'équilibre, il ne titubait pas, il ne bredouillait pas, mais chaque geste était empreint d'une étrange lucidité, on le sentait déterminé à parvenir à ses fins. « Non, dit-il. Non, la mère de Flora ne sera pas de retour demain. Ni après-demain, j'imagine. » Il retira ses lunettes, pinçant le haut de son nez. « La mère de

170

Flora est en ville, reprit-il. Et la mère de Flora est une fervente adepte du loin des yeux, loin du cœur. Il n'y a pas moyen de savoir quand elle sera de retour. » Il remit ses lunettes et s'éloigna des étagères. « Par conséquent, nous continuerons à avoir besoin de tes services. »

Il revint vers moi. Tendant la main, il toucha mes cheveux, les souleva de mes épaules tandis que de son autre main il en retirait une des fleurs de trèfle. Il fit tourner la fleur entre ses doigts.

« Et aussi de ceux de la petite rouquine, poursuivit-il, me regardant par-dessus ses lunettes. Comment s'appelle-t-elle donc ?

— Daisy », répondis-je. Je retrouvais aussi l'odeur de l'oncle Tommy, épicée, me semblait-il, d'aspirines orange. Il leva le menton pour mieux voir. « Daisy, dit-il. Qui n'a pas la vie facile. »

Je hochai la tête, mais ajoutai : « Chez elle, mais pas en ce moment. »

Il hocha la tête à son tour. « Je vois, dit-il. Tu t'es portée à son secours. » Maintenant, il replaçait mes cheveux derrière mon épaule, avec douceur, comme pour les remettre là où ils auraient dû être. Il prit un autre trèfle sur ma nuque. Son cou était musclé, creusé de sillons, je revis cette peau pâle, parcheminée.

« Et chez elle, c'est… demanda-t-il, fouillant mes cheveux du regard… Brooklyn ?

— Queens Village », répondis-je.

Il hocha la tête : oui, il aurait dû s'en douter… « Et le père est pompier ? » Il lissait mes cheveux derrière mon oreille, effleurant de ses doigts le côté de mon visage et mon cuir chevelu. Il les souleva

171

encore une fois, comme pour évaluer leur poids. Sa paume sentait la peinture.

« Agent de police », rectifiai-je.

Suivit ce même hochement de tête.

« Dix gosses ? dit-il.

— Huit », répondis-je.

Il sourit. Il y avait quelque chose de bizarre dans la façon dont, d'un côté de sa mâchoire, ses petites dents s'inséraient dans ses gencives. Un dentier, je suppose. Un dentier partiel, auraient dit mes parents. Rien de tel pour vous rappeler votre condition d'être mortel, avait-il dit. Sa propre mortalité... Dans sa bouche...

Il garda sa main dans mes cheveux et, de l'autre, il retira ses lunettes, un geste rapide, automatique, sans doute à seule fin de mieux voir un détail, de faciliter la lecture de petits caractères, puis, laissant son dos reprendre son angle d'inclinaison habituel, il se pencha et m'embrassa sur les lèvres, délicatement, mais assez longtemps pour me contraindre à respirer par le nez. Lorsqu'il eut terminé, mes lèvres sentaient l'alcool, sa main glissa alors de mes cheveux à ma taille, tandis que ses doigts effleuraient mon épaule et mon sein. Remettant ses lunettes, il me guida vers la porte. Nous franchîmes le seuil ensemble, et nous retrouvâmes en plein soleil, sur l'allée de graviers. Nous nous dirigions vers la maison quand il remarqua avec désinvolture : « Si je comprends bien, Daisy est la huitième enfant d'une mère épuisée. » Ce à quoi je répondis, imitant le mieux possible son ton de voix, consciente que ma gorge palpitait d'émotion : « Non, la cinquième. Juste au milieu. Elle a trois frères avant elle, trois frères après elle et une sœur aînée, Bernadette. »

J'avais l'impression de réciter des vers sur une scène, affichant un calme olympien malgré le sang qui bouillonnait dans mes oreilles.

Il demanda à quoi ressemblait Bernadette.

« Aussi intelligente que dodue, répondis-je. Assez laide pour que ses parents ne cessent de se confondre en excuses à son sujet. »

Au moment de pousser la porte moustiquaire, il rejeta la tête en arrière et se mit à rire. Il posa la main au creux de mes reins. « Ici d'abord », dit-il en m'indiquant la cuisine. Nous tournâmes à droite, pénétrant dans la cuisine en désordre où le scotch attendait sur la table. Les foulards de la mère de Flora étaient maintenant sur une haute étagère près de la fenêtre. Il retira sa main de mon dos pour se verser un verre de scotch, j'en profitai pour reculer d'un pas et m'adosser au chambranle de la porte. Il m'observa par-dessus le bord de ses lunettes, une ombre d'inquiétude, ou de doute, effleura son regard.

« Tu t'es donc portée au secours de la pauvre Daisy native de Queens Village et au secours de ses parents débordés, dit-il, pour lui permettre de passer quelques jours de vacances ici, au bon air. »

J'acquiesçai d'un signe de tête.

« Et pour l'aider à découvrir Shakespeare… »

Je haussai les épaules.

« Et lui permettre de se délecter d'aspirine Saint-Joseph pour enfants… »

Par-derrière, Flora m'appelait doucement de son petit lit.

« L'aspirine, c'est vous qui la lui avez donnée », rectifiai-je.

Il but une gorgée. À son tour, il entendit sa fille. Je vis que ses yeux enregistraient les appels de l'enfant. Je perçus la réaction ensommeillée de Daisy. Je pensai à ce regard étonné qu'elle avait toujours en se réveillant, avant de reprendre ses traits habituels.

Rejetant la tête en arrière, il me regarda une fois de plus de haut en bas ou, plutôt, de bas en haut : de mes chevilles à ma taille, à ma poitrine, à mon cou et jusqu'à mes cheveux, les coins de sa bouche s'abaissant légèrement, la peur ombrant son visage. « Tu es une sacrée gamine », finit-il par dire. Pointant le menton en direction du couloir et de la chambre de sa fille, il ajouta : « Tes ouailles te réclament »

À mon grand étonnement, il m'accompagna, m'emboîtant le pas dans l'étroit couloir menant aux chambres. Il me suivit jusqu'au petit lit de Flora dont Daisy caressait le poignet potelé en disant : « La voilà, et voilà aussi ton papa... »

Flora me tendit les bras, je la pris et la posai sur la table à langer. Il était là, derrière moi, je l'entendis dire à Daisy : « Tu veux bien venir avec moi, non ? » Et quand je jetai un coup d'œil par-dessus mon épaule, ils étaient dans le couloir en train de repartir la main dans la main. J'entendis la porte moustiquaire se refermer et, sitôt Flora changée, je les rejoignis. Quand nous sortîmes de la maison, tous deux mâchonnaient de l'aspirine en bas du perron. Il pointait le doigt en direction d'une des hautes branches d'un arbre éloigné. « Un nid de geai », précisa-t-il. Du regard, Daisy suivait son bras et il lui tenait toujours la main.

J'installai Flora dans sa poussette, elle se mit à pleurnicher, réclamant un biberon de jus écarlate. « Fini les biberons, Flora, lui dis-je, tu ne veux pas de biberon. » Mais elle était grognon, n'était pas encore bien réveillée et commençait à hurler, aussi je me penchai vers elle, essayant de l'en dissuader : « Écoute, Flora, maman ne veut plus que tu aies de biberons. Tu es une grande fille maintenant, c'est pour les bébés, les biberons. » Elle donnait des coups de pied dans le châssis de la poussette, pleurant cette fois à chaudes larmes. Je posai la main sur son bras. « Voyons, Flora... » lui dis-je.

C'est à cet instant qu'il se tourna vers nous, tenant toujours la main de Daisy et me dit : « Allons, donne-lui-en un. »

Je me redressai, chassai mes cheveux derrière mon épaule. Depuis la zone d'ombre du porche, d'où je les observais, ils m'apparaissaient tous deux en un fondu décoloré par le soleil, Daisy encore dans les vapeurs de sa sieste et lui dans les vapeurs du besoin de sieste. J'allais dire « Votre épouse » ou « Sa mère », hésitant sur le terme le plus approprié, lorsqu'il leva la main. « Nous nous sommes volatilisés », dit-il.

Sa voix était calme, couverte par les pleurs de Flora, et c'est donc le mot lui-même qui me fit sursauter.

« Nous avons disparu », reprit-il. Il regarda un moment Daisy, avec gentillesse, l'incluant dans la conversation. « J'ai toujours connu des femmes habiles à cela. Capables de se retourner et de faire disparaître n'importe quoi. C'est un don merveilleux. » Il me sourit. Ses cheveux blancs se dressaient sur sa tête et si l'oncle Tommy semblait y voir flou quand il buvait, allant un peu trop à droite ou un peu trop à gauche de ce qu'il semblait viser, lui, pour sa part, allait droit au but. « Même si c'est un peu trop pour un homme de mon âge... » Daisy le regardait, polie et attentive comme toujours. « Du jus rouge, s'il te plaît ! S'il te plaît ! » réclamait Flora, mélancolique. Il se tourna vers moi : « Ne t'inquiète pas de ma femme. Donne un biberon à cette pauvre enfant ! »

Je haussai les épaules. « Très bien, leur dis-je à sa fille et à lui. Une minute, Flora Dora ! » Au moment où j'ouvrais la porte moustiquaire pour retourner à la cuisine, il me cria : « Et sers donc un petit quelque chose à son vieux père pendant que tu y es ! » Je versai du jus de fruits exotiques dans le biberon de Flora et j'en profitai pour emplir à nouveau le verre de son père. Quand je sortis de la cuisine, il avait rapproché la poussette des marches et s'était assis, avec Daisy, à ses pieds. Impatiente, Flora saisit le biberon à deux mains et ses lèvres dessinèrent même un sourire autour de la tétine quand son père s'exclama : « Ah ! les plaisirs de la chair ! » Il m'adressa un clin d'œil. « Quelle adolescente elle fera ! » Il leva son verre à notre santé à toutes trois. « Trois beautés », dit-il et il se mit à boire, grimaçant sous l'effet des glaçons sur une dent cariée. Il se frotta la mâchoire. « Combien d'années cela me vaudrait-il si j'avalais chacune de vous comme ça ? » plaisanta-t-il. Ses chaussures roses cachées par le bas de ma vieille robe bain de soleil, Daisy se contenta de répondre : « Je n'en sais rien. »

Il partit d'un de ses éclats de rire caverneux et, se penchant en avant, il tendit la main pour lui tapoter la tête. « Moi non plus, dit-il, mais ça pourrait être intéressant de se renseigner ! »

Son verre à la main, il se releva avec prudence, s'agrippant de l'autre main à la rampe en bois. Il s'éloigna avec quelque raideur sur l'allée de graviers, peut-être un peu plus voûté, et il regagna son atelier où, pour autant que je le sache, Ana l'attendait toujours.

Je persuadai les filles de passer le reste de l'après-midi à la maison, à jouer à colin-maillard, à fabriquer des poupées en papier et à nous entraîner sur la pelouse à faire la roue et le saut périlleux. Vers le milieu de l'après-midi, Ana sortit de l'atelier et revint à la maison, comme si de rien n'était. Jouant sa grande dame française, elle feignit de ne pas nous voir. J'entendis l'aspirateur et, quelques minutes plus tard, je la vis secouer un petit tapis sur le pas de la porte. Elle avait remis son uniforme bleu, mais elle avait noué autour de sa tête un des foulards de la mère de Flora. Elle ne semblait pas particulièrement de mauvaise humeur et elle avait beau avoir été la seule témoin de ce qui s'était passé dans l'atelier ce matin, son regard ne me gênait pas outre mesure. À croire que j'avais d'une façon ou d'une autre pris à cœur la phrase pour le moins étonnante du père de Flora... Oui, comme si nous nous étions « volatilisées », les filles et moi, et que cette maison, cette pelouse, l'atelier, l'allée de graviers, les bois jusqu'à la grille de la gardienne étaient les derniers endroits où nous nous attardions, tels de petits fantômes.

Ce n'est que peu avant le dîner que nous décidâmes d'aller à la plage, à seule fin que Daisy puisse s'adonner à sa thérapie au bord de l'océan. L'état de sa peau ne semblait ni s'améliorer ni empirer. L'air sérieux avec lequel elle regardait ses petits pieds s'enfoncer dans le sable tandis que l'écume s'étalait autour d'eux m'incitait toutefois à penser que, par sa seule volonté, elle pouvait faire disparaître ces bleus et ce qu'ils pouvaient présager, à savoir une anémie : je m'étais renseignée à ce sujet et j'avais demandé à ma mère de préparer du foie aux oignons.

En rentrant, nous croisâmes les Richardson en compagnie de Rupert, d'Angus et d'un autre couple, une réplique d'eux-mêmes en plus mince et 100 % britannique, un Mr. et Mrs. au nom double, venus passer le week-end. Mrs. Richardson leur présenta Flora comme la fille d'« un de nos grands artistes » — et les deux échalas de glousser d'aise en entendant le nom —, vint ensuite le tour de Daisy, « fillette en visite » originaire de Sutton Place. Quant à moi, j'étais celle qui avait détourné l'affection de ses chiots et qui habitait ce charmant pavillon avec les dahlias. « La belle du village », précisa-t-elle, à croire que nous étions revenus à l'Angleterre du bon vieux temps et que j'étais Eustacia Vye [1] en personne ! Et pendant ce temps, ce pauvre Rupert, et ce pauvre Angus tout haletants,

---

1. Héroïne du roman de Thomas Hardy, *Le Retour au pays natal*.

178

témoignaient de leur attachement à mon égard en agitant leur petit bout de queue...

Les deux manches à balai, en tenue automnale, nous serrèrent la main avec un large sourire ponctué de « Charmantes, charmantes », en nous regardant au crépuscule. Au-dessus de nous, les grands arbres bruissaient de chants d'oiseaux et se coloraient des derniers feux du soleil couchant. Nous bavardâmes quelques instants, mais la conversation s'essouffla vite et Flora devait rentrer. Nous parlâmes du temps, du week-end, des feux d'artifice sur la grande plage, nous discutâmes de la préférence de Mrs. Richardson pour juin par rapport à juillet, et pour septembre par rapport à août. « Bien sûr que les écolières que vous êtes détestent le mois de septembre, dit-elle, nous embrassant d'un regard chaleureux, à la Béatrice Potter. Et pourtant, septembre est le mois le plus agréable de l'été. Les foules sont parties, il fait délicieusement bon dans la journée et les nuits sont d'une merveilleuse fraîcheur. — Le temps idéal pour dormir », reprit son mari en retirant la pipe de sa bouche et l'Anglaise de répéter : « Oh ! Vous l'avez dit, le temps idéal pour dormir... » comme si elle citait le roi Arthur. À mes pieds, Angus et Rupert, haletants de contentement, s'imprégnaient de la tiédeur de mes tennis et de ce qu'il restait de chaleur sur le macadam. Nous nous attardâmes, bien que la journée touchât à sa fin, que Flora dodelinât de la tête dans sa poussette et que Daisy soupirât discrètement, se balançant d'un pied sur l'autre. Nous évoquâmes l'air parfumé, les étoiles, le bruit apaisant de l'océan. Mrs. Richardson nous contemplait, nous et les

179

ombres maigrichonnes de ses amis, avec un visage rayonnant, comme si nous étions de pures créations de son imagination. Je m'arrêtai plus longtemps que je n'aurais dû à seule fin de la laisser profiter de ce petit conte de fées qu'elle avait inventé pour nous, évoquant sa chère Angleterre, sous les arbres touffus, sur la route paisible qui s'étirait entre une pelouse vert sombre, éclairée par des lucioles et le champ de pommes de terre brun dans lequel, hier après-midi, avait surgi Baby June.

Il n'y avait aucune trace de la cuisinière ce soirlà. Quand nous finîmes par mettre Flora au lit, il était tard, la nuit était presque tombée et la lumière de son atelier découpait des formes sur l'allée de graviers. En passant devant la porte ouverte, je l'aperçus allongé sur le lit, dans la même pose du guerrier tombé au champ d'honneur, une jambe repliée, le bras sur ses yeux, la toile toujours par terre. De retour à la maison, ma mère, qui s'activait à ses fourneaux, se retourna et nous dit par-dessus son épaule : « Je commençais à m'inquiéter. »

*

En général, les Clarke dînaient chez nous le dimanche. Passant l'été dans l'appartement qu'ils louaient au nord de Long Island, ils aimaient venir le dimanche, dînaient chez nous avant de s'arrêter chez eux, une fois qu'ils étaient sûrs que les Swanson seraient repartis pour Westchester. Cela leur permettait de vérifier que tout se passait bien et surtout de voir comment se portaient les chats, avant de regagner leurs quartiers temporaires sur les rivages sud de Long Island, plus plébéiens que ceux du nord.

Mes parents appréciaient leur compagnie. Ils avaient beau ne pas être amis d'enfance, ils ne s'étaient connus qu'après avoir emménagé ici, ils avaient grandi à proximité les uns des autres et ils avaient beaucoup d'amis communs et bien des endroits leur étaient familiers à tous quatre. Ces souvenirs représentaient l'essentiel de leur conversation. Il était curieux de constater que même si tous avaient atterri dans cet endroit merveilleux — mes parents par souci de voir la bonne fortune me sourire, les Clarke grâce à la bonne fortune qui leur avait souri par l'intermédiaire de ce fameux oncle qui, en fait de bonne fée, était une bonne tante —, tout leur intérêt, tout leur enthousiasme se limitaient à ces lieux qu'ils avaient quittés. Tels des exilés, ils se montraient indifférents à l'égard de l'endroit où ils se trouvaient maintenant, mais se réjouissaient du moindre détail qu'ils pouvaient découvrir au sujet de l'endroit qu'ils avaient quitté. Depuis douze ans qu'ils se connaissaient, ils semblaient découvrir encore, chaque semaine, des lieux où leurs routes s'étaient croisées, où leur histoire s'était rejointe, que ce soit une confiserie de Brooklyn, un ami de la sœur d'une amie avec laquelle sortait l'un d'eux, un autre GI qui lui aussi était sur le *Queen Mary* ou une compagne de bureau ayant occupé un poste qui avait été jadis celui d'une amie de lycée. Des lignages indirects, subsidiaires qui semblaient inclure toutes leurs années de jeunesse et les cinq agglomérations et qui étaient toujours liés — même si je voyais là une obsession médiévale — aux noms de paroisses catholiques. À croire qu'aucune identité, qu'il s'agît d'un ami, d'un cousin ou d'une camarade de travail ne pouvait être vraiment établie sans que l'on sût d'abord où il — ou elle — avait été baptisé, où il — ou elle — avait fait ses études, où il — ou elle — s'était marié, où il — ou elle — avait été enterré. Seul le nom de la plus proche église authentifiait les grands moments de leur histoire.

La présence de Daisy se montra, bien sûr, une véritable manne pour leur sorte de conversation favorite. Au cours du dîner, dans notre salle à manger en angle, sous le plafond en pente où était logé l'escalier du grenier, la chasse aux amis communs fut ouverte lorsque Mr. Clarke pointa sa fourchette en direction de Daisy et dit à mon père : « Je me demande si mon frère Bill n'aurait pas connu sa mère. C'est ta jeune sœur, n'est-ce pas ? Et elle sort du lycée Saint-François-Xavier, n'est-ce pas ? » Suivit alors le test habituel des noms, des dates, des soirées dansantes de la paroisse et des équipes sportives du lycée, les noms des saints patrons et de toutes les dévotions familières, Incarnation, Rédemption, Perpétuel Secours, allant et venant par-dessus la nappe blanche, le foie aux petits oignons, la purée de pommes de terre et les petits pois, sifflant au-dessus de la tête de Daisy et de la mienne, jusqu'à ce qu'ils découvrent un bon filon aboutissant le cas échéant à un lien, timide au début, entre le frère aîné du père de Daisy (paroisse Saint-Pierre), qui avait connu une gloire éphémère lorsqu'il dirigeait la fanfare du lycée à des bals organisés par les Chevaliers de Christophe Colomb, et la sœur de Mrs. Clarke (ancienne du Saint-Nom-de-Jésus) dont la meilleure amie avait été, une année durant, sa petite amie.

N'est-ce pas incroyable ? s'exclamèrent-ils, ahuris et satisfaits. Comme le monde est petit ! Ils semblaient oublier les efforts incroyables qu'ils venaient de fournir pour établir ce lien. Ils se turent un moment, savourant leur repas, secouant la tête d'aise d'avoir établi ce lien entre leurs vies, de voir ainsi le monde réduit à la taille d'une paroisse et devenir conforme à leur logique. Mrs. Clarke dit à Daisy : « Mon Dieu, mais nous sommes presque apparentées, j'aurais pu être la jeune sœur de la meilleure amie de ta tante si nos familles n'avaient pas pris des chemins différents, j'aurais, à coup sûr, connu ton père et aussi ta mère ! »

Polie, Daisy s'efforça de se montrer aussi impressionnée que surprise — je remarquai qu'elle semblait plus intéressée à cacher son foie de veau sous sa purée — puis la conversation repartit à la poursuite d'autres connexions.

« Peg, quant à elle, était une ancienne élève de Saint-François-Xavier », reprit mon père, et Jack, pour autant qu'il sache, était le seul garçon avec lequel elle soit jamais sortie. Il faisait partie de l'équipe de basket de Saint-Pierre. Ayant perdu ses parents de bonne heure, il partageait un appartement avec son frère, le musicien, et une sœur plus jeune, aujourd'hui dominicaine à Long Island. Le père de Jack avait été îlotier à Harlem, vous voyez, jusqu'au jour où des bons à rien firent tomber une cheminée sur lui, le tuant sur le coup, là en pleine rue, et, apparemment, juste pour s'amuser.

La mère, la mère de Jack, enceinte de son quatrième rejeton, sombra dans une espèce de dépression nerveuse. Ni la mère ni l'enfant ne survécurent à la naissance. Les trois aînés furent séparés quelque temps, jusqu'à ce que Frank, le frère de Jack, achève ses études secondaires, fonde cette petite fanfare et gagne assez d'argent, grâce à son travail de jour, pour que les trois frères et sœur soient à nouveau réunis, l'année même où Jack entrait au lycée.

« Il semblerait, poursuivit mon père, qu'à l'époque Jack ait été un cas assez désespéré. Il suffit d'écouter les histoires qu'il raconte... » Il nous jeta un coup d'œil à Daisy et à moi, indiquant par là que ces histoires ne s'adressaient pas à nos jeunes oreilles. « C'était un vrai petit voyou, mais les bons pères se sont chargés de le remettre dans les rails, l'envoyant jouer au basket dès qu'il avait une minute, et ne voilà-t-il pas qu'un jour Peggy assiste à l'un de ces matchs... On connaît la suite. Huit enfants — nous avons un faible pour la petite Daisy qui est avec nous ce moment —, une jolie maison dans Queens Village... Jack ne fut pas admis à l'école de la police, mais les transports urbains l'embauchèrent. Il voulait être flic, il avait ça dans le sang. À cause de son père, sans doute. Il disait parfois que s'il avait eu autant de problèmes dans sa jeunesse, c'était à seule fin de passer du temps dans les postes de police. Vous comprenez, il fallait qu'il se sente entouré de gens portant l'uniforme de son père. C'était pour lui un besoin. »

Je pensai à Petey, à Tony et au flic sur la plage.

Craignant de perdre son lien, Mrs. Clarke continua : « C'était une bonne petite fanfare qu'il avait, son frère ! » Elle se tourna vers Daisy. « Ça serait donc ton oncle. »

Daisy sourit poliment, la main sur ses genoux.

« N'est-ce pas que c'était un bon petit ensemble ? reprit ma mère.

— À ce qu'on m'a dit, Frank était un supermusicien, poursuivit mon père. Jack prétendait que son frère pouvait jouer de n'importe quel instrument, piano, batterie, clarinette, ajoutant que Frank pouvait entrer dans une pièce, y prendre un instrument qu'il n'avait jamais touché auparavant, trombone, flûte, tout ce que vous voudrez et en jouer comme un virtuose sans jamais avoir eu de leçon.

— Ça alors ! s'exclama Mrs. Clarke.

— Pas une seule leçon de sa vie, renchérit mon père tout aussi étonné. D'après Jack, ça lui venait comme ça.

— Vous parlez d'un don ! dit Mrs. Clarke.

— C'est ce qui lui a permis de surmonter ses problèmes, dit Jack. »

Mon père réfléchit un instant, imaginant la scène. « Selon Jack, Frank n'avait qu'à fermer les yeux et se mettre à jouer quelque chose et ça lui venait tout naturellement, c'était une part de lui comme sa mère, son père, et tout le reste, y compris le cancer de l'estomac qui finit par le tuer, à quel âge était-ce donc ? »

Et ma mère d'achever d'une voix lugubre :

« Quarante-trois ans.

— À quarante-trois ans, continua mon père,

tous ses problèmes disparurent et il se retrouva sans autre souci que sa musique...

— Voilà bien un cadeau... ajouta Mrs. Clarke, mais mon père s'était mis à rire.

— À la veillée mortuaire de Frank... reprit-il, en lançant un regard à ma mère, qui avait baissé la tête et gloussait à son tour, sachant, bien entendu, ce à quoi il allait faire allusion... qui avait lieu chez Fagin, voilà que nous entrons et trouvons la chambre funéraire pleine à craquer de gens de couleur. Impossible de se retourner. Pensant que nous avons dû nous tromper d'endroit, nous tentons de nous frayer un chemin jusqu'à la porte, dispensant des "Pardonnez-nous de vous avoir dérangés, pardonnez-nous de vous avoir dérangés" à tous ces gens de couleur entassés là-dedans, quand arrive Jack. Il est furibard et il me dit tout bas entre ses dents : "Tu ne trouves pas qu'on se croirait à..." » — là-dessus, une pause, suivie d'un coup d'œil en direction des mineures que nous sommes — « "la bon Dieu de pavane des Noirs." » Ce souvenir déclencha chez mes parents un éclat de rire en parfaite synchronisation. « Il s'avère que Frank jouait dans des clubs de Harlem depuis des années et qu'il n'en avait jamais rien dit à Jack. Harlem, où son père avait été tué. Une impressionnante délégation était arrivée de Brooklyn pour lui rendre un dernier hommage. Ils devaient être environ quatre-vingts, sans doute d'autres musiciens et propriétaires de clubs, vous voyez le genre, mecs à la dernière mode, costumes zazous, bref, tout le tralala. Et voilà notre Jack, écarlate et furibond, qui débarque dans ce funérarium catholique irlandais, entouré de ses copains flics et qui doit serrer toutes ces mains et se laisser étreindre par chacun d'eux. »

À ce point, tandis que tous quatre riaient aux éclats en secouant la tête, mes parents s'exclamèrent d'une seule voix, non sans une pointe de nostalgie : « Il n'y a qu'à New York où ça puisse arriver ! » Comme s'ils avaient fait depuis longtemps le deuil de New York.

« Mais voyez-vous, dit mon père, comme disait Jack, quand Frank était dans sa musique, plus rien n'existait pour lui, tout s'estompait... Sans doute ne voyait-il même plus de quelle couleur étaient les gens... »

Secouant la tête et riant, Mr. Clarke tendit son bras courtaud pour prendre son verre d'eau. Puis il demanda, le sourcil légèrement relevé, infaillible présage de quelque surprise à nos dépens, s'il eût été l'un des trois Stooges : « Dites, les amis, vous n'avez pas connu Jimmy Fagin ? Je parle du fils, pas du père. Celui qui est sorti de Saint-Cyrille.

— Bien sûr, répondit ma mère. Mon frère Tommy et lui ont travaillé ensemble, juste après la guerre. À Brooklyn Union. À un moment, ils étaient très copains. »

Mr. Clarke gloussa, roula sa langue contre sa joue, et se lança dans une nouvelle recherche au sujet de ces vagues connexions.

Compte tenu que notre poste de télévision se trouvait dans un coin de la salle de séjour... et que les adultes s'attardaient devant leur tasse de café, Daisy et moi montâmes au grenier après le dîner. J'emportai là-haut un jeu de cartes, mon livre et le pot de Noxema pour les pieds de Daisy. On n'y voyait pas bien clair car une des ampoules du plafond était grillée et seule la lampe de chevet était allumée. Nous entendions une pluie fine au-dessus de nos têtes. Assises sur un des lits, nous jouâmes un moment au rami puis, en ayant assez, nous allâmes choisir dans mes vieux vêtements la tenue de Daisy pour le lendemain. Elle opta pour un short et un chemisier en coton jaune à rayures blanches. Je dis à Daisy qu'il me suffisait d'en toucher le tissu pour que me revienne en mémoire tout l'été où je l'avais porté, j'avais alors la taille de Daisy, sinon son âge. Cela ne remontait pas à si longtemps, mais c'était déjà pour moi une époque aussi révolue que l'était pour mes parents celle des matchs de basket, du service militaire et des premiers emplois quand le monde était divisé en paroisses nommées en l'honneur de saints ou en souvenir de ces histoires compliquées qui tissaient notre foi : Incarnation, Rédempteur, Reine des Cieux, Saints Innocents.

Je posai l'ensemble sur le lit et pris le pot de crème sur la table de chevet pour en masser les bras maigrichons de Daisy. Je lui demandai si elle savait ce qu'il était advenu de son grand-père paternel, l'agent de police. Elle répondit que oui, elle savait qu'il était mort en tombant d'un toit. Et même si ce n'était pas tout à fait ce que j'avais entendu dire, je ne la contredis pas. Je lui demandai ensuite si sa propre crainte de tomber venait de là. Elle secoua la tête, haussa les épaules et me répondit qu'elle ne le pensait pas, précisant qu'elle ne se rappelait pas avoir rencontré son grand-père paternel au ciel avant sa naissance. Elle finit par s'animer un peu.

Après tout, peut-être que si, et en y réfléchissant bien, sans doute lui avait-il recommandé d'être prudente.

Je ris, elle m'adressa un large sourire, puis je lui dis : « Donne-moi ta jambe », et je massai de la crème Noxema sur son mollet. Je retirai sa chaussette, examinai sa plante des pieds dans la pénombre. « Regarde, ça disparaît », dis-je. Et c'était vrai, en apparence du moins. « Ces chaussures font l'affaire. » Je regardai l'autre pied. De ce côté-là aussi, les bleus semblaient avoir disparu. « Je me demande ce qui a pu causer ça, repris-je, comme si tout cela relevait de l'histoire ancienne. Tu aurais dû manger un peu plus de foie », remarquai-je. Elle accueillit cette remarque par une grimace. « Sérieusement, insistai-je. Et il va falloir qu'on te force à avaler des épinards, tout ce qui contient du fer. » Elle croisa les bras sur sa poitrine. « Je ne mange que des épinards à la crème », dit-elle avec arrogance, ce à quoi je répondis : « Très bien, Miss Sutton Place, des épinards à la crème. Du soufflé aux épinards. Des épinards au caviar, peu m'importe. » Je passai du Noxema sur sa voûte plantaire, tenant ses petits pieds dans mes mains. Cette même pénombre qui obscurcissait ces étranges bleus faisait aussi ressortir les cernes sous ses yeux. « Je n'ai pas envie de te voir trop vite rentrer chez toi, Daisy Mae, lui dis-je. Je veux te garder avec moi. »

En entendant ma mère nous appeler dans l'escalier, Daisy sursauta, aussi m'empressai-je d'attraper ses chaussettes, toutefois ma mère ne grimpa pas jusqu'à nous, se contenta de nous demander d'en bas si nous aimerions aller avec mon père et Mr. Clarke voir comment se portaient les chats. Daisy réfléchit, Dieu sait combien elle aimait les chats, mais elle secoua la tête, « Trop fatiguée », murmura-t-elle.

Je répondis à ma mère que nous préférions rester. Nous descendîmes nous préparer pour la nuit. Ma mère et Mrs. Clarke lavaient la vaisselle à la cuisine en bavardant et en fumant une cigarette. Daisy et moi nous brossâmes les dents, enfilâmes nos chemises de nuit, puis elle s'allongea sur mon lit à côté de moi et s'endormit aussitôt, pendant que je lisais. Je revins quelques pages en arrière afin de trouver le passage où il était écrit que les fantômes ne rendent visite qu'à ceux qui dorment seuls, puis je repris ma lecture, curieuse de connaître le sort de la charmante Eustacia. Je dormais à moitié quand j'entendis arriver une voiture et claquer une portière. J'eus la vague impression d'une certaine effervescence chez les Moran. Làdessus, j'entendis la voix de mon père dans la cuisine, puis j'aperçus ma mère et mon père dans l'embrasure de la porte.

« Habille-toi vite », murmura ma mère, et tous deux s'éloignèrent. J'enfilai mon short, un tee-shirt et me rendis à la salle de séjour où m'attendait ma mère, mon imperméable à la main. « Il faut que tu y ailles », me dit-elle, l'air calme et grave, un peu contrarié, des jours où tout ne se passait pas comme elle l'aurait souhaité. « Un des chats a été écrasé par une voiture et la petite fille refuse de se séparer de lui. Les Swanson veulent que tu lui parles. Où sont tes chaussures ? »

Mon père me guettait à la cuisine avec un parapluie noir, il me tendit mes tennis que l'herbe avait salis. Mrs. Clarke se tordait les mains en répétant, des larmes dans la voix : « Pauvre Curley ! » Mon père se tourna vers moi et me dit : « Allons-y ! » J'enfilai mes tennis. Les effluves du pot d'échappement de la voiture dont le moteur ronronnait au-dehors avaient envahi la cuisine.

C'était la voiture de Mr. Swanson, une grosse Cadillac. Il était au volant. Si bizarre que cela pût paraître, mon père ouvrit pour moi la portière de devant, comme si Mr. Swanson et moi étions sur un pied d'égalité, ou comme si j'appartenais davantage au monde de Mr. Swanson qu'au sien. La voiture sentait le cuir neuf et les cigares. « Pardonnez-nous de vous tirer comme ça du lit », dit-il. Il portait un anorak et un pantalon de velours, ses cheveux en brosse grisonnaient sur les tempes. Son apparence donnait à croire que c'était un homme important. « Mais que voulez-vous ? vous étiez la seule personne à laquelle nous pouvions penser : elle refuse de nous écouter. »

Toujours est-il qu'au moment où les Swanson entassaient leurs affaires dans le coffre de leur voiture pour repartir chez eux, ils avaient passé près de deux heures à chercher le malheureux chat. Ils avaient même appelé l'appartement de Mr. et Mrs. Clarke au nord de Long Island pour leur demander de l'aide, mais, bien sûr, ils n'étaient pas chez eux. Il n'y avait pas une demi-heure que, rassemblés à la maison, ils se demandaient s'ils devraient passer la nuit sur place ou rentrer chez eux, osant espérer que Curley reviendrait de son propre gré, quand ils entendirent un crissement de pneus devant la maison... et, bien entendu, leurs peurs les plus atroces se matérialisèrent : le pauvre chat gisait en boule sur le bord de la route.

Debbie, la fille de Mr. Swanson, se précipita la première, elle le ramassa, hurlant qu'il respirait toujours. Posant la main sur cette chose ensanglantée, Mr. Swanson perçut un faible pouls, aussi demanda-t-il à sa fille de l'emmener sous le porche afin d'évaluer à la lumière l'étendue de ses blessures. Au dire de Mr. Swanson, elles étaient graves, mais rien de ce qu'il pouvait dire ou faire ne décidait sa fille à lâcher le pauvre chat. Elle le tenait et le berçait dans ses bras, insistant qu'il respirait encore et se remettrait vite. Hélas, il était mort et bien mort quand Mr. Clarke et mon père étaient arrivés, mais elle refusait néanmoins de le lâcher. C'est Mrs. Swanson qui les avait envoyés me chercher.

La grosse voiture de Mr. Swanson vira dans l'allée. La maison, tout éclairée à l'intérieur, semblait plus que jamais sortie d'un conte de fées, même si ces êtres ainsi courbés et agglutinés dans l'ombre, sur les marches du porche, évoquaient plutôt des sorcières... J'entendais Debbie gémir. Pour une enfant, elle avait une voix profonde et gutturale et, derrière ses gémissements, me parvenaient les mots de consolation d'une apaisante fadeur que lui offraient sa mère, son frère et même Mr. Clarke. En nous apercevant, sa mère leva la tête et s'exclama : « Dieu soit loué ! » Là-dessus, elle posa les mains sur les épaules de son fils et le força à rentrer dans la maison. Mr. Clarke recula à l'autre bout du porche, quant à Mr. Swanson et à mon père, ils restèrent au bas des marches, à une bonne distance de moi.

Debbie était assise sur les marches, les pieds en dedans. Ses chaussures de tennis, ses chaussettes et ses jambes étaient ombrées de ce qui semblait du sang. Elle tenait le pauvre Curley sur ses genoux, le serrait contre sa poitrine, la tête de l'animal lovée sous son menton, elle le berçait en chantonnant une triste mélopée qu'elle accompagnait de ses larmes : « Il va bien, il va bien. »

Je grimpai deux des marches pour m'asseoir près d'elle. La pluie rendait les planches glissantes. À la lumière du porche, je pus voir son épaule, pleine de sang, et ce qui restait du minois de Curley : une oreille, un œil, d'horribles dents de chat pointues, autant qu'il en aurait laissé entrevoir s'il avait voulu se montrer féroce. C'était non seulement un malheureux paquet sans vie, mais ainsi trempé de pluie et ruisselant de sang, on avait peine à imaginer qu'il eût jamais été animé du moindre souffle de vie. Malgré tout, Debbie enfouissait son visage dans sa fourrure.

Je touchai son bras. Le sang poissait sur sa peau. « Bonsoir, ma petite biche », lui dis-je.

Elle leva la tête vers moi. Sa joue et son menton étaient barbouillés de sang, sans doute en avait-elle jusque dans la bouche, j'en vins à me demander si elle ne s'était pas mordu la langue en pleurant. « C'est Curley, dit-elle de sa voix rauque, le corps secoué de sanglots. Il a été écrasé par une voiture ! »

Je hochai la tête. « Le pauvre ! » m'exclamai-je. Une odeur de sang, rappelant l'odeur métallique de la pluie, s'élevait de la masse sombre qu'elle tenait dans ses bras.

Elle enfouit à nouveau son visage dans la fourrure de l'animal puis elle releva la tête. « Il me semble qu'il respire encore, dit-elle. J'ai senti battre son cœur. »

Tendant la main, je le caressai, le sang se coagulait dans sa fourrure. Debbie me regardait, elle se calmait, cessait de pleurer, même si ses épaules tremblaient encore. « Je pense qu'il va s'en sortir », annonça-t-elle, cherchant confirmation dans mon regard.

Je continuai à le caresser sans trop savoir à travers quoi je passais la main. « C'était gentil de le prendre dans tes bras... »

Une autre voiture arriva dans l'allée, une voiture de police. Mon père et Mr. Swanson s'en approchèrent. Un agent en descendit, mais je ne le vis pas assez longtemps pour savoir s'il s'agissait du nouveau Mr. Moran. J'entendis Mr. Swanson lui dire : « Il ne s'est même pas arrêté... Il devait rouler vite. Nous avons pensé que mieux valait appeler la police. »

Je posai la main sur le genou de Debbie. « Ma petite biche, lui dis-je, en me penchant vers elle tout en essayant de ne pas regarder l'abominable crâne du malheureux chat. Curley serait peut-être content si tu laissais Mr. Clarke le tenir un peu. Tu ne crois pas ? »

Je me retournai et regardai la maison. Debout, à la proue de son magique héritage, près de la grande fenêtre, au cœur de la mosaïque de lumière que projetaient sur le perron les petits carreaux,

Mr. Clarke paraissait bien humble, tout trempé et désemparé qu'il était. « Monsieur Clarke, dis-je, n'aimeriez-vous pas tenir Curley dans vos bras un moment ? »

Je vis Debbie se raidir, chaque muscle de son corps de petite fille était prêt à se cabrer mais à l'instant où je glissais les bras sous la masse molle et pesante du chat, je la sentis céder. Elle finit par lâcher prise, je soulevai ce paquet et le confiai à Mr. Clarke qui, détournant la tête, l'enserra dans ses bras comme l'enfant qu'il avait perdu.

Cette fois, Debbie versait de chaudes larmes, mais il s'agissait des pleurs désarmés d'une enfant qui a le cœur brisé. Je touchai son coude, elle se leva lentement, ses bras ensanglantés tendus devant elle, ses poignets tout mous. Je l'emmenai en haut des marches, nous franchîmes la porte d'entrée que je pris soin de ne pas maculer de sang, puis nous montâmes l'escalier victorien au style très orné. « Oh ! là, là ! » entendis-je son frère s'exclamer dans la salle de séjour. Nous étions à mi-chemin entre le rez-de-chaussée et le premier étage quand sa mère nous appela doucement : « Prenez soin de ne rien toucher », recommanda-t-elle.

Je l'emmenai dans la salle de bains donnant sur le couloir. Ce cabinet de toilette au linoléum rose et noir, couvert d'un tapis de bain épais, hirsute, alliait l'odeur écœurante de savons décoratifs en forme de rose à celle des fleurs sauvages fanées de Mrs. Swanson. Je commençai par déboutonner sa chemise tandis qu'elle pleurait, le tissu était tellement imprégné de sang que j'avais du mal car les boutons refusaient de passer au travers des boutonnières détrempées. Je déboutonnai ensuite son short, le baissai jusqu'à ses chevilles et lui demandai d'en sortir, tandis que je lui retirais ses chaussettes et ses tennis couverts de sang. Elle avait une mare de sang sur ses genoux, son short était de toute évidence bon à jeter, je le mis néanmoins à tremper dans l'évier rose et le rinçai à l'eau froide. « Rien de mieux que l'eau froide pour retirer les taches de sang », lui dis-je, passant mes mains sous le robinet. Je lui souris, chassai en arrière ses cheveux fins, poisseux de sang. « Rappelle-toi ça plus tard. »

La prenant par la main, je l'aidai à entrer dans la baignoire. Elle voulut s'asseoir, mais je l'arrêtai, préférant faire couler l'eau un moment, la trouvant trop froide. Je mouillai un gant de toilette, le passai sur sa bouche, ses joues et sur ses larmes, le rinçant de nombreuses fois avant d'en frotter ses bras, ses épaules et de le glisser entre ses doigts jusqu'à ce que le sang et sa triste odeur aient à peu près disparu. J'aspergeai d'eau son petit corps bronzé qui respirait la santé et sur lequel on suivait les contours de son maillot de bain. Je la laissai s'accrocher à mon bras humide, la bouche contre ma peau. Ses larmes ne tarissaient pas. Sa mère passa deux fois la tête quand je la baignais, la seconde fois ce fut pour apporter une pile d'épaisses serviettes de bain roses. Je lui lavai les cheveux et les lui rinçai à l'aide de la tasse en plastique rose au-dessus du lavabo, je l'aidai ensuite à sortir de la baignoire, l'enveloppant dans une des serviettes de bain et faisant un turban avec l'autre. Nous suivîmes ensemble le couloir menant à sa chambre.

Sa petite valise attendait ouverte sur son dessus-de-lit rose vif. Elle ne contenait que quelques vêtements pliés, son maillot de bain humide était encore par terre. En voyant cela, elle se remit à pleurer, je compris alors qu'elle était en train de préparer sa valise quand cette journée sans histoire s'était brutalement assombrie, dès l'instant où quelqu'un avait crié que Curley s'était sauvé. Je la serrai contre moi, essayant de voir sa chambre avec ses yeux, d'en apprécier les dessins aux couleurs criardes, les animaux en peluche au regard expressif, ses derniers coquillages éparpillés sur du sable au-dessus de la commode, les plus anciens, peints en jaune, bleu ou en vert posés sur les étagères. Il devait lui sembler bien lointain ce moment où, naïve, épuisée par le soleil et plutôt satisfaite, elle préparait ses affaires pour rentrer à la maison. Un lointain dimanche après-midi...

Je trouvai une chemise de nuit dans sa commode, je la lui enfilai, puis je l'assis sur son lit et lui démêlai les cheveux. « C'est Moe et Larry qui vont être tristes ! me confia Debbie.

— Ça, c'est vrai, répondis-je. Il va falloir redoubler de gentillesse à leur égard.

— Ah ! s'il ne s'était pas sauvé !

— Ça ne lui ressemble pas vraiment, n'est-ce pas ? repris-je. Pense donc, ce vieux Curley qui somnolait toute la journée !

— J'aurais dû l'enfermer dans ma chambre », conclut-elle.

Je ris.

« Il n'aurait pas apprécié.

— Tant pis, j'aurais dû... »

Elle se tourna vers moi, ses yeux s'emplirent à nouveau de larmes.

« Il était là sur mon lit quand nous sommes rentrés de la plage. Oui, j'aurais dû l'enfermer !

— Mais tu ne pouvais pas deviner, personne ne pouvait deviner ! » répondis-je.

Je mis la valise sur le plancher et je repliai le couvre-lit. Épuisée, elle se glissa sous les couvertures. Je plaçai autour d'elle ses animaux en peluche, tous ceux que je trouvai, même si, en général, elle ne donnait qu'en compagnie d'un ours et d'un chat en calicot tout usé. Cela ne semblait guère lui importer. Encadrée par cette ménagerie, elle balaya la chambre du regard. Je me penchai pour l'embrasser. « Que veux-tu, tu ne pouvais pas deviner, tu ne pouvais pas savoir ce que tu sais maintenant ! » répétai-je.

Les enfants des Swanson ne récitaient pas leurs prières le soir. Pour autant que je sache, ils n'avaient pas de religion, aussi évitai-je de lui raconter que Curley était chez les anges ou que, redevenu chaton, il pouvait se blottir à nouveau contre la fourrure de sa mère. Je me contentai de lui dire que Curley lui était sans doute très reconnaissant de l'avoir tenu dans ses bras toute la soirée, Dieu sait qu'il aimait ça ! C'était une bien maigre consolation et, en disant cela, j'eus l'étrange impression de revoir le piège à lapins de Petey et la brindille dont il se servait pour maintenir ouverte la boîte en carton, délicate et fragile, mystérieuse. Debbie hocha la tête, puis elle me passa les bras autour du cou.

« Tu peux rester avec nous le week-end prochain? murmura-t-elle dans mes cheveux. Dis, tu peux venir nous garder?

— Bien sûr », lui répondis-je en l'embrassant à mon tour.

Au moment où je me dirigeais vers la porte, elle me demanda : « Tu crois que maman va monter? » Je lui répondis que j'en étais sûre.

Dans la salle de séjour, Mr. et Mrs. Swanson semblaient en grande discussion mais, une fois en bas de l'escalier, je compris que, malgré une colère manifeste, ils étaient, en réalité, du même avis.

« C'est bien pour ça que je n'en voulais pas », grommelait Mrs. Swanson, et lui d'ajouter : « Je n'aurais jamais imaginé qu'elle s'y attacherait autant... »

Ils se tournèrent vers moi alors que j'étais dans l'embrasure de la porte et Mrs. Swanson poursuivit sur ce même ton rageur : « Oh! mon Dieu, regardez dans quel état est votre bel imperméable! Laissez-le ici, nous le donnerons à nettoyer. » Baissant la tête je vis que mon imperméable était tout taché du sang de Curley.

Au moment où Mrs. Swanson s'avançait vers moi, déridée à prendre mon imperméable, Mr. Swanson me dit :

« Tom et votre père sont repartis. Je leur ai promis de vous ramener en voiture. Vous avez été une bénédiction!

— Ah! ça, c'est bien vrai! » renchérit Mrs. Swanson. Elle tenait mon imperméable par le col, je la laissai me le retirer. Elle le contempla non sans une moue de dégoût.

« Pauvre Debbie, elle était dans tous ses états.

Jamais je ne l'avais vue comme ça. Elle a même affolé Donny, Dieu sait pourtant que lui aussi était fou de ce fichu chat. Franchement, c'en était trop ! »

Mrs. Swanson était une femme mince et attirante, une blonde avec des mèches platine, dotée de ce front haut que j'avais toujours associé aux femmes intelligentes et riches. Son bronzage était aussi neuf que celui de sa fille. Elle avait un penchant pour les teintes orangées, roses ou pour le vert vif. Les Clarke nous avaient expliqué qu'elle ne passait pas ses semaines ici car elle avait peur de dormir dans cette maison sans son mari. À la voir, il était difficile d'imaginer qu'elle eût peur de quoi que ce soit.

Elle retourna mon imperméable, le plia, comme pour éviter de regarder ces taches. Je lui mentionnai que j'avais mis les affaires de Debbie à tremper dans le lavabo à l'étage, elle agita la main, avec une grimace. « Il ne nous restera plus qu'à les jeter, dit-elle. Mon mari a déjà lavé le perron avec le tuyau d'arrosage. » Elle frémit puis elle jeta un coup d'œil à son mari. « C'est bien pour cette raison que je ne voulais pas d'animaux domestiques ! » Il hocha la tête et, ouvrant les mains, lui fit comprendre qu'il était d'accord avec elle. Elle se tourna vers moi, regarda mon tee-shirt et mon jean. « Laissez-moi vous prêter un tricot », dit-elle.

Mr. Swanson et moi sortîmes dans le couloir. J'aperçus Donny qui, en pyjama, nous épiait du haut de l'escalier, je lui envoyai un baiser. Il sourit puis, tandis que son père suivait mon regard, il recula et disparut. Mrs. Swanson m'apporta un cardigan en cachemire jaune vif. « Vous le rapporterez le week-end prochain, dit-elle. Nous aurons besoin de vous samedi. »

J'acquiesçai de la tête. Je lui confiai que Debbie aimerait qu'elle monte l'embrasser. « Bien sûr », répondit-elle, mais elle croisa les bras sur sa poitrine et s'adossa à la rampe. Un bracelet à breloques en or pendait à son poignet bronzé. Elle se tourna à nouveau vers son mari. « Bon Dieu, toute cette histoire, c'était ridicule, tu ne trouves pas ? Une réaction pareille ! De la folie pure et simple. »

Il approuva de la tête. « Je crains que cela ne cache autre chose... »

Elle verrouilla ses bras sur sa poitrine. « Comme je te l'ai dit, j'appellerai le docteur Temple dès notre retour. » Il y avait dans son ton de voix une pointe de défi, le menton levé. « Il a accompli des miracles pour la gosse de Sue Bailey, tu te rappelles, celle qui mouillait son lit... Il faut que nous sachions à quoi nous attendre. »

Son mari ouvrit une fois de plus les mains, l'air de dire qu'il n'y voyait pas d'objection.

Je me couvris les épaules du tricot, cela me rappelait la mère de Flora. Je chassai mes cheveux de mon visage. « Curley était son préféré... » À la façon dont ils me regardèrent, on aurait pu croire que j'avais osé prétendre que le malheureux chat lui était apparenté ! « Cela lui a brisé le cœur », achevai-je.

Tous deux m'observèrent un moment, comme pour décider de quel côté j'étais ou de quelle planète je débarquais, puis Mrs. Swanson reprit :

« Écoutez, nous n'allons tout de même pas déclarer le deuil national !

— Dire que le week-end avait été si plaisant ! »
renchérit Mr. Swanson.

Lorsqu'il me déposa chez moi, ma mère ne dormait pas, mais mon père, lui, était couché et les
Clarke avaient regagné leur appartement. Elle était
assise sur le sofa avec Larry sur ses genoux et Moe
sur le coussin à côté d'elle. Soucieux d'éviter aux
enfants un pénible souvenir, les Swanson ne vou-
laient pas des chats chez eux le lendemain matin.
« Comme si les enfants allaient tout bonnement
oublier ça », dis-je à ma mère. Celle-ci haussa
les épaules. Les Swanson se demandaient depuis
quelque temps s'ils devaient ou non autoriser leurs
enfants à avoir des animaux, ne fût-ce que pour
l'été. Hélas, l'immeuble dans lequel les Clarke
louaient un appartement n'autorisait pas non plus
les animaux domestiques.

« En tout cas, Daisy sera contente de les voir,
dis-je, mais j'avoue que j'aurai du mal à lui raconter
ce qui est arrivé à Curley. »

Ma mère souleva Larry de ses genoux et le plaça
contre son frère. « Tu n'as qu'à lui raconter qu'il
s'est sauvé, que tu es sûre qu'il finira par revenir »,
suggéra-t-elle.

Après une douche rapide pour laver les dernières
traces de sang, je me couchai auprès de Daisy. Ma
mère me dit qu'elle avait dormi à poings fermés en
mon absence, mais quand je me glissai contre elle,
elle murmura : « Pauvre Curley ! » et posa la main
sur la mienne. Je vis qu'elle avait pleuré. Nous réci-
tâmes dans l'obscurité une prière pour Curley
désormais avec les anges.

Les enfants Moran devaient avoir des antennes car, le lendemain matin, ils étaient là, tous les cinq, le nez collé contre la porte moustiquaire, suppliant de voir les chats. Je me demandai si la nouvelle ne leur était pas parvenue par le biais de l'agent de police. Je les laissai entrer après leur avoir fait jurer de garder le silence absolu : Daisy dormait encore. Ils s'agenouillèrent dans notre salle de séjour tandis que Moe et Larry se pavanaient, frottaient leurs mâchoires contre nos genoux, savouraient de longues caresses, s'abandonnant, les paupières closes, à la volupté de patientes et interminables chatouilles derrière l'oreille. Fidèles à leur parole, les enfants Moran, y compris Baby June, communiquaient en gesticulant : À mon tour, tu l'as assez caressé. À moi. Et dans cet étrange silence, les ronronnements lascifs du chat emplissaient la pièce. Ce silence et cette odeur de cave froide de la cheminée, ces têtes blond filasse, ces bras et jambes bronzés des enfants Moran allongés sur la moquette avaient quelque chose de merveilleux, rappelant la lumière d'un matin d'été après une nuit dans le train. Quand Daisy émergea de ma chambre, elle portait mon vieil ensemble en crépon de coton et avait déjà mis ses chaussettes et ses chaussures roses. Elle resta un instant dans l'embrasure de la porte, un rayon de soleil jouant derrière ses cheveux drus. Elle regarda ce qui se passait avant d'aller calmement rejoindre les enfants Moran sur la moquette. Soudain, tout ce calme me

parut pesant : je frappai dans les mains et m'écriai
« Au travail ! », ce qui eut pour effet de dénouer
aussitôt les langues et de ranimer les instincts
bagarreurs. Sur le moment, Daisy ne dit pas grand-
chose, mais elle me confia par la suite son étonnement, et sans doute sa déception, de voir Moe et
Larry aussi allègres.

Je mis à griller au four un pain de mie, saupou-
drant chaque tranche de cannelle et de sucre en
poudre. J'entassai ces tranches dans les mains des
enfants Moran tout en les raccompagnant à la
porte. Le piège à lapins de Petey était encore dans
le jardin, sa boîte en carton de guingois, ramollie
par la pluie de la nuit. J'entrevis à l'intérieur les
feuilles de laitue fanées. Comme tant de détritus
dans le jardin des Moran, il avait tout l'air d'un
projet abandonné...

N'ayant pas les Clarke à notre agenda du matin,
nous passâmes davantage de temps avec Red Rover
et les scotch-terriers, l'herbe était encore humide
quand nous arrivâmes chez Flora. Daisy était persuadée que la mère de Flora serait de retour dans
la journée : compte tenu de son expérience personnelle, une mère ne pouvait pas rester aussi longtemps éloignée de son enfant. Nous trouvâmes,
une fois de plus, Flora dans sa poussette, sur le
porche. En nous apercevant, elle envoya promener
son biberon presque vide et tira sur la sangle de la
poussette. « Je veux descendre ! criait-elle, son
visage touchant presque ses genoux. Descends-
moi ! » En me penchant pour la libérer, je vis que la
courroie avait été renforcée récemment par une
ceinture d'homme en cuir. Pour déboucler celle-ci,

il me fallut passer derrière la poussette. Flora avait besoin d'être changée, bien sûr, je la ramenai donc à la maison, plongée dans le silence le plus total. La cuisine était vide, toutes les portes étaient fermées à l'exception de celle de la chambre de Flora. Seule une paire d'espadrilles rouges appartenant à une femme traînait sous la table basse de la salle de séjour. Le comptoir de la cuisine était encombré de verres — verres à vin, verres à whisky et verres à jus de fruit dont il se servait pour son scotch — ainsi que d'une demi-douzaine de cendriers vides mais sales. J'assis les filles, leur donnant des crayons de couleur et du papier puis je remplis l'évier d'eau savonneuse et j'entrepris de laver et sécher verres et cendriers, j'essuyai les comptoirs. Ayant trouvé des œufs dans le frigidaire, je les battis en y ajoutant généreusement du beurre et de la crème. Je répartissais ce mélange dans deux petites assiettes, l'une pour Daisy l'autre pour Flora, quand j'entendis la porte moustiquaire s'ouvrir et voici que la grosse cuisinière apparut sur le seuil de la cuisine.

« Dieu vous bénisse, s'écria-t-elle en me voyant J'allais le faire... » Elle était essoufflée et des gouttes de sueur perlaient autour de ses lèvres. Son mari, expliqua-t-elle, l'avait déposée en haut de l'allée. Elle avait été là, la veille, il y avait une soirée — elle sortit un tablier de son sac, le noua, puis elle s'assit à côté de Flora —, des gens de la ville, toute une bande. Une discussion était survenue. « J'étais dans la chambre de Flora, mais j'entendais. » Un des hommes en avait frappé un autre et une des filles avait appelé la police. Tout le monde était sous le choc. L'atmosphère semblait s'être apaisée après l'intervention de la police et ils n'étaient plus qu'une poignée d'invités quand son mari était venu la chercher à trois heures du matin. Soudain, elle baissa la voix. « Vous avez vu Frenchy aujourd'hui ? » me demanda-t-elle. Je lui répondis que non, mais j'ajoutai qu'à mon arrivée Flora m'attendait déjà, tout habillée, sur le porche.

Elle hocha la tête. « Elle a fait le service, mais elle est partie dans sa chambre en laissant tout en plan. J'ai fait de mon mieux, mais je ne tenais plus debout. » Elle gesticula, levant son bras dodu pour bien me montrer que la cuisine était propre. « Je me suis dit que je lui laisserais deux ou trois choses à faire. Ce n'était pas pour vous !

— Ça ne m'a pas dérangée », lui dis-je. Des pas résonnèrent dans la salle de séjour, ils se dirigeaient vers la cuisine, mais tout à coup ils rebroussèrent chemin. J'imaginai qu'il s'agissait d'Ana, sans doute voulait-elle s'assurer que j'étais venue chercher Flora. J'entendis alors une voiture sur les graviers de l'allée. Flora et Daisy se tournèrent vers la fenêtre avec la même expression radieuse. « Ta maman ! » s'exclama Daisy. Flora poussa un petit cri. Les deux fillettes coururent à la fenêtre.

C'était, bien sûr, un taxi, mais il était vide. Il resta là quelques minutes, son moteur tournant au ralenti. Nous entendîmes à nouveau des pas, la porte moustiquaire s'ouvrit et une femme vêtue d'une robe assez ample sortit de l'ombre de la maison. D'un beau rouge sombre avec des festons noirs, sa tenue convenait davantage à une soirée qu'à une matinée ordinaire. La femme n'était pas mince, mais elle évoluait avec élégance et il était impossible de lui donner un âge. Elle avait une longue frange, portait des lunettes de soleil et ses cheveux noir ébène coupés au carré lui arrivaient au menton. Quelque chose dans sa façon de monter dans le taxi et de se pencher en avant pour parler au chauffeur donnait à penser qu'elle n'était plus dans sa prime jeunesse.

Derrière moi, la cuisinière s'exclama : « Oh ! mon Dieu ! » Je me retournai et la vis qui m'observait avec circonspection. « Une des invitées », chuchotat-elle, comme si les filles ne pouvaient pas l'entendre. Elle me scrutait, essayant, de toute évidence, d'évaluer jusqu'à quel point je comprenais la situation. Elle connaissait ma mère, elle appartenait à notre paroisse. Elle savait que j'étais élève à l'Academy. Encore sous le choc de la soirée de la veille, pensant à ces verres de vin, à ces verres à whisky, à ces cendriers pleins à ras bord, à ces hommes bourrés qui se cognaient dessus et à cette jeune femme contrainte d'appeler la police, elle se demandait si une fille comme moi était bien à sa place dans ce genre d'endroit. Elle se demandait si mes parents ne devraient pas être mis au courant.

« Encore une chance qu'ils aient une chambre d'invités », remarquai-je. Elle esquissa un sourire l'air de dire : à moi, on ne la fait pas. « C'est une vie de dingues qu'ils mènent, commenta-t-elle en se levant lentement pour enlever les assiettes de Flora et Daisy. Ah ! ces artistes ! Soit ils meurent jeunes, soit ils continuent à vivre comme des adolescents jusqu'à ce qu'ils soient septuagénaires ! »

Daisy emmena Flora dans le jardin pendant que je préparais son déjeuner que je glissai dans le sac de plage avec le nôtre. Aujourd'hui, je n'avais aucune envie de m'attarder, même si j'avais déjà commencé à répéter dans ma tête ce que j'allais raconter à mes parents si la cuisinière les appelait pour de bon. Oui, leur dirais-je, je passais mes journées à la plage avec Flora, que m'importait ce qui pouvait se passer d'autre ? Lui était très gentil, surtout à l'égard de Daisy, à quoi bon prêter attention à des ragots de domestique ?

En allant à la porte, j'entendis la voix d'Ana en provenance des chambres à coucher à l'arrière de la maison. Elle parlait fort, et le débit était rapide. Je m'arrêtai puis me retournai et pénétrai dans la salle de séjour. Il était difficile de savoir, compte tenu de son français aux inflexions naturelles et au rythme variable, mais elle semblait avoir pleuré ou elle venait de l'envoyer promener. Quoi qu'il en soit, plus j'écoutais et plus je me rendais compte que ces effusions verbales étaient une sorte de réplique au tableau accroché au mur, représentant une femme en pièces détachées. Voilà qui devrait le convaincre de s'en tenir au non-figuratif, pensai-je.

Ce matin-là, mon père était allé à la plage avant de se rendre à son travail afin d'installer notre parasol. J'aimais l'imaginer pieds nus, en complet, le bas de son pantalon retroussé, plantant le gros parasol dans le sable. Il avait dit à tante Peg au téléphone dimanche après-midi qu'ayant chez lui deux jeunes beautés à peau fragile, il allait acheter des provisions de Noxema. Une fois sur la plage, nous inclinâmes le parasol sur le sable, y accrochâmes nos draps de bain que nous fixâmes à la couverture de plage à l'aide de nos chaussures, de nos déjeuners et de mon livre, nous confectionnant ainsi une petite grotte pour nous déshabiller. Nous nous changeâmes toutes trois ensemble, au cours d'un jeu que j'appelai Bas les hauts, Haut les bas ! Daisy et Flora riaient tandis que nous passions nos chemises par-dessus nos têtes et retirions nos shorts. Je me retrouvai en costume d'Ève, en train d'aider Flora à mettre son maillot, tandis qu'assise à côté de moi, mon vieux short sur ses genoux, ses cheveux dénoués tombant sur ses bras maigrichons et sur sa poitrine, Daisy m'étudiait. Je chassai mes cheveux derrière mes épaules. « Je n'ai rien que tu n'auras pas un jour, Daisy Mae, lui dis-je. J'espère juste que tu en auras davantage ! » Elle sourit, peut-être même rougit-elle un peu dans cette lumière diffuse. « Quand tu portes mes vêtements, je me vois en toi telle que j'étais, dis-je. Et toi, tu vois en moi ce que tu vas devenir, c'est la vie.

— C'est vrai », répondit-elle et elle se mit à rire. Le bleu de Petey était encore visible sur sa petite épaule, sans doute avait-il même commencé à s'étendre.

« Bien sûr », repris-je. Je me tournai vers Flora qui s'appuyait contre moi, les mains dans mes cheveux, toute potelée et rose dans son maillot. « Ce que Flora et toi, vous deviendrez... »

Je pris le maillot de Daisy sur la couverture. « Laisse-moi t'aider », lui dis-je, glissant ses pieds dans le maillot. Même dans cette lumière, les bleus ne présageaient rien de bon, peut-être s'étaient-ils étendus. Je fermai les yeux en passant le maillot sur ses genoux, lui murmurai de se lever et le tirai sur tout son corps, une bretelle puis l'autre, écartant ses cheveux. Les yeux toujours fermés, je l'entourai de mes bras et posai la tête contre sa petite poitrine. Flora qui se tenait derrière moi m'enserra la tête avec ses bras, comme pour l'embrasser aussi. « Un sandwich à l'amour ! » m'exclamai-je, et les filles répétèrent. Je pouvais entendre le cœur de Daisy battre dans mon oreille, je pouvais en saisir le rythme vif et rapide sur le noble bruit de fond de l'océan. Assises dans notre plus simple appareil, derrière nos couvertures de plage, alors que les voix des autres baigneurs dérivaient vers nous, que quelqu'un passait tout près de nous, que les mouettes piaillaient et que le tissu éponge tiédi par le soleil caressait ma peau, il me vint à l'esprit que j'avais conjuré le docteur Kaufman. Oui, j'avais conjuré le docteur Kaufman et ses sinistres avertissements, qu'il s'agisse des dangers de découvrir mes seins sur la plage ou de la pâleur de ma cousine : je m'étais mise toute nue, j'avais fermé les yeux, j'avais laissé entrevoir à Daisy un avenir en pleine santé.

Je chuchotai aux filles qu'il était temps de nager, nous mîmes fin à notre triple étreinte et je rouvris les yeux. J'attrapai mon maillot de bain et me hâtai de l'enfiler, même si Flora s'appuyait toujours contre moi de tout son poids, comme si elle redoutait de perdre ce contact physique. Quant à Daisy elle ne tournait plus pudiquement la tête de l'autre côté.

À la fin de la journée, je repliai le parasol et le déposai à l'entrée du parking selon les instructions de mon père qui avait prévu de passer le prendre en rentrant du travail et de le réinstaller le lendemain.

Un moyen d'économiser des tonnes de Noxema et de nous éviter des rides et une peau parcheminée en nos vieux jours. En ramenant Flora, nous nous arrêtâmes chez moi pour lui montrer les deux chats. À peine était-elle descendue de sa poussette que Rags se précipita sur nous, tourna autour de nous, manquant de renverser Flora, et fila vers l'allée des Moran. Le vieil homme poussa un cri, suivi d'un juron. Là-dessus, Rags redescendit l'allée comme une trombe, il nous frôla, sous l'œil amusé de Daisy et Flora, se dirigea vers la rue, repéra dans une autre allée quelque chose qui l'intéressait et disparut derrière la haie d'un voisin.

« Ce chien va finir par se faire abattre », dis-je. Je remarquai que le piège à lapins de Petey gisait par terre, que la laitue avait disparu. Je compris que ces brins de paille éparpillés sur l'herbe provenaient du chapeau de la mère de Flora, que j'aperçus déchiqueté sur la pelouse attenante à la maison. « Pauvre Janey, m'exclamai-je et les filles hochèrent la tête, l'air solennel. J'imagine que je vais devoir racheter un chapeau à ta mère, Flora, et un autre pour Janey », conclus-je.

À l'intérieur, Moe et Larry nous accueillirent, la queue en l'air, leur moteur tournant à plein régime. Ils ne semblaient guère affectés par cette nouvelle maison, cette nouvelle routine ou même ce brutal changement de nombre dans leur fratrie. Flora et Daisy s'accroupirent près d'eux, l'accueil de Daisy ne fut peut-être pas tout à fait aussi chaleureux et enthousiaste qu'à l'accoutumée, déçue qu'elle était de voir qu'ils avaient si vite enterré le passé... J'éprouvai, pour la première fois, une certaine répulsion en les caressant, me rappelant cet horrible crâne montrant les dents. Pour autant que je m'en souvienne, cette chose sans vie que Debbie tenait dans ses bras n'avait plus rien à voir avec Curley. C'était ce qu'il devait y avoir de plus horrible. C'était contre cela que je me révoltais.

Je lavai trois pêches et les enveloppai dans des serviettes en papier. Nous les mangeâmes en ramenant Flora chez elle. Les deux ampoules de l'atelier étaient allumées, la cuisinière était partie. Ana n'était pas dans la maison, mais le ménage venait d'être fait, la maison sentait encore l'encaustique et l'eau de Javel. Après avoir mangé la pêche, Flora était toute poisseuse, je la rinçai dans la baignoire et lui mis sa chemise de nuit, laissant Daisy, trop pleine de sable pour une maison aussi propre, m'attendre sur le porche. À la cuisine, rien n'indiquait un repas en préparation. Je pris Flora dans mes bras et l'emmenai sur le porche. J'étais prête à retourner à l'atelier le cas échéant, mais je le trouvai assis dans un des fauteuils en toile, Daisy dans l'autre. Ils se taisaient, lui, selon son habitude avait les doigts en éventail contre sa joue. Tous deux contemplaient le ciel au-dessus des arbres et les fluctuations de la lumière. Flora et moi les observâmes un instant puis Flora murmura : Daddy — ou peut-être Daisy, impossible de savoir, alors ils jetèrent sur nous un bref regard. Il posa les doigts sur ses lèvres. « Ma petite amie rouquine et moi guettons la première étoile », dit-il. Il n'avait pas achevé sa phrase que Daisy levait le bras en s'écriant : « La voilà ! »

Le gravier de l'allée crissait sous des pas, Ana se

dépêchait, elle portait le même chemisier de soie que l'autre soir. Elle grimpa les marches et m'enleva aussitôt Flora des bras, me griffant légèrement de ses ongles vernis. « Merci, dit-elle, d'une voix chantante. Bonsoir, à demain, même heure. » Làdessus, elle emporta si prestement Flora dans la maison qu'il fallut une ou deux minutes à la pauvre enfant effarouchée avant de se mettre à pleurer.

Je pris la couverture de plage, au-dessous de la poussette, l'emportai sur la pelouse où les lucioles commençaient à apparaître. Je la secouai, la repliai et la ramenai sur le porche. « On y va, Daisy Mae », annonçai-je. Dans l'ombre du porche qui s'étirait, je pouvais voir qu'il me suivait du regard. Plus que les lunettes, plus que cette flamme blanche de cheveux qui s'agitait sur sa tête, plus que sa façon de poser ses doigts contre sa joue, c'était ce regard qui me dérangeait par-dessus tout. Il tendit la main lorsque Daisy se leva. « Reste encore un petit moment, la supplia-t-il, puis, se tournant vers moi : Assieds-toi quelques instants », me dit-il. J'hésitai, tenant la couverture contre ma poitrine, jusqu'à ce qu'il ajoute, tout bas : « Cela rendra Ana enragée. » À l'intérieur, Flora geignait, pleurnichait, sans doute m'appelait-elle. Je posai la couverture sur la balustrade du porche, me dirigeai vers le troisième fauteuil en toile et m'assis. Cette fois, il avait un grand sourire, comme si nous avions retrouvé certaine complicité.

Nous demeurâmes un moment en silence, un silence obstiné de mon côté, désinvolte et amusé du sien. Ce regard me troubla, car je vis au travers qu'il savait pouvoir pénétrer de son regard goguenard la personne que je croyais être, sûr de trouver au tréfonds quelque appât qui fût plus à son goût. Comme s'il voulait m'effacer et tout recommencer, au gré de sa propre inspiration. J'eus l'impression en quelque sorte de recevoir une gifle : je compris tout à coup qu'il me fallait reprendre mon souffle, mobiliser mes forces pour me redresser, comme un surfeur entre deux vagues. J'avais des années devant moi, j'avais ma beauté. Il m'appartenait de pouvoir ombrer son visage d'incertitude. Et pourtant, sans trop savoir comment, j'étais aussi parvenue à une certaine entente avec lui. Il s'était établi entre nous une sorte de complicité, dans la façon dont nous avions quitté ensemble son atelier pour nous rendre à la maison. « Ici pour commencer », avait-il dit au moment où nous entrions dans la cuisine, comme si nous connaissions tous deux la suite implicite. Certaine tacite complicité aussi, tant dans la façon dont je l'avais amené à s'occuper de Daisy que dans ce que je faisais maintenant, à savoir rendre Ana enragée. Une alliance difficile, pour reprendre l'expression de sœur Irène, notre professeur d'histoire universelle.

Je levai les yeux et lui retournai son regard, me demandant pourquoi il n'avait rien à boire et si sa rage de dents était apaisée, c'est alors que j'aperçus un verre vide à côté de son siège.

Il rompit enfin le silence : « Dis-moi, qu'est-ce qui t'a incitée à choisir *Macbeth* entre tous les contes de fées que tu pourrais raconter à ma fille ? »

Je haussai les épaules. « Nous l'avons monté au lycée », répondis-je.

Ses lunettes étincelaient au gré des derniers feux du crépuscule.

« J'ai pensé que cela avait peut-être à voir avec sa mère », reprit-il. Il se pencha un peu en avant. « Ne va pas me dire que tu étais une des sorcières ! »

Je secouai la tête. « J'étais Macduff. C'est un lycée de filles. »

Il éclata de rire. « J'aurais dû m'en douter », dit-il. Il tendit la main pour prendre son verre vide et se tourna vers Daisy. « Écoute, Daisy Mae, aurais-tu la gentillesse de courir demander à la patronne de me remplir ce verre ? »

Daisy prit le verre et se laissa glisser de son siège. « Oui », répondit-elle. J'aurais pu lui en vouloir de s'approprier le surnom que j'avais choisi pour Daisy, mais, de toute évidence, Daisy appréciait cette familiarité. Lui et moi la regardâmes franchir le seuil de la porte, ses chaussures résonnant sur les lattes du plancher.

Il se tourna vers moi. « Rien de mieux que Macduff pour les effets dramatiques ! Un noble chagrin, une sanglante vengeance. C'est un rôle qui te convient ? »

Je laissai le silence revenir, puis je repris : « Ce n'est pas comme ça que je l'ai joué. C'était néanmoins ce qu'aurait voulu de moi la bonne sœur qui assurait la mise en scène. Elle ne cessait de me hurler de me tordre les mains, elle voulait que les yeux me sortent des orbites lorsqu'il apprend ce qu'il est advenu de sa famille. Mais je ne lui ai pas obéi. » Sa tête penchait d'un côté, elle reposait sur sa main d'artiste. J'étais consciente de son regard sur moi, je sentais que son monde tourbillonnait dans sa tête. « Disons que j'ai suivi ses conseils pendant les répétitions, poursuivis-je avec aplomb, mais pas quand nous l'avons joué et qu'elle ne pouvait plus rien y faire. Je me suis contentée de réciter ma réplique comme si Macduff avait toujours su ce qui allait se passer, oui, je me suis contentée de dire... » Je ponctuai cela d'un hochement de tête, comme sur scène ce soir-là. « Tous mes beaux petits... Le ciel regarda sans les défendre... — non point comme une question, mais comme s'il le savait depuis toujours. »

Son menton reposait dans sa paume, son coude était appuyé sur le bras du fauteuil à côté de moi, ses grandes jambes étaient croisées à hauteur de ses chevilles nues. Il y avait dans son indolence, dans sa chemise blanche aux manches retroussées ouverte au col ainsi que dans la flamme blanche sur son crâne, une certaine majesté. « ... Savait depuis toujours que ses enfants seraient assassinés ? » répétat-il doucement.

Je me redressai, cherchant moi-même à prendre une pose royale. « Dans un sens », répondis-je.

Daisy réapparut avec le verre, elle le lui donna et se réinstalla dans le siège en toile. Il toucha son épaule en le prenant et lui dit : « Merci, chère enfant. » Il le plaça ensuite dans le cendrier sur pied et se tourna vers moi, comme s'il n'était pas encore prêt à boire. Comme si quelque chose devait être réglé auparavant entre nous.

Je me tus à nouveau. Une nouvelle étoile et une tranche de lune brillaient dans le ciel d'un bleu intense marbré de lambeaux de nuages rouge et or. Pendant un moment, je ne détachai pas mon regard de la pelouse que l'ombre envahissait. De la maison, nous parvenaient l'écho de la voix de Flora et les répliques d'Ana, musicales, mais dures. Dans les arbres, les sauterelles vrillaient le silence. J'avais beau garder la tête tournée vers la pelouse et les cerisiers du Japon, je sentais qu'il m'étudiait.

« Et je ne lui ai pas fait pousser un cri à la fin de *Macbeth*, achevai-je. J'ai refusé d'en faire un triomphe. J'ai voulu donner l'impression qu'il pleurait, comme si tout ce sang le rendait malade. » Le souvenir de l'odeur humide et métallique du sang me revint. « Je lui ai fait lâcher la tête de Macbeth à la fin, cette chose en papier mâché... J'ai cherché à donner l'impression qu'il était malade de toute cette affaire. » Je me tournai vers lui et il souleva son menton de sa paume. J'étais incapable de dire s'il s'ennuyait ou non.

« Et comment cela a-t-il été perçu ? demanda-t-il.

— Elle n'a pas aimé, elle m'a donné une note médiocre. »

Il eut un petit rire. « Tout le monde n'apprécie pas la litote », dit-il.

Je retirai mes bras des accoudoirs et les repliai sur mes genoux. « Certaines filles ont trouvé que mon Macduff avait tout d'une tante, une fée parmi les sorcières, somme toute. » Je revivais la lente révélation par laquelle la maison de Mr. Clarke était retombée d'un coup sur notre terre solide, sordide. Je le regardai pour voir s'il savait ce que j'entendais par là.

Il ne rit pas. « Charmantes jeunes filles... » murmura-t-il.

Tout près de lui, Daisy balançait doucement les

pieds, elle se montrait d'une rare patience. « Il va falloir que nous partions », dis-je mais, d'une façon ou d'une autre, je n'en avais aucune envie. Je me levai, elle se leva et lui leva son verre à notre santé, tout en restant avachi dans son fauteuil. « Bonsoir », dit-il, puis il se tut mais je sentis son regard sur moi jusqu'à l'allée.

À notre retour, nous trouvâmes Petey sur les marches à l'arrière de la maison. Derrière lui, la lumière de la cuisine était allumée, ma mère pré-parait le dîner. Notre parasol refermé était posé contre la maison.

À notre approche, Petey se leva, il tenait quelque chose derrière son dos. Je jetai un regard furtif pour voir si son piège à lapins était encore là. Il avait disparu.

« Ce n'est pas ce dont je t'ai parlé, dit-il à Daisy. Ce n'est pas ce que je voulais vraiment te donner, mais... » Et il tendit la main. C'était un bracelet composé de pierres couleur d'ambre, serties dans des anneaux d'un métal qui n'était pas de l'or, je le vis tout de suite, malgré la pénombre. Daisy sem-blait ne pas savoir comment réagir, il poussa donc le bracelet vers elle en disant : « C'est pour toi. »

Elle le prit, non sans quelque hésitation. Je ne voulais pas questionner Petey devant elle sur l'ori-gine du bracelet, mais je soupçonnais le pire. Appa-remment conscient qu'une explication s'imposait, Petey dit alors, en me regardant :

« Le flic l'a donné à maman, mais elle ne l'aimait pas du tout. Elle a dit que je pouvais l'avoir. » Il gratta une de ses vieilles piqûres de moustique sur

218

son bras. « Je ne sais pas si tu l'aimes », ajouta-t-il en se tournant vers Daisy.

Daisy regarda le bracelet, puis elle me consulta du regard.

« Il est joli, conclut-elle.

— Es-tu sûr que ta maman est d'accord ? demandai-je.

— Oh ouais ! » Il continuait distraitement à tripoter la croûte, du sang coulait le long de son bras. « Elle allait le jeter. Promis juré. »

Si ses allégations étaient exactes, cela n'augurait rien de bon pour l'agent de police...

J'éloignai doucement sa main de son bras. « En tout cas, c'est très gentil de ta part, Petey », dis-je. Daisy le remercia et Petey expliqua une fois de plus que ce n'était pas ce qu'il avait prévu de lui donner, mais qu'il ne renonçait pas à son idée première.

Je lui proposai d'entrer dans la maison, pour lui mettre un pansement. Il regarda la piqûre de moustique d'un air détaché. « Pas la peine, déclara-t-il, ça va très bien. » Et il essuya le sang avec sa chemise, puis, me montrant le bracelet : « Mets-le-lui », me dit-il.

Je posai le sac de plage, repris le bracelet que tenait Daisy. « Donne-moi ta main », ordonnai-je, tournant son poignet pour le lui attacher. Malgré la pénombre, je sus aussitôt que ce que je voyais à l'intérieur de son bras était un autre bleu qui commençait à s'étendre. J'attachai le bracelet, retournai son bras, le bracelet glissa sur sa main et tomba par terre. Nous nous penchâmes pour le ramasser, Petey fut le plus leste.

Il le contempla, l'air déçu et peiné. « Il est trop

grand », dit-il. Je répondis que l'on pouvait y remédier. Je le glissai sur la petite main de Daisy, pour évaluer de combien il fallait le resserrer. « Je demanderai à mon père de retirer quelques anneaux », repris-je.

Petey parut sceptique, ses épaules se voûtèrent, il était anéanti. Daisy tenait son poignet en l'air, de sorte que le bracelet glissait presque jusqu'à son coude, elle redit un timide « Merci beaucoup » et Petey s'éloigna, les mains au fond de ses poches, mais d'un pas léger, pas réellement convaincu du succès de son cadeau, mais pas résigné non plus à y voir un échec. Il était pieds nus, son short lui arrivait à peu près aux genoux et son tee-shirt blanc était sans doute un laissé-pour-compte d'un des pères. « Il m'arrive de penser, confiai-je à Daisy en entrant dans la maison, que Petey est le garçon le plus seul qui soit au monde. »

Je m'attendais à ce qu'elle objecte, compte tenu du nombre de ses frère et sœurs et des innombrables résidents temporaires, animaux autant qu'humains, qui logeaient chez eux, mais elle se contenta de hocher la tête et de répondre : « Je comprends ce que tu veux dire. »

Larry et Moe nous suivirent dans ma chambre où je retirai le bracelet et j'examinai le bras de Daisy sous la lampe. Le bleu était bien là, mais la pénombre l'avait exagéré. Peut-être que Red Rover avait tiré trop fort sur son bras lorsque je lui avais permis de le promener. Daisy m'observait sans rien dire. « Des deux », me répondit-elle d'un ton solennel quand je lui demandai avec quel bras elle avait tenu la laisse. Je l'assurai que ce n'était rien de grave, elle me sourit d'un de ses grands sourires un peu niais. « Va-t'en, foutu bleu », s'exclama-t-elle. « Fichu », corrigeai-je, le doigt sur mes lèvres. «Va-t'en, fichu bleu! »

Profitant de ce qu'elle prenait sa douche, je m'assis avec mon père à la table de la salle à manger pour compter les maillons du bracelet et trouver la meilleure façon de le raccourcir. On frappa à la porte moustiquaire, Janey entra dans la cuisine, un petit sac en papier à la main. Son petit visage aux traits burinés était sale et strié de larmes. Ses cheveux blonds étaient encore nattés, des vestiges sans doute de notre séance de coiffure de la semaine passée, même si le ruban avait disparu. Moe et Larry sortirent de dessous la table pour la saluer, mais elle n'avait rien pour eux, aujourd'hui. « Rags a déchiré ton chapeau », m'annonça-t-elle en me tendant le sac en papier. Il contenait les restes du chapeau de la mère de Flora, une partie du fond, et la bride en cuir toute mâchonnée, ainsi que des bouts de ruban écarlate. Janey jeta un coup d'œil à mon père comme s'il était, d'une façon ou d'une autre, un être inanimé. Ses lunettes tout au bout de son nez, il avait devant lui sa trousse en cuir renfermant des outils minuscules.

« Je ne sais pas si vous arriverez à le réparer », dit-elle, son regard planant entre mon père et moi, comme si elle ne savait pas vraiment à qui s'adresser. Ses yeux s'arrêtèrent alors sur le bracelet. Ses sourcils pâles se froncèrent. Elle leva la main, pointant le doigt. « Je le voulais ce bracelet », s'écriat-elle et, tandis que je regardais furtivement la peau diaphane de son bras pour la comparer avec celle de Daisy, j'entrevis une manchette de peau toute rouge autour de son poignet. Je pris le doigt qu'elle pointait et retournai son bras.

« Que t'est-il arrivé ? demandai-je.

— C'est Petey qui m'a fait ça, dit-elle, levant le menton, entre défi et larmes. Maman a jeté le bracelet par terre et c'est moi qui l'ai ramassé la première », expliqua-t-elle. Puis, se tournant vers mon père : « Je l'ai eu ! » Se tournant ensuite vers moi : « Mais Petey me l'a arraché ! » Elle nous montra son poignet : « Il m'a torturée : il m'a pincée jusqu'au sang, jusqu'à ce que je le lâche, et après ça, il m'a poussée ! » Sa voix passa à un registre larmoyant : « Je suis venue voir si tu étais chez toi, mais tu n'y étais pas, c'est à ce moment-là que j'ai trouvé sur la pelouse le chapeau, tout mâchonné. »

Les larmes lui montèrent aux yeux, l'une d'elles roula sur sa joue. « Aujourd'hui, je n'ai vraiment pas de chance. »

Je tendis les bras et elle s'y précipita tout en gardant un peu ses distances. Elle posa la tête sur mon épaule. Ma mère se posta, une spatule à la main, à la porte de la cuisine, curieuse de savoir ce qui se passait. Quelques minutes plus tard, Daisy sortit de la chambre, la tête enturbannée de sa serviette de bain. J'expliquai à toutes deux ce qui s'était passé, alors Daisy s'avança, prit le bracelet sur la table et le tendit à Janey.

« Tu peux l'avoir, dit-elle, ne t'inquiète pas. »

Janey la regarda à travers ses larmes, elle secoua la tête. « Petey va me piler, si je le prends ! »

Je l'assurai que non : « Ne t'en fais pas, je vais tout lui expliquer, lui dis-je. Je vais arranger ça. »

Pleine de compassion, Daisy posa le bout de ses doigts sur le poignet endolori de Janey. « Petey a quelque chose d'autre pour moi. Dis-lui que je préfère attendre cette autre chose. »

Je jetai un coup d'œil à mon père pour voir s'il établissait le lien entre cette « autre chose » et le piège à lapins farfelu de Petey. Mais en vain. « C'est vraiment gentil de ta part, Daisy », disait ma mère pendant que Janey avançait la main pour reprendre le bracelet.

« Je peux le resserrer pour toi », lui dit mon père quand elle le passa. Il se pencha vers elle, compta d'un doigt les pierres ambrées et suggéra d'en retirer trois pour qu'il soit bien ajusté à son poignet. « Et si tu veux savoir, lui confia-t-il par-dessus ses lunettes à double foyer, nous les garderons pour toi afin qu'elles ne s'égarent pas et quand tu seras plus grande, tu n'auras qu'à venir et nous les remettrons une à une. Comme ça, tu pourras porter tout de suite ton bracelet et il grandira avec toi. »

Janey renifla, striant son visage sale avec le revers de sa main. « D'accord », souffla-t-elle. Ma mère s'en retourna à ses fourneaux et nous regardâmes toutes trois mon père penché sur le bracelet, tel un horloger. Par la suite, il devait nous avouer que le bracelet ne valait pas trois sous, ce qui expliquait pourquoi Sondra l'avait jeté en pâture à ses enfants. Je passai le bras autour de Daisy pour murmurer « Merci » dans son oreille. Voyant qu'elle tremblait un peu, je frottai ses cheveux avec la serviette pour les sécher.

Je suggérai que mieux vaudrait que le bracelet restât chez nous jusqu'à ce que j'aie eu le temps de parler à Petey. Janey accepta avec enthousiasme, et avec non moins d'enthousiasme de rester dîner. Elle goûta ainsi pour la première fois des épinards à la crème. Après en avoir hasardé une fourchette pleine au bout de sa langue rose, elle les trouva fort à son goût.

Cette nuit, au lit, tandis que je me pelotonnais contre elle — avec Moe et Larry, boules bien chaudes sur nos pieds —, je redis à Daisy combien j'avais apprécié sa gentillesse à l'égard de cette pauvre Janey. Une fois de plus, je sentis ce frisson le long de sa colonne vertébrale. « Elle en a de la chance, Janey, murmura-t-elle. Elle pourra venir chez toi aussi souvent qu'elle en aura envie, pendant des années, jusqu'à ce qu'elle soit grande. »

Je distinguais vaguement la voix de mes parents derrière la cloison, leur échange calme, sans fin. « Toi aussi, Daisy Mae... chuchotai-je dans ses cheveux... Tu n'as qu'à sauter dans le train. »

Je la sentis secouer la tête contre l'oreiller. L'espace d'une seconde, je pensai qu'elle pleurait, que sa famille lui manquait à nouveau. Elle me dit alors tout bas : « Je ne crois pas que je reviendrai. »

Je ris, un rire aussi léger que souffle d'air sur son cuir chevelu.

« Pourquoi ? lui demandai-je.

— Je n'en sais rien, murmura-t-elle. C'est juste une impression, c'est tout. »

Je resserrai mon étreinte. « Bien sûr que si, tu reviendras, repris-je. Chaque été. Et aussi à Pâques, si tu veux, et même à Noël. Tu peux revenir n'importe quand, jusqu'à ce que tu sois grande. » Je dis cela avec affection, avec assurance, forte de l'autorité que je savais qu'elle me reconnaissait, que je savais détenir, ici, dans mon royaume, mais je sentais aussi monter en moi une colère noire qui me donna soudain envie de chasser du lit ces fichus chats et d'envoyer au diable toutes les bonnes sœurs ainsi que toutes les chansons, toutes les histoires qu'on m'avait racontées jusque-là, et celles que j'avais moi-même racontées, où il était question d'enfants qui jamais ne reviendraient. Assez de ces nouveau-nés portant le nom de patriotes irlandais. Assez de ces enfants qui embrassaient leurs jouets le soir en leur disant : Attendez-moi, qui rêvaient d'arbres croulant sous les sucettes, qui, depuis l'étoile du soir, disaient adieu à leurs parents, qui rampaient, fantômes qu'ils étaient, sur les genoux de leur père affligé, qui avaient pris trop à cœur le conseil d'un vieillard de ne jamais vieillir... Tous mes enfants jolis ? Tous ? Je voulais les bannir, ces histoires, ces chansons, ces contes stupides autour de tragiques prémonitions d'enfants. Je voulais que l'on gribouille sur ces livres, qu'on les déchire. Et repartir de zéro. Dessiner un monde où cela était tout simplement impossible. Un monde de couleur pure et non pas de formes. Un monde de ma pure invention et davantage à mon goût : un royaume au bord de la mer, un éternel été, un frisson d'ailes de fées. Un monde d'où serait banni tout ce qui était ombre : l'âge, la cruauté, la douleur, les pauvres chiens, les chats morts, les parents débordés, les enfants solitaires, tous les chagrins à venir, tous les contes sentimentaux, larmoyants, inspirés par la mort d'enfants.

« Et quand tu seras grande, continuai-je, tu

pourras venir vivre ici, et nous emmènerons toutes les deux nos bébés à la plage et nous leur apprendrons à nager dans l'océan et nous aurons une centaine de chiots dans le jardin et nous embaucherons Petey pour qu'il passe chaque jour enlever leurs crottes. »

Elle rit un peu.

« Et Mrs. Richardson nous invitera pour le thé, et Mrs. Clarke nous donnera sa maison parce que tu étais presque la nièce du copain de la meilleure amie de sa sœur aînée.

— Je n'ai pas saisi... » murmura Daisy, ce à quoi je répondis tout aussi bas : « Moi non plus, mais cela doit faire de toi sa plus proche parente. Et si tu veux savoir un secret au sujet de cette maison, ajoutai-je, si tu me promets de ne le répéter à personne, eh bien, figure-toi, et c'est vrai de vrai, que personne n'a jamais vu cette maison en construction. Avant, il y avait juste de l'herbe, des arbres et la petite mare avec les libellules, et puis voilà qu'une nuit a surgi cette maison, tout éclairée, une vraie luciole. Et au matin, sans que personne n'ait vu qui que ce soit y entrer, la porte s'est ouverte et il en est sorti un homme courtaud, chauve, au visage rond, jovial et au ventre bedonnant. Il portait une belle chemise dans les tons dorés, un pantalon brun, une veste noire qui lui donnaient l'air d'être lui aussi une luciole. C'était l'oncle de Mr. Clarke et c'est ainsi que Mr. Clarke est devenu propriétaire de cette maison. Et l'heure venue de la léguer à quelqu'un, puisqu'ils n'ont pas d'enfants, Mr. et Mrs. Clarke te la laisseront, voilà comment, plus tard, tu vivras dans une maison construite par des fées ! »

Elle se taisait, elle réfléchissait à tout cela, c'était clair. Soudain elle demanda : « Pourquoi devront-ils la laisser à quelqu'un ?

— Pour la simple raison que la ville leur manque énormément, n'as-tu pas remarqué que c'est leur seul sujet de conversation. Un de ces jours, ils finiront par retourner en ville et ils laisseront la maison à quelqu'un. À toi, dis-je. Quiconque regrette à ce point un endroit finit toujours par y retourner. C'est pour ça que je sais que tu reviendras toujours me trouver. »

Cette fois, elle hocha la tête, prête à oublier, semblait-il, toute idée qu'elle avait pu avoir, ne fût-ce que quelques minutes plus tôt, de ne jamais revenir.

« Tu y habiteras aussi ? murmura-t-elle. Avec moi ? »

J'y réfléchis un instant « J'habiterai ici, mais je pourrai te rendre visite.

— Tu y passeras la nuit ?

— Bien sûr, à l'occasion, répondis-je.

— Je n'aimerais pas dormir seule là-bas, avoua-t-elle.

— Quelle coïncidence, m'exclamai-je, imitant de mon mieux la voix des Trois Stooges. Figure-toi que Mrs. Swanson non plus... » Je déplaçai ma tête vers un coin plus frais de l'oreiller. « Je ne sais pas de quoi on peut avoir peur dans cette maison. Des fées ? J'adorerais voir des fées danser dans ma chambre ! »

Daisy hocha à nouveau la tête. « Des fantômes ! chuchota-t-elle. Comme c'est écrit dans le livre, si on dort seul. »

227

Je ris et la serrai plus fort contre moi.

« Je ne pense pas que voir des fantômes serait une chose aussi épouvantable. Il se pourrait que tu aperçoives quelqu'un que tu connaissais ?

— Comme Curley, dit-elle, tombant enfin de sommeil.

— Allons, ne t'inquiète pas et dors » répondis-je.

Je la tins dans mes bras, écoutant sa respiration au rythme de laquelle j'essayais d'accorder la mienne, puis je m'éveillai un bref instant et j'entendis celle de Petey et je vis son ombre se découper sur la vitre.

*

Quand le docteur Kaufman passa près de nous sur la plage cet après-midi-là, Flora faisait la sieste à l'ombre du parasol, tandis que, assises au bord de la couverture, Daisy et moi dessinions des silhouettes dans le sable. En le voyant approcher, je m'empressai d'effacer mon dessin, jetant du sable sur les pieds de Daisy, feignant de ne pas aimer ce que j'avais dessiné.

Il venait de descendre du train. La ville était une véritable fournaise, dit-il, 42 °C à l'ombre. Ce matin, mes parents avaient écouté la météo, ils s'étaient souri, d'un sourire entendu. Il laissa tomber transat et journal sur le sable à mes pieds. Il portait le même polo noir et le même short rouge. La face intérieure de ses cuisses était pâle. « J'ai quelque chose à te montrer... » commença-t-il ; il ouvrit son journal et en extirpa deux longues enveloppes : « ... et un service à te demander. »

Il s'agissait de lettres des jumeaux en colonie de vacances. Elles étaient ornées de silhouettes fili-formes dans des canoës ou dansant autour de feux de camp orange vif. Sur du papier à grosses lignes, et de leur écriture tremblante et démesurée, Patri-cia avait écrit qu'elle adorait nager, qu'elle avait été piquée par une guêpe et qu'elle avait chanté *La Mélodie du bonheur* au concours de chant. Colby, lui, moins disert, était allé à la pêche et il avait gagné un prix, sans préciser, comme le souligna le docteur Kaufman ravi, qui se penchait sur mes genoux tandis que je lisais, s'il y avait corrélation entre butin et trophée.

Je repliai les jambes au-dessous de moi en lui tendant la lettre. « Dites-lui que je pense bien à lui », ce à quoi il répondit d'un ton allègre : « C'est déjà fait. »

Il relut les lettres, les replia et les remit dans leurs enveloppes. « Ils seront de retour le 10 août, reprit-il. Et voilà ce qui se passe : j'ai rencontré cette femme, elle s'appelle Jill, et elle sera là pour le week-end. Je te présenterai à elle. Bref, elle restera toute la semaine. Elle veut vraiment passer du temps avec les enfants, apprendre à les connaître, ce qui est merveilleux et tout et tout, mais je ne voudrais pas que ce soit trop lourd pour elle. » Il esquissa un sourire. Le soleil brillait à travers ses cheveux bruns clairsemés, il jouait sur son cuir che-velu et semblait éclairer ses yeux bruns. Ainsi, depuis la semaine dernière, il avait été soulagé du fardeau de sa solitude. « Par conséquent, acheva-t-il, puis-je te retenir pour la semaine du 10 ? »

Je vis Daisy tourner la tête sur son épaule, elle

écoutait. « J'ai Flora », dis-je, mais il leva la main :
« Je sais, je sais. » De son poignet, il effleura mon
genou. Son regard glissa de mon visage à ma poitrine, à mes genoux, une insouciante petite flâne-
rie. « C'est juste pour le soir, reprit-il. Nous aurons
des activités avec les enfants pendant la journée,
mais j'aimerais bien donner à Jill ses soirées. » Il
sourit à nouveau. Il me vint à l'esprit qu'Ana avait,
elle aussi, ses soirées. Tendant soudain la main, il
écarta une mèche de cheveux que le vent avait
soufflée sur mes lèvres. « Cela me rendrait grand
service, dit-il. Et les enfants en seraient enchantés.
Je voudrais tellement que ce soit une semaine
mémorable ! »

Je revis cet après-midi d'été où j'avais tenu ses
enfants sur mes genoux pendant que sa femme et
lui étaient à l'intérieur. La voix de celle-ci se faisait
de plus en plus aiguë : « Oh ! qu'est-il arrivé ? » ou
bien : « Oh ! où est-il passé ? » Fallait-il que je me
prépare à une autre scène de ce genre au cours de
la semaine du 10, mais avec une voix de femme dif-
férente ? Le sable avait glissé du cou-de-pied de
Daisy, son bleu était maintenant visible, mais je me
rendais compte aussi que le docteur Kaufman avait
l'esprit ailleurs, qu'il était absorbé par ses propres
pensées. Dans son nouvel enthousiasme pour cette
femme, pour ses enfants, pour cette soudaine
pause dans son été de célibataire, il me rappelait un
peu Red Rover. Je savais que la petite Daisy, ses
bleus et sa peau toute pâle seraient vite oubliés au
milieu de tout ça.

Je lui répondis que bien sûr, il pouvait compter
sur moi. « Formidable », s'exclama-t-il un peu trop

fort. Flora remua sous le parasol. Rentrant la tête
dans ses épaules, il mit son doigt sur ses lèvres.
« Pardon », dit-il en remuant juste les lèvres, sans un
son. Il se pencha plus près de moi, je crus un bref
instant qu'il allait à nouveau m'embrasser, mais il
se contenta de murmurer : « Nous te guetterons sur
la plage ce week-end. Comme ça tu auras l'occasion de rencontrer Jill. » Il se leva, agita la main
pour dire au revoir à Daisy qui lui répondit de
même. Il pointa le doigt vers sa propre joue. « Elle
est en train de prendre de bonnes couleurs », dit-il,
comme si ce n'était pas plus grave que ça. Il
ramassa son journal, son transat et se dirigea vers la
plage, ses mollets musclés légèrement arqués, ses
épaules rejetées en arrière, se retournant sans la
moindre gêne dès qu'il croisait une jeune femme.
À chacun de ses pas, ses talons soulevaient un
allègre jet de sable.

Je ramassai nos affaires de plage dès que Flora
s'éveilla. Nous avions beau être à la pointe de Long
Island, la chaleur était torride et le temps de ramener Flora chez elle, nous étions toutes trois épui-
sées et grincheuses. Une voiture inconnue était
garée dans l'allée, et en passant devant l'atelier
j'entendis la voix d'un autre homme et des éclats de
rire. À la cuisine, Ana, dans son uniforme bleu, dis-
posait de petits canapés sur un plateau à côté de
biscuits apéritif au caviar et de quartiers d'œuf dur.
Un ventilateur tournait près de la fenêtre. Elle marmonna quelque chose en français que je reçus
comme : « Laissez-moi tranquille », aussi j'emmenai
les filles dans la salle de bains de Flora et leur fis
prendre une douche. Je les rhabillai, les coiffai et je

mis par terre quelques poupées de Flora pour qu'elles jouent, puis j'allai me doucher à mon tour, dérogeant à mes principes de baby-sitter. Ma mère m'avait bien prévenue, elle-même ayant été prévenue par ses propres parents, que s'il était une chose à éviter quand j'étais chez mes employeurs, c'est bien de faire comme si j'étais chez moi. Et cela, si bienveillants, amicaux et accueillants que se montrent mes employeurs à mon égard. Un peu de distance et un sens des convenances étaient toujours appréciés, m'avait répété ma mère, qui le tenait de sa propre mère. Me servir ainsi de leur douche et de la crème de la mère de Flora, dont la délicieuse odeur de muguet bafouait notre pauvre Noxema, n'était guère respecter certaine distance ni avoir le sens des convenances, mais j'avais chaud, j'étais épuisée, couverte de sel marin et je prenais de plus en plus conscience que la maison de Flora était le seul endroit où j'avais réellement envie de me trouver. Je mis mon short et, en raison de la chaleur, me dispensai d'un tee-shirt, enfilant une des chemises de mon père, que j'avais subtilisée dans son placard ce matin-là et placée au fond du sac de plage. Je m'enveloppai les cheveux d'une serviette de toilette et, pieds nus, je rapportai la crème dans la chambre pour la partager avec les filles.

J'en massais les bras de Flora lorsqu'il apparut sur le pas de la porte. Il demanda si je pouvais amener Flora dans la salle de séjour, car quelqu'un voulait faire sa connaissance. Je retirai la serviette de toilette qui couvrait ma tête, secouant mes cheveux comme un chien qui s'ébroue, nous aspergeant d'eau, pour la plus grande joie des filles. Je séchai ensuite les cheveux de Flora et de Daisy et les entraînai hors de la pièce. C'était un jeune homme de petite taille, aux cheveux noirs plaqués, dégageant un haut front, aux yeux noirs et au nez long, élégant. Debout près de la baie vitrée, il contemplait les arbres, une main dans la poche de son pantalon trop vaste, et tenant de l'autre une cigarette, malgré son jeune âge. Il se tourna quand nous entrâmes et parut quelque peu étonné. « Regardez-moi ça ! » s'exclama-t-il, nous embrassant toutes les trois d'un même regard avant de concentrer toute son attention sur Flora quand son père dit : « Celle-ci, c'est ma fille. » Alors, il se pencha comme pour lui serrer la main, mais au lieu de cela il agita la main, un simple frémissement du bout des doigts. Flora fit de même, lui adressant un sourire de derrière ma jambe. Il se redressa et me regarda. Il avait de grands yeux, la peau diaphane et une ombre de barbe. Il était le genre de garçon que les filles de mon lycée auraient qualifié de charmant, de mignon. On me présenta en tant que baby-sitter, il prit ma main, la secoua, la porta à ses lèvres, embrassant mes phalanges. Il regarda le père de Flora. « Ils en ont de la chance, ces bébés ! » commenta-t-il en me tenant toujours la main, ses yeux prirent bonne note et de ma chemise humide et de ce que je portais au-dessous. Daisy fut présentée comme « la fidèle compagne ». Il lui secoua la main, en s'exclamant : « Regardez-moi ces cheveux ! » Il se tourna ensuite vers le père de Flora : « Ah çà ! c'est à mourir de rire ! Vous au milieu de toutes ces femmes ! » Une remarque que le père de

Daisy accueillit d'un sourire accompagné d'un haussement d'épaules. On percevait dans son comportement une affectueuse tolérance. Au moment où Ana s'amenait avec le plateau de caviar, le jeune homme sortit un calepin et un crayon de sa poche arrière. Surprenant son geste, le père de Flora lui dit, bon enfant : « Oh ! Bill ! Par pitié ! » Il brandit toutefois son crayon, gribouilla quelque chose, referma le calepin avec un grand sourire et le remit dans la poche de son pantalon.

« Une petite note, c'est tout », dit-il.

Par-dessus son épaule, Ana me signala que le dîner de Flora attendait à la cuisine.

Une fois de plus, il leva la main et agita le bout de ses doigts. « Bon appétit », dit-il. Une assiette contenant un œuf dur écrasé, des crackers et des bâtonnets de carotte et de céleri était préparée sur la table. J'eus l'impression qu'Ana venait de concocter ce repas en entendant nos voix dans la salle de séjour. Elle ne réapparut pas à la cuisine pendant que nous y étions et que nous suppliions en vain Flora de manger. Je finis par préparer à celle-ci un sandwich au fromage blanc et à la confiture, une valeur sûre avec elle. Ce n'est qu'après que nous étions dehors en train de chasser les lucioles que me parvint un bruit d'eau qui coulait dans l'évier et le tintement des glaçons dans les verres.

Un peu plus tard, j'entendis claquer la porte moustiquaire et le jeune homme descendre les marches du perron pour se rendre dans le jardin. J'avais une luciole dans ma paume ; à son approche, je la relâchai, me sentant soudain un peu sotte de

234

m'amuser à ce genre de jeux. Il faisait encore bon, mais la brise avait commencé à souffler. « Oh ! s'exclama-t-il, elle s'est échappée ! » Debout à mes côtés, il la regarda s'envoler. Le menton toujours levé, il me demanda : « Quel âge as-tu ? »

Je lui répondis et il hocha la tête, ses yeux fixant encore le ciel. « Es-tu trop jeune, dit-il, pour voir ce qui se passe ici ? Je veux dire, pour comprendre quelle est la situation. » Je me tus un instant. Il avait un long cou, une mâchoire et des pommettes taillées à la serpe. Je n'arrivais toujours pas à lui donner un âge. Une vingtaine d'années, sans doute. « Je ne suis ici que pour m'occuper de Flora », répondis-je.

Il baissa les yeux et me regarda le menton toujours en l'air. « Voilà qui répond à ma question : tu es trop jeune », dit-il. Puis, baissant le menton : « Quand est-ce que maman va rentrer ? » demanda-t-il.

Je haussai les épaules. « Je n'en ai aucune idée. »

Il mit les mains dans ses poches, leva les épaules et poussa un profond soupir. Pendant une minute nous regardâmes tous deux Daisy et Flora traverser la pelouse.

« On m'a dit qu'elle était en Europe, reprit-il, et mon cœur se brisa en pensant à Flora.

— Je n'en sais rien, répondis-je. Je croyais qu'elle était en ville.

— Elle l'est, dit-il, elle est dans une ville. Peu importe laquelle. » Il me regarda à nouveau. « Cela peut devenir pour toi un travail permanent », continua-t-il. Nous étions à peu près de la même taille et il se tenait tout à côté de moi, nos bras se touchant presque. Je n'avais qu'une expérience très limitée des garçons de mon âge mais, d'une façon ou d'une autre, je compris qu'il n'était pas en train de me conter fleurette. L'admiration que, par moments, reflétait son regard, prélude familier à des compliments sur ma beauté, semblait entièrement fortuite. « J'entends par là, reprit-il comme si nous étions de vieux amis, que la dame française est très bien et tout et tout, il a un faible pour ce genre de personnes, mais je ne l'ai jamais vu s'en tenir à un régime de dondons frisant la quarantaine. Il lui faut toujours un appât jeune et frétillant — il fit un geste en direction de Flora — en âge d'avoir des enfants, pour le dessert. » Il me regarda une fois de plus de la tête aux pieds. « Je ne sais pas, poursuivit-il, mais il semble que c'est du sang de vierge qu'il lui faut... » J'étudiai ses yeux sombres et son beau visage. Il avait des dents blanches, bien alignées, des lèvres minces et il cligna deux fois les paupières puis, brusquement, il me toucha le bras et éclata de rire comme s'il avait un noyau coincé dans le gosier.

« Oh non! dit-il, en me tenant toujours par le bras. Je sens que tu vas quitter ton boulot! Oh! mon Dieu, il va me tuer! Voilà que je lui ai fait perdre sa belle jouvencelle de baby-sitter! Oh! mon Dieu! » Il se pencha plus près, passant la main dans mon dos. « Ne pars pas, supplia-t-il, tandis que ses doigts suivaient ma colonne vertébrale. Promets-moi de ne pas partir, dit-il. Oublie ce que j'ai dit. C'est un mec parfaitement inoffensif. Si tu t'en vas, il n'aura plus qu'à épouser la bonne! »

Je remarquai que Daisy et Flora l'observaient, attirées par son rire postillonnant. « Je ne partirai pas, dis-je doucement, m'efforçant de sourire. Pourquoi partirais-je ? »

Il agita la main devant ses lèvres, comme s'il venait de boire quelque chose de chaud. « Je parle trop, dit-il. C'est ce qu'il aime chez moi. » Il enfouit à nouveau ses mains dans ses poches. « Bien sûr, il n'y a aucune raison pour que tu t'en ailles, pas plus qu'il n'y a de raisons pour qu'il ne reste pas ici, dans cet endroit merveilleux en compagnie d'aussi charmantes demoiselles que vous trois. » Il attendit une seconde. J'entendis la porte moustiquaire s'ouvrir derrière nous, puis je sentis à nouveau sa main dans mon dos, ses ongles griffant ma colonne vertébrale. « Et si tu ne portes rien sous cette grande chemise blanche, murmura-t-il dans mon oreille, eh bien, c'est tout aussi merveilleux. »

Flora alla vers son père, les mains en coupe autour d'une luciole, et nous nous tournâmes tous deux pour les observer. Il se pencha vers elle, posa la main sur sa tête, puis il nous regarda tous les deux.

Le jeune homme glissa soudain son bras sous le mien, en riant. « Je viens de donner un rendez-vous à ta baby-sitter. Tout ce qu'il y a de plus innocent. Un film et une glace. Ça ne t'ennuie pas ? »

Il se rapprocha de nous. « Bien au contraire, répondit-il. Elle devrait aller au cinéma et prendre des glaces. » Il tira sur la chemise du jeune homme, le prenant à part. « Mais pas avec toi. » Puis, se tournant vers moi : « Il me rappelle, vois-tu, ce que certaines de tes amies pourraient appeler un Macduff. »

Le jeune homme rit, d'un rire profond, guttural

et dit : « Celle-là, je ne l'avais pas encore entendue ! » Debout, contre mes genoux, Flora tendait les bras. Je m'éloignai, me baissai et la soulevai. Elle posa aussitôt la tête sur mon épaule.

Je jetai par-dessus sa tête un coup d'œil à son père. En guise de réponse, il prit le bras du jeune homme et dit : « Allons dîner. » L'homme traversa la pelouse d'un pas légèrement hésitant et il lança un « Bonsoir les filles ! » alors qu'ils se dirigeaient vers la voiture. Il s'assit sur le siège du conducteur, le père de Flora referma la portière et se tourna vers nous. En passant près de Daisy, il lui tapota la tête, une espèce de bénédiction, puis il posa le bras sur mon épaule et se pencha pour poser un baiser sur les cheveux de sa fille. « Bonne nuit, ma chérie », dit-il comme s'il s'agissait là d'une routine vespérale. Son haleine sentait l'alcool. Intimidée, Flora se blottit contre mon épaule. Il se redressa un peu et se tourna pour m'embrasser sur le front, mes lèvres à quelques centimètres à peine de la peau délicate de sa gorge. Il dégageait une discrète odeur d'après-rasage et de lotion capillaire. Il toucha ma nuque, encore humide après la douche, et il souleva une poignée de cheveux. Je dus soudain me cramponner pour ne pas laisser aller ma tête en arrière, dans sa paume. Je n'avais qu'une envie, m'abandonner. Mais j'étais consciente que Macduff veillait, griffonnant sans doute quelque note dans son calepin. J'étais également consciente que Daisy suivait tout ce qui se passait et que Flora était dans mes bras. « Excuse-moi », chuchota-t-il. Il laissa retomber mes cheveux entre ses doigts, retenant la pointe qu'il porta à ses lèvres puis il se tourna à nouveau vers la voiture.

La tête enfouie contre mon épaule, Flora tendit la main et la plaça contre mon cœur, comme si elle avait perçu un changement de rythme. Daisy regarda la voiture s'éloigner et lui renvoya son petit adieu du bout des doigts lorsqu'il passa. Elle se tourna ensuite vers moi et je lui tendis la main. « Allons mettre Flora au lit. » J'avoue que je lui fus reconnaissante pour l'effet stabilisant de sa petite main.

Nous rencontrâmes Ana sur le pas de la porte. Elle portait sa jupe noire et son haut sans manches, qu'elle avait agrémenté d'un des foulards de la mère de Flora noué de façon désinvolte autour du cou. Le sac au bras, elle nous dit : « Bonsoir. » Je dus tendre la main et la toucher pour la contraindre à s'arrêter un bref instant. Sa peau était toute fraîche.

« Vous partiez ? » demandai-je. Elle avait mis davantage de rouge à lèvres et de maquillage que d'habitude, et je pouvais détecter le Chanel de la mère de Flora.

« J'ai un dîner, répondit-elle sans marquer la moindre pause. Je serai de retour dans la soirée. » Elle avait les clefs à la main, elle les leva, les fit tinter. « C'est toi la baby-sitter, lança-t-elle en franchissant la porte moustiquaire.

— Au revoir Ana, dit Flora dans l'air parfumé, ajoutant à mon intention : Ana est partie.

— Disparue », dis-je.

Je téléphonai à mes parents pour les prévenir que je resterais plus tard que prévu, ils proposèrent de venir chercher Daisy au cas où nous ne serions pas de retour avant dix heures. Daisy fit une légère moue quand je lui transmis leur proposition, mais je l'entourai de mon bras et lui dis de ne pas s'inquiéter. Ils ne pourraient pas rentrer bien tard.

Nous lûmes une histoire à Flora, puis nous jouâmes avec elle sur la moquette. Lorsqu'elle finit par s'endormir, Daisy et moi allâmes à la cuisine où nous grignotâmes des crackers, des bâtonnets de céleri et des œufs durs, ainsi que des pickles, des olives et des cerises au marasquin. Après avoir lavé la vaisselle qui traînait et rangé la cuisine, je préparai deux croque-monsieur. La télévision était dans la chambre d'invités, j'emportai là-bas notre dîner, sans savoir que Macduff avait son gros sac de voyage en cuir ouvert sur le lit et un pantalon sur le dossier de la chaise. J'avais beau avoir étalé par terre, devant la télévision, une serviette de toilette sur laquelle nous posâmes nos assiettes et mangeâmes nos sandwiches, ni l'une ni l'autre ne nous sentîmes assez à l'aise pour nous attarder davantage. Je sortis donc une couverture du placard de Flora, l'étendis sur le canapé en cuir blanc de la salle de séjour et demandai à Daisy de s'allonger un moment. Je m'assis sur le sol à côté d'elle, la laissant natter et dénatter mes cheveux, jusqu'à ce que ses réflexes ralentissent et que ses mains s'immobilisent. Je croisai les bras autour de mes genoux, enfouissant ma tête contre eux, et j'attendis.

J'imaginai mille scénarios différents. Ana rentrait la première, j'appelais mon père en lui demandant de venir nous chercher. La voiture de Macduff apparaissait dans l'allée, le père de Flora en descendait et je leur disais : « Je vais appeler mes parents. » Je réveillais alors Daisy et nous attendions mon père sur le perron. Macduff disparaissait, Ana disparaissait et pendant que Daisy et Flora dormaient, nous nous asseyions, lui et moi, et il glissait la main sous mes cheveux et je laissais retomber ma tête en arrière, dans sa paume. Ses doigts d'artiste couraient sur les boutons de ma chemise. Combien d'années en plus cela me vaudra-t-il ? demandait-il et Daisy répondait : Je n'en sais rien. Combien en voulez-vous en plus ? À cela, Daisy et lui répondaient de connivence : Tout plein, en mâchant de l'aspirine. Tout plein, tout plein d'années, une bonne couche d'années aussi épaisse que de la peinture étalée avec un couteau de vitrier. Tout plein.

J'entendis d'abord la voiture, les roues sur le gravier, puis je vis les phares déformer les ombres de la cuisine plongée dans l'obscurité. Je me relevai et j'allai m'asseoir sur le canapé, aux pieds de Daisy, couvrant de ma main ses chaussures roses. Je reconnus alors les voix des deux hommes. Je me réjouis que ce soit eux plutôt qu'Ana. Ils se turent et seul Macduff franchit la porte moustiquaire. La main dans sa poche, il joua la surprise en me voyant auprès de Daisy endormie, comme s'il ne s'était pas attendu à nous voir, mais aurait dû tout de même être prêt à cette éventualité. Il entra dans la pièce et s'assit dans l'un des fauteuils blancs en face de nous, comme s'il venait de le quitter. « Ils est retourné dans son atelier, murmura-t-il. Je suis censé prévenir Ana qu'il est de retour. »

Je lui répondis qu'Ana était allée dîner en ville et que j'ignorais à quelque heure elle rentrerait.

« Oh ! là ! là ! » s'exclama-t-il en fronçant les sourcils et en pinçant les lèvres. Il se pencha alors vers
moi. « Tu pourrais y aller à sa place, suggéra-t-il
tout bas, levant ses sourcils noirs. Ça pourrait lui
donner un doux frisson... » Derrière de faux airs
timides, il était diabolique, me souriant comme s'il
percevait sur mon visage quelques vestiges de mes
derniers rêves. Son visage à lui reflétait la sombre
beauté de celui d'un Satan de bande dessinée. Je
baissai la tête. À vrai dire, je savais que j'en étais
capable. J'étais capable d'y aller, je le voulais
presque. Oui, je pourrais traverser l'allée obscure,
franchir le seuil, fouler ce plancher barbouillé de
peinture, Daisy et Flora dormaient, Macduff était
plongé dans son calepin, je le trouverais sur ce lit
ou sur ce cercueil dans le coin de l'atelier, je pourrais ainsi réarranger le monde en fonction de mes
goûts, de mes rêves, de mon inspiration, je m'y
entendrais même mieux que lui.

Je me levai, les yeux de Macduff me suivaient,
l'air d'attendre quelque chose. Je lui dis que j'allais
appeler mes parents pour qu'ils viennent me chercher. Quand je revins du téléphone situé dans le
couloir, il avait allumé une cigarette et surveillait
Daisy endormie sur le canapé.

« Oh ! Il faut vraiment que tu la réveilles ? dit-il,
en me voyant m'approcher d'elle.

— Mon père va arriver », expliquai-je. Il agita la
main. « Attends encore quelques minutes. Il y a si
longtemps que je n'ai pas vu un enfant dormir
comme ça. » Il se pencha, le menton dans la main,
sa cigarette allumée. Avec sa barbe naissante,
ses cheveux et ses yeux paraissaient encore plus

sombres. « Une telle pureté... » commenta-t-il. Je me rassis près d'elle, me demandant s'il convenait de le laisser la regarder ainsi mais, quelques secondes plus tard, il tira une bouffée et dit, la cigarette en l'air : « Est-ce qu'il dort là-bas, dans l'atelier ? »

Je haussai les épaules. « Je crois qu'il y fait de petits sommes, répondis-je. Pendant la journée. »

Il rit, un rire nasal. « Combien de temps passe-t-il là-bas ? demanda-t-il. Je veux dire combien de temps y passe-t-il en moyenne dans la journée ? » Je haussai les épaules. « Je n'en sais rien, répondis-je. Beaucoup. »

Il hocha la tête, porta le doigt au bout de son nez patricien. « Boit-il beaucoup ? » demanda-t-il.

Je haussai encore une fois les épaules. « Je n'en sais rien, vu que je passe mes journées sur la plage avec Flora », répondis-je.

Il hocha la tête. « Flora... commença-t-il, et il tapotait son menton en songeant à tout cela. Oui, crois-tu qu'il passe beaucoup de temps avec Flora ? Quand tu n'es pas là pour la garder, je veux dire. »

Je secouai la tête. « Je n'en sais rien », répondis-je une fois de plus.

Il croisa les jambes, glissa la main sous son coude. « À ton avis, qu'est-ce qui lui a pris de vouloir enfin un enfant à son âge ? » Je haussai à nouveau les épaules, et il dit, à mon intention, en avalant ses mots, les yeux grands ouverts, m'imitant : « Tu ne sais pas. » Il se pencha vers la grande table basse entre nous, fit tomber la cendre de sa cigarette en secouant la tête. « Je n'en sais rien non plus. » Il balaya la pièce du regard : « Quatre

243

épouses et Dieu sait combien de petites amies et voilà qu'à soixante-dix ans, il a un enfant ! » Ses yeux s'arrêtèrent sur le tableau de la femme. Il le regarda avec affection, comme si c'était le portrait d'une femme de sa connaissance. « Les épouses et les petites amies, passe encore. Il adore les femmes. Réellement. De tous genres. » Il me jeta un coup d'œil. « C'est chez lui un besoin insatiable. Je ne pense pas qu'il puisse peindre sans elles, figure-toi, sans sa ration quotidienne. Mais de là à avoir un gosse à soixante-dix ans ! Et ce, compte tenu de tous les avorteurs qu'il a aidés à financer leurs études de médecine ! » Il rit d'un rire guttural puis il se tourna vers moi, les doigts sur ses lèvres. « Pardon, dit-il, ouvrant ses doigts en éventail devant sa bouche. Arrête-moi quand je deviens agressif. » Il hocha la tête en direction du mur. « Que penses-tu de ses tableaux ? dit-il, pointant vers moi, comme un fusil, les deux doigts qui tenaient sa cigarette. Et ne va pas me raconter que tu ne sais pas. C'est une question qui requiert une opinion. »

Ses cheveux lissés en arrière avaient commencé à retomber sur son front et sur ses grands yeux somnolents. Je tendis l'oreille pour guetter la voiture de mon père.

« Je ne pense pas que je les comprenne, répondis-je.

— Tu ne les aimes pas, reprit-il sans me laisser le temps de m'expliquer. C'est toujours ce qu'on dit quand on n'aime pas. Après tout, ça n'a pas d'importance. » Il tira à nouveau sur sa cigarette et m'observa à travers la fumée. « Ce que je cherche vraiment à savoir, c'est ce qu'il en pense aujourd'hui. »

Je haussai les épaules, la main sur la chaussure de Daisy. Je ne répondrais plus que je n'en savais rien...

Il se pencha, la joue collée à son poignet, comme si nous étions deux lycéens échangeant des secrets. « À vrai dire, je crois qu'il se sent un peu désespéré, me confiat-il. C'est sans doute pour ça qu'il a eu cette enfant. Il semblerait qu'il commence à prendre conscience que les commandes ne vont pas continuer, du moins au rythme qu'il espérait. » Il me regarda l'air un peu supérieur, savourant sa perspicacité. Il me rappelait les commères du lycée, les petits bouts de femmes au visage ingrat ou les boulottes, les filles grêlées d'acné ou les godiches à la beauté conventionnelle qui parlaient dans mon dos, en se couvrant la bouche de leurs mains. « Je crois qu'il n'a plus confiance en lui, poursuivit-il. Je me dis qu'il a sans doute fait le bilan de cinquante années de travail et qu'il a compris que tout était joué et qu'il n'en est pas entièrement satisfait. Cela n'allait pas durer. » Il leva les sourcils, émerveillé par sa propre intuition. « Il a donc eu une gosse, en désespoir de cause. » Il secoua une fois de plus la cendre de sa cigarette près du cendrier. « C'est déjà quelque chose. Un enfant. Même si, en fin de compte, son art ne vaut pas grand-chose, on pourra toujours dire qu'au moins il y a eu un gosse. »

J'entrevis la chambre bien en ordre de la tante Peg et de l'oncle Jack, le lit surélevé, fait au carré, le regard plein de compassion du Sacré-Cœur. « Il continue à peindre », dis-je tout bas.

Macduff m'adressa un clin d'œil à travers la fumée. « Ouais, reprit-il. Et à boire comme un trou... Et à peloter la bonne pendant que sa jeune et jolie épouse se trouve Dieu sait où... Ne crois-tu pas que c'est ce qu'on appelle là une forme de désespoir ? »

Je résistai à l'envie de répondre « Je ne sais pas » et lui dis : « Il m'a donné un de ses dessins. Juste une petite chose. Mes parents l'ont fait encadrer. L'encadreur leur en a offert cent dollars. »

Il gloussa. « Sans doute auraient-ils dû accepter, dit-il en agitant encore une fois les doigts devant son visage. Non, je suis méchant, qui sait ce qui arrivera ? Nombreux sont les grands artistes qui meurent dans l'anonymat, n'est-ce pas ? Il se pourrait qu'il traverse une mauvaise passe en ce moment. Sa cote remontera sans doute à sa mort. »

Un silence s'ensuivit, j'écoutais la respiration paisible de Daisy et je m'imaginais aussi entendre celle de Flora dans son berceau. « Tu écris sur lui ? » demandai-je.

Ses yeux sombres scintillèrent. « Oui, répondit-il en se rasseyant d'une manière plutôt guindée, chassant de la main une peluche sur son pantalon. Ça devait être un article, mais, au point où j'en suis, je ne sais pas comment ça va tourner. S'il meurt dans les deux ou trois années qui viennent, ce sera une biographie. S'il tient jusqu'à quatre-vingt-dix ans, ça fera un roman. » Il rit de son rire venant du tréfonds de sa gorge. « Quoi qu'il en soit, je suis son ultime chance de devenir célèbre. »

Une voiture entra dans l'allée, je me rendis à la cuisine afin de m'assurer que c'était mon père et

non pas Ana. C'était bien lui, j'agitai la main derrière la fenêtre, puis je retournai chercher Daisy
dans la salle de séjour. Elle était toute molle et elle
transpirait davantage que lorsqu'elle était éveillée.
À ma grande surprise, Macduff se précipita pour
m'aider, il posa délicatement le bras de Daisy sur
mon épaule, en murmurant : « Tu la tiens bien ? »
tandis que je la hissais pour mieux la tenir. Il posa
le bout de ses doigts sur le mollet qui balançait sur
ma hanche, passa la main et dit : « Oh ! oh ! C'est
un vilain bleu, ça ! » Je jetai un coup d'œil par-
dessus l'épaule de Daisy : le bleu remontait plus
haut que sa chaussette blanche. Il n'y était pas cet
après-midi, j'en étais certaine.

Il m'ouvrit la porte moustiquaire, souleva le sac
de plage qui attendait sur le perron et le descendit
jusqu'à la voiture de mon père. Il ouvrit la portière
du passager avec un « Bonsoir, monsieur », digne
d'un séminariste m'emmenant au bal du lycée. La
main sous mon coude, il m'aida à monter avec
Daisy et à l'installer sur mes genoux. Il ouvrit la
portière arrière pour glisser le sac de plage et il
referma pour moi la portière avant. Il se pencha
contre la fenêtre, le visage tout près du mien. « Ravi
de t'avoir rencontrée », dit-il, puis il ajouta à
l'adresse de mon père : « Vous avez une fille charmante. » Mon père dont la fatigue se lisait malgré
la lumière faiblarde du tableau de bord, et qui avait
juste pris le temps de jeter un coupe-vent sur son
pyjama, se pencha au-dessus du volant et dit
« Merci ». Je le sentis à la fois satisfait et perplexe,
ne sachant trop, c'était évident, quelle attitude il
convenait d'affecter.

Pendant que la voiture reculait, je dis, par-dessus la tête de Daisy : « Un homme qui écrit un article sur le père de Flora...

— Un reporter, dit mon père, en un sens heureux et flatté » — ces milieux dans lesquels j'évoluais, n'est-ce pas... — puis, après réflexion : « J'espère, reprit-il, que tu n'étais pas seule avec lui. » Je le regardai, l'air de lui dire « Oh ! Franchement ! » et répondis : « Non, ils venaient de rentrer du restaurant.

— Tiens, voilà le grand homme en chair et en os ! » s'exclama mon père. Je me retournai, le père de Flora se tenait sur le seuil de son atelier, silhouette sombre dont une main s'appuyait au chambranle, l'autre étant dans sa poche. Macduff s'approchait de lui d'un pas nonchalant. Comme Hamlet, je faillis dire à mon pauvre père qu'il y avait « plus de choses au ciel et sur terre que n'en rêve ta philosophie, Horatio », mais au lieu de cela j'enfouis mes lèvres dans la tignasse de Daisy. Dans un jour ou deux, au moins, ou au plus, je devrais parler à quelqu'un, à ma mère, à mon père, voire au docteur Kaufman, déjà je sentais que je la perdais, qu'on me l'arrachait des bras.

*

Je m'éveillai le lendemain au son de coups de marteau provenant de la cour des Moran. Nous passions devant chez eux en nous rendant chez Red Rover, quand Petey descendit l'allée en courant pour nous demander à quelle heure nous rentrerions. « Comme d'habitude, lui répondis-je, pour le

dîner. » Torse nu, essoufflé, ses yeux étaient écarquillés et même plus pâles qu'à l'ordinaire, excité
qu'il était. « Mais ne va pas t'affoler si nous sommes
en retard », lui recommandai-je.

D'une main, il saisit alors mes doigts et de
l'autre mon poignet. « Viens une minute », me dit-
il, puis, se tournant vers Daisy : « Attends ici juste
une minute », et il se mit à me traîner jusqu'en haut
de l'allée. Je criai à Daisy, par-dessus mon épaule,
que je revenais tout de suite, elle haussa les épaules
et s'assit en tailleur sur la pelouse. Aujourd'hui, et
sans doute parce qu'au fond d'elle-même sa famille
lui manquait, elle avait accepté de mettre l'ensemble écossais que sa mère lui avait acheté. Il
semblait s'épanouir en corolle sur ses épaules. Une
immense Chevrolet était garée dans l'allée des
Moran. En la contournant, je remarquai que le
jeune agent de police, une fois de plus torse nu,
ajustait deux morceaux de bois devant un établi.
Assis à ses pieds, Tony, armé d'un marteau, tenait
un autre cube de bois sur ses genoux. De la sciure
poudrait le sol, l'air sentait le bois de pin frais
coupé.

« Je peux lui montrer ? » dit Petey. Le policier
sourit. « C'est elle, celle qui aime les lapins ? »
demanda-t-il.

Petey releva la tête.

« Non, répondit-il comme si cela allait de soi.
Elle habite la maison d'à côté, ce qui allait encore
davantage de soi. C'est Daisy, dit-il.

— Ouais, Daisy », reprit l'agent de police en
hochant la tête. Il me vint à l'esprit que je l'avais
croisé en uniforme, dans le village, ce devait être

une nouvelle recrue de l'été. Large d'épaules, musclé, ses cheveux étaient taillés en brosse et il avait de petits yeux, un visage reflétant l'optimisme. Je me présentai. « Oh ! ouais, j'ai rencontré ton père. » Petey tenait une petite boîte en bois, insistant pour me la fourrer dans les mains. « Regarde ça, dit-il. On vient de la fabriquer. On va en faire trois. »

Il s'agissait, je le compris vite, d'un piège à lapins très élaboré, doté d'une porte tournant sur ses gonds, de deux fenêtres grillagées, l'une devant et l'autre derrière, et d'un petit loquet qui se balançait d'en haut. « Je serai responsable de l'un, déclara Petey en haletant, Tony du deuxième et les filles du troisième. Nous allons les poser à divers endroits pour augmenter nos chances. »

L'agent de police passa la main sur la tête de Petey. Il prit soudain un air gêné, comme s'il était un peu contrarié d'entendre rapporter ses paroles avec un tel enthousiasme. « Si je comprends bien, personne ne va garder ces lapins. C'est juste pour les montrer. »

Petey hocha la tête.

« Ouais, je veux juste les lui montrer.

— Pour son anniversaire », dit l'agent de police, je surpris alors un clin d'œil de Petey, se demandant si j'allais dénoncer la supercherie : l'anniversaire de Daisy était en avril. Il hocha la tête. « Ouais... et il plongea sous le bras du policier pour attraper un bout de grillage. Tu vois ? me dit-il, tenant le grillage devant ses yeux. On peut voir à travers. Voir s'il est vraiment à l'intérieur. »

Je touchai le grillage. « Bonne idée », dis-je. Le flic rit et donna à Petey une tape amicale sur l'épaule. Torse nu comme lui, les deux garçons auraient pu passer pour ses fils. « Un vrai Casanova, ce garçon, remarqua-t-il en me souriant, attentif aux moindres désirs de la dame de son cœur. » Petey baissa à nouveau la tête et Tony poussa un petit hennissement, fixant un morceau de grillage à la planche posée sur ses genoux. « Hé ! Ne ris pas de ça, reprit le flic. Rendre sa copine heureuse est tout un art. » Là-dessus, il se pencha et il indiqua à Tony où placer la punaise, mettant doucement sa main au bon endroit. Je pensai au malheureux bracelet.

À côté de nous, la maison était calme, presque tous les stores en étaient encore baissés. J'en conclus que le flic avait dû arriver de bonne heure ce matin-là, avec le matériel nécessaire. J'avais entendu les coups de marteau bien avant de me lever. À moins qu'il n'ait passé là toute la nuit et que les pièges à lapin n'aient été qu'un prétexte pour s'attarder. Savoir que la dame de ses pensées dormait derrière un de ces stores de guingois lui faisait oublier cette maison délabrée, ces gosses en haillons. « Je ferais mieux d'y aller », dis-je à Petey.

Ce dernier me saisit à nouveau par le bras et me supplia de ne rien dire.

Je lui souris, je souris au flic derrière lui. « Avec moi, ton secret est bien gardé », lui dis-je.

Je trouvai Daisy sur la pelouse, là où je l'avais laissée. Garbage, le chat tigré abandonné, tournait autour d'elle, se frottant contre son dos et son genou, ronronnant tandis que Daisy laissait courir sa main le long de son dos, jusqu'au bout de sa queue. Comme Curley, il s'arrêta devant sa chaussure et y frotta ses mâchoires. Je m'accroupis à côté de Daisy pour le gratter derrière l'oreille. « Que ferais-tu si en arrivant au ciel tu t'apercevais qu'il n'y avait pas d'animaux domestiques, ni chiens, ni chats, ni rien du tout ? » demanda Daisy.

Je me levai et lui tendis la main pour l'aider à se relever. « Je protesterais haut et fort, répondis-je. J'irais trouver le patron et je lui dirais que, s'il n'autorisait pas les chiens, j'irais voir ce que le concurrent avait à proposer. » Daisy se mit à rire, elle remonta son short dans lequel elle flottait, ajusta son chemisier, je la sentais mal à l'aise dans ses habits neufs. « Mais voyons, je suis persuadée qu'ils ont des animaux, repris-je, saint François y a veillé il y a belle lurette ! »

La matinée était radieuse, le vent soufflait, propulsant les nuages à une telle vitesse que vous auriez cru les observer depuis un train. Le docteur Kaufman étant rentré de la ville, nous ne passâmes pas chercher Red Rover et nous emmenâmes les scotch-terriers pour une promenade plus longue qu'à l'ordinaire, jusqu'à la grande plage où flottait déjà le drapeau noir. De là, nous rejoignîmes la plage des garde-côtes afin qu'ils puissent courir mais, à l'arrivée, ils étaient si épuisés qu'ils s'assirent à nos pieds, haletants, leurs petites langues roses illuminant leur museau noir. Nous nous adossâmes à la balustrade d'acier du parking. Les vagues étaient énormes et mauvaises, elles déferlaient sans répit, grondaient, fouettant le rivage de leurs embruns. Daisy se rapprocha de moi et me prit la main. Nous parlâmes des limites de la terre, telles que nous les voyions en cette matinée,

252

essayant de nous imaginer en bateau, les yeux rivés sur l'horizon qui s'estompait, jusqu'à ce qu'apparaisse un autre rivage où les vagues s'acharnaient, où des gerbes d'écume blanchissaient la plage. Un rivage à la fois identique et opposé à celui sur lequel nous nous trouvions, invisible mais non point imaginaire, où quelqu'un pourrait nous guetter en agitant un foulard du haut d'un belvédère ou d'une tour lointaine, ou, tout au moins, guetter les scotch-terriers : après tout, n'était-ce pas là qu'ils étaient nés ?

J'agitai la main, Daisy m'imita. Adossée à la balustrade du parking, j'étudiai les petites chaussures de Daisy et lui dis, en pointant le doigt : « Cette fois, elles sont toutes bleues. » Elle les regarda à son tour. « À croire qu'elles sont tombées du ciel », ajoutai-je.

Elle rit : « Pas vraiment... »

Je pouvais voir les nuages qui passaient se refléter dans leurs pierreries. « Vraiment, dis-je. Vrai de vrai. Elles sont toutes bleues. Cela signifie peut-être que tu vas t'envoler ! »

Arrivées chez les Richardson, dont les jardins étincelants de rosée étaient une voluptueuse éclosion de fleurs d'été, nous confiâmes les scotch-terriers à la domestique. « Dites-leur d'entrer », lui cria Mrs. Richardson. Elle ouvrit toute grande la porte et, les laisses encore à la main, nous fit signe d'obéir aux ordres de sa maîtresse. Rupert et Angus frétillèrent quand nous entrâmes, exprimant à leur façon et malgré leur fatigue la joie du retour. Nous nous trouvions dans une petite pièce attenante à une cuisine quand nous aperçûmes, au fin fond,

Mrs. Richardson qui en sortait, une tasse de thé à la main, balayant le sol de sa longue robe blanche. Nous suivîmes. La cuisine était longue et étroite, sans doute était-ce la plus grande cuisine que Daisy ou moi ayons jamais vue. À droite en sortant, je remarquai un petit jardin d'hiver, abritant des plantes vertes, où Mr. et Mrs. Richardson prenaient le petit déjeuner devant une table en verre au centre de laquelle était posée une ravissante coupe remplie de roses. Il portait une veste au col de satin, quant à elle, sa robe blanche était ornée de fleurs printanières, retenues juste au-dessous de sa poitrine généreuse par une espèce de nœud double qu'elle avait sans nul doute serré d'une main preste et ferme.

« À vous voir, les filles, on croirait que vous avez été prises dans une tornade, dit-elle, sortant un des sièges en fer forgé et retournant à sa place. Venez prendre une tasse de thé. »

Elle se pencha pour donner aux chiens des morceaux de toast beurré, tout en nous racontant qu'ils n'avaient pas joué au golf ce matin, à cause du vent, et que, du coup, ils avaient fait la grasse matinée, ce qui expliquait que nous les trouvions encore en pyjama à une heure aussi tardive. Les chiens étaient assis à côté d'elle, guettant ses moindres gestes. La tête levée, ils espéraient encore un peu de pain. Leurs attentes déçues, ils revinrent vers moi en se dandinant et s'installèrent à mes pieds, en agitant énergiquement leur petit bout de queue.

« Ah ! s'exclama Mrs. Richardson au moment où la domestique nous apportait une tasse de thé à Daisy et à moi. Regardez-moi ça ! » Et la pauvre fille de se redresser vivement, prête, semblait-il, à prendre la mouche. Mais, c'était des chiens dont parlait Mrs. Richardson... «Vous allez me fendre le cœur, mes enfants », leur dit-elle en se penchant pour les regarder sous la table. Elle me lança un coup d'œil par-dessous sa frange courte et grise.

«Tu as un don, déclara-t-elle. C'est évident.

— Disons qu'ils ont bon goût, c'est tout », conclut son mari, aspirant sa lèvre dans sa moustache, comme s'il regrettait d'avoir parlé.

Toujours penchée, elle tourna vers lui son visage en pleine lune. Elle sembla l'évaluer une seconde, avec une minutieuse tendresse, et s'exclama : « Espèce de vieux schnock, va! » Puis, me regardant, elle ajouta : « À cause de toi, la pauvre fille est toute rouge. »

Je n'avais pas rougi, jusqu'à cet instant, parce que ce n'est qu'à cet instant qu'il me vint à l'esprit que Mr. Richardson était sans doute à peine plus jeune que le père de Flora. Et un peu plus tôt, ce couple bien en chair et cocasse avait fait la grasse matinée jusqu'à sept heures...

Mrs. Richardson déplaça sa main sur la table et dit, sur un ton de femme d'affaires : « Je veux parler à votre père de ses dahlias. Ce sont de pures merveilles. Nous avons pris l'habitude de passer presque chaque après-midi devant votre petite maison, c'est à vous couper le souffle. N'est-ce pas? » ajouta-t-elle à l'intention de son époux qui répondit : « Oh oui! » et offrit à Daisy un scone aux myrtilles qu'elle accepta, l'air gêné. « J'ai même frappé une ou deux fois à votre porte, mais il n'y avait personne. Quand aurai-je une chance de le trouver ? »

Je lui répondis que mes deux parents travaillaient à Riverhead et qu'en général ils n'étaient pas de retour avant sept heures du soir, ajoutant que, bien sûr, il était là pendant les week-ends. Elle se cala dans son fauteuil, comme si ce détail la contrariait. « Le problème c'est que nous recevons beaucoup pendant les week-ends, expliqua-t-elle. En principe, nous passons devant chez vous vers quatre heures et demie cinq heures, en sortant les chiens, ne pourrait-il pas un jour s'arranger pour y être ? »

Je me demandai un instant si j'avais été assez claire. Je répétai qu'il travaillait à Riverhead. Qu'ils travaillaient tous deux à Riverhead et que, d'ordinaire, ils n'étaient pas de retour avant sept heures du soir.

Elle se raidit un peu : le renseignement ne la satisfaisait toujours pas, elle continuait à boire son thé à petites gorgées. Elle réfléchit et reprit : « Disons que je ne tiens pas à trop bousculer les habitudes des chiens, sans doute pourrions-nous nous y rendre en voiture un de ces soirs. Croyez-vous que cela soit envisageable ? » Je répondis que j'en parlerais à mes parents, j'étais sûre qu'ils accepteraient.

Elle plissa les yeux et je la vis lancer un regard aux chiens qui étaient encore à mes pieds. Une pensée traversa son visage, elle prit un air pincé.

« Sans doute devrais-je appeler d'abord, dit-elle, pour m'assurer que je ne dérange pas ?

— N'hésitez pas, je vous en prie. »

Son époux se mit à rire, un rire étouffé.

Il me tendit l'assiette : « Prenez donc un autre scone », dit-il.

Après le thé, Mrs. Richardson se leva et nous proposa de visiter la maison. J'allais décliner cette offre, mais Daisy s'exclama « Oh oui! », avant d'ajouter, quand nous la regardâmes avec une pointe d'étonnement — jamais, je crois, je ne l'avais entendue répondre aussi haut et fort — « S'il vous plaît! ».

C'était une grande et belle demeure, à la fois très masculine et très britannique, un décor dans lequel voisinaient beaucoup de cuir et de tissu écossais, des meubles en acajou aux courbes imposantes, rappelant celles de Mrs. Richardson, et, sur les murs, dans leurs cadres sombres, des tableaux de chasse au renard ou de villages des Cotswold. On devinait aussi, derrière la senteur des roses, l'odeur caractéristique des personnes âgées, une odeur de renfermé qui n'avait rien à voir avec la propreté méticuleuse de la maison, une odeur triste, humaine, l'odeur de la respiration, de la chair, des cheveux, de vieux vêtements, d'objets gardés trop longtemps chez soi. Daisy traversait les pièces — Mrs. Richardson ne nous montra que la bibliothèque, le petit salon, la salle à manger et la salle de séjour — la bouche ouverte, le menton en l'air, levant les yeux comme si nous étions dans un planétarium. Son enthousiasme produisit un sensible effet sur Mrs. Richardson, qui se mit à l'observer d'un air amusé et à s'attarder dans les pièces avec elle. Ainsi s'arrêta-t-elle dans la bibliothèque pour montrer à Daisy une copie jaunie du *Magicien d'Oz* et une autre du *Vent dans les saules.* Dans le petit salon, ce fut le bateau de son mari dans une bouteille qui retint leur attention au même titre que deux scotch-terriers en fer forgé, servant de butoirs de porte, ressemblant étonnamment à Angus et Rupert. En entrant dans la salle de séjour, elle prit sur la cheminée un petit cadre en argent et dit : « Voici mon petit garçon. » Polie, Daisy jeta un coup d'œil sur le cadre que Mrs. Richardson tenait à sa hauteur : le visage démodé d'un petit garçon à l'air gentil et guindé, sortant d'un col marin, fixant l'objectif avec les yeux gris acier de Mrs. Richardson. D'instinct, Daisy posa la main sur le poignet de Mrs. Richardson.

« Comment s'appelle-t-il ? murmura-t-elle.

— Andrew, répondit Mrs. Richardson de sa voix ferme. Andrew Thomas.

— Il est vraiment beau », remarqua Daisy, tout comme elle avait trouvé « vraiment beaux » les butoirs de porte et le modèle réduit de bateau.

Mrs. Richardson eut un petit rire. « Oui, c'est vrai, dit-elle. Merci. »

Là-dessus, Daisy ajouta, en regardant droit devant elle : « Je crois que je l'ai rencontré avant ma naissance. »

Mrs. Richardson écarta la photo, comme si elle l'empêchait de voir, elle scruta Daisy du regard, puis elle reprit, avec une bienveillance que ne laissait pas présager son air sombre : « N'est-ce pas vraiment bizarre de dire une chose pareille ? »

Daisy retira sa main du poignet de Mrs. Richardson, elle haussa légèrement les épaules, imperturbable. « Je me souviens de lui », dit-elle. Seul

Rupert, ou Angus, qui se grattait ou secouait son collier, interrompit le silence qui s'ensuivit.

Je posai la main sur la tête de Daisy. « Il est temps de repartir », annonçai-je tandis que Mrs. Richardson commentait en remettant la photo sur la cheminée : « Oh! ma chère enfant, il serait beaucoup plus âgé que vous! »

Je la remerciai pour le thé et, m'en voulant de m'être montrée impolie, je l'assurai que mon père serait heureux de sa visite. En ce qui concernait les dahlias, il pourrait lui être de bon conseil.

Elle esquissa un sourire et nous raccompagna jusqu'à la porte. Sa cuirasse avait molli. « Je suis heureuse rien que de les admirer en passant devant chez vous », dit-elle.

Elle ramassa Rupert ou Angus au moment où nous sortions, retenant l'autre avec son pied pour l'empêcher de me suivre. « Cela a été une joie de vous voir », dit-elle en prenant congé de nous, puis, quand nous descendions les marches, elle cria à Daisy : « Et j'adore vos chaussures... » Elle pointa le doigt vers le ciel. « Ce bleu est une merveille! »

Assumant la pleine responsabilité des propos que venait de tenir Daisy, je n'y fis aucune allusion pendant que nous nous rendions chez Flora. Je n'allais pas revenir sur ce que j'avais pu lui apprendre au cours de ces derniers jours : Bernadette et ses frères s'en chargeraient avec un malin plaisir sitôt qu'elle serait de retour à Queens Village. Je lui tins la main le long du trajet pour éviter, lui expliquai-je, qu'un coup de vent ne l'emporte. Elle sautillait à mes côtés, ses cheveux flottant sur ses épaules. Ses chaussures étaient bleues, sans doute reflétaient-elles un coin de ce ciel radieux. « Je te sens en forme aujourd'hui », dis-je, en pesant mes mots. Elle me répondit que oui. Elle ajouta qu'elle avait beaucoup aimé la maison de Mrs. Richardson et, entre autres, la pièce avec toutes ces fenêtres où nous avions pris le thé, qu'elle avait apprécié les scones, qui, à mon humble avis, étaient plutôt fades et rassis. Elle avait du mal à savoir si, plus tard, elle préférerait élever des scotch-terriers ou des setters irlandais, ou, qui sait, des setters anglais ou des corgis gallois ? ajoutai-je, ce qu'elle ne comprit qu'après explication de ma part. Qu'importe. Le message que je cherchais à faire passer était qu'ils venaient tous de l'autre côté de l'océan, de ce rivage invisible, le pendant du nôtre.

Nous entrâmes par le portail de la gardienne et, une fois dans les bois, le vent sembla s'apaiser, n'effleurer que le haut des arbres dont il écartait les feuilles, laissant s'y couler de nouveaux rayons de soleil. Ainsi entourées d'arbres, nous pouvions à nouveau différencier le bruit du vent de celui de l'océan. Tout en marchant, nous programmions notre journée : nous irions au village acheter un cerf-volant pour Flora et peut-être — après vérification du contenu de mon porte-monnaie — assez de sucettes pour décorer un des cerisiers. Nous donnerions à déjeuner à Flora, la coucherions pour sa sieste puis nous emmènerions le cerf-volant à la plage pour voir s'il volait. Nous demanderions à Ana ou peut-être au père de Flora (cette fois, il s'agissait de mes plans personnels) de vieux chiffons que nous attacherions ensemble pour fabriquer une queue au cerf-volant.

Je regardai Daisy, dont le visage s'épanouissait en un merveilleux sourire. J'entrevis ses petites dents, ses mèches folles, ses frêles épaules dans l'ensemble écossais démesuré que sa mère lui avait acheté. Je serrai sa main dans la mienne.

« Que deviendrai-je sans toi, Daisy Mae ? demandai-je. Oui, que deviendrai-je le jour où tu retourneras chez toi ?

— Je n'en sais rien », dit-elle.

Des mots qui s'envolèrent en un couinement de plaisir tandis que je la prenais dans mes bras et la mettais sur mes épaules. Elle était autrement plus légère que la veille au soir, même si elle se tortillait comme une anguille. Je suivis ainsi cahin-caha le sentier qui se glissait entre les arbres. Perchée sur mes épaules, Daisy exagérait l'impact des cahots sur sa diction. « Il fau-dra jus-te que tu te sou-vien-nes de moi », dit-elle.

En sortant de la forêt, je fus soulagée de voir que la voiture de Macduff était partie. Dans l'atelier, j'aperçus de la lumière, la porte de côté était ouverte. Malgré l'odeur de peinture qui en émanait, je ne regardai pas à l'intérieur mais posai Daisy par terre et la laissai marcher sur le gravier, le crissement de ses chaussures lui signalant notre présence. À ma vive satisfaction, Flora n'était pas sur le perron, mais à la cuisine, devant un bol de céréales. Assise à côté d'elle, les coudes sur la table, Ana lui parlait français, bêtifiant à plaisir. Elle feignit d'abord de ne pas nous voir et ne réagit qu'après avoir ri aux anges, Flora n'avait pourtant rien dit, elle s'était seulement tournée vers Daisy en tendant sa cuillère. Elle embrassa l'enfant sur le front, puis elle me regarda droit dans les yeux, en souriant, comme pour me défier sur mon propre terrain, en ma qualité de baby-sitter. « Bonjour », dit-elle. Elle se leva de sa chaise — elle portait son uniforme bleu dont le col entrouvert laissait deviner la naissance des seins — et se dirigea vers le comptoir où attendait un biberon qu'elle avait rempli de punch hawaïen. Elle agita la main. « Tu as soif, Flora ? » demanda-t-elle en anglais, Flora tendit les mains. « Jus rouge, s'exclama-t-elle. Donne ! » Ana traversa la pièce et lui donna le biberon, Flora s'en saisit et le fourra dans sa bouche. Avec un sourire, Ana cala ses mains sur ses hanches pleines et se tourna vers moi l'air de dire : Tu as envie d'en faire toute une histoire ?

Je haussai les épaules, évitant son regard, mais Daisy prit la parole : « Sa mère ne veut pas qu'on lui donne des biberons », dit-elle.

Ana fronça les sourcils. Elle était plutôt jolie femme, je suppose, avec son teint bistre et ces yeux bruns, si ce n'est pour ces deux rides qui, telles de sombres balafres, ravinaient les deux côtés de sa bouche. Des rides que, de toute évidence, le rire n'avait pas creusées, des sillons qui reflétaient colère, frustrations ou larmes. Elles striaient son visage. « Sa mère n'est pas ici », répondit-elle à Daisy, sa voix montant d'un ton. Elle se tourna vers moi, les mains toujours sur les hanches, la mine provocante. « Quand elle sera de retour, tu pourras lui raconter que je donne des biberons à Flora. » Ses rides s'approfondirent tandis qu'elle prétendait sourire. « Et moi je lui dirai que tu as volé son chapeau. »

Nous nous toisâmes du regard puis je rejetai la tête en arrière et partis d'un éclat de rire. Je ne sais si c'était là une imitation consciente de la façon dont il riait, de son rire authentique, mais il me sembla en percevoir un écho dans ma propre voix, un écho que sans doute Ana perçut aussi. Un écho de notre complicité, une complicité que je ne comprenais pas moi-même mais qui, je m'en rendais compte, me permettait de prendre du recul par rapport à Ana et à bien des choses. Je n'étais la rivale de personne. Daisy, le regard inquiet, m'étudiait avec un léger sourire, quant à Flora, elle retira le biberon de sa bouche afin de rire un peu à son tour.

Je m'approchai de la table pour descendre Flora de sa chaise. « Nous allons faire un tour au village », dis-je, emmenant sur le perron Flora qui se cramponnait à son biberon. Daisy nous suivit. « Pourquoi est-elle aussi en colère contre toi ? » me demanda-t-elle, alors que j'installais Flora dans sa poussette. Je haussai les épaules. « C'est le prix que je dois payer pour rendre Ana enragée », dis-je.

Daisy réfléchit un instant, son regard alla errer du côté des sièges en toile, puis elle reprit, comme si les paroles du père de Flora lui revenaient en mémoire : « Oh oui !... »

Pour descendre les marches du perron, puis l'allée de gravier, je fis basculer la poussette sur ses roues arrière, les petits pieds de Flora pointaient en l'air, et sa voix, que le jus écarlate voilait, chantonnait en vibrato depuis les profondeurs de son siège. C'était une longue marche jusqu'au village, toujours est-il qu'à mi-chemin, était-ce le vent, était-ce la fatigue, je ne saurais dire, je perçus à sa voix que Daisy était essoufflée. Je descendis Flora de sa poussette, dis à Daisy d'y monter, posai Flora sur ses genoux et les poussai toutes deux. En regardant leurs deux paires de jambes, je constatai qu'à côté des genoux et des mollets dodus et bronzés de Flora, les jambes de Daisy étaient non seulement maigres mais pâles, malgré le temps passé au soleil, à croire que la crème Noxema, en la protégeant des coups de soleil, avait effacé toute coloration naturelle. Je m'arrêtai pour demander à Flora si elle aimerait marcher, du coup, pendant quelques minutes, elle se mit à courir devant nous pendant que je poussais Daisy. Voyant que je voulais tâter son front, Daisy écarta ma main, disant qu'elle était fatiguée, c'était tout.

Au bazar, nous achetâmes un cerf-volant, de la ficelle et assez de sucettes et de rubans de réglisse pour décorer un des cerisiers. En repartant, sur le trottoir d'en face j'aperçus le docteur Kaufman qui sortait du supermarché. Il portait un sac en papier kraft et il était accompagné d'une femme qui s'accrochait des deux mains à son bras libre. Tous deux riaient. Elle avait les cheveux roux, un roux qui rappelait celui de Red Rover, elle les portait crêpés en une espèce de couronne haut perchée. Petite et bien en chair, elle était vêtue d'un corsaire doré assorti à un haut doré, lui aussi, un tricot noir était posé sur ses épaules. Il pouvait difficilement trouver plus différent de sa femme, la mère de ses enfants. Effacer et repartir de zéro... Je revis soudain la toile d'araignée des vergetures de Mrs. Kaufman, l'été où j'avais gardé leurs enfants, on aurait dit les marques d'un morceau de papier qui aurait été froissé puis déplié. C'était de la peau, bien sûr, qui résistait, qui refusait de céder : les bleus de Daisy, Flora qui grandissait, les bras de son père qui devenaient poussière. Vous pouviez réinventer ça, appeler ça comme vous vouliez, qu'importe c'était de la chair, et elle ne céderait pas.

Je m'arrêtai pour mettre nos achats dans le panier sous la poussette, attendant que le docteur Kaufman et son amie disparaissent dans le parking. Nous étions à peine sorties du village et venions de faire une pause pour permettre à Daisy de profiter un peu plus longtemps de la poussette lorsque le docteur Kaufman arriva en voiture. Assise dans le siège du passager, la femme nous souriait tandis qu'il se penchait au-dessus d'elle pour m'appeler. Il commença à dire quelque chose mais, le vent continuant à souffler en bourrasques, il leva la main et nous fit signe d'attendre une minute, puis il éteignit le moteur et courut ouvrir la portière à son amie. Elle en descendit lentement, comme au terme d'un long voyage. Elle portait des sandales à hauts talons et ses ongles de pied étaient rouge vif, elle nous souriait, le tricot noir posé sur ses épaules, sa tenue dorée s'irisant au soleil. « Je vous présente Jill, dit le docteur Kaufman, bombant un peu le torse tant il était fier d'elle. Elle vient de descendre du train. Jill, je te présente Theresa, la fille dont je t'ai parlé. Elle s'occupera des jumeaux cette semaine. »

Jill me tendit une main manucurée, un poignet cliquetant de bracelets. Elle me pressa de questions sans intérêt, pour la plupart, du genre : « En quelle classe êtes-vous ? Quelle est votre matière préférée ? Quels chanteurs aimez-vous ? » Comme si elle se sentait obligée de m'interviewer là, sur-le-champ. Elle était parfumée et trop maquillée mais jolie et déjà bronzée, dégageant une harmonie de tons rouge, or et acajou. Tandis qu'elle me cuisinait, le docteur Kaufman s'accroupit sur le trottoir pour parler à Flora qui lui montra le bracelet en bonbons que je lui avais acheté, puis il focalisa son attention sur Daisy qui, à son tour, lui montra son bracelet en bonbons. Il lui prit la main, la regarda, posa une seconde les doigts sur sa gorge, comme s'il prenait son pouls. Il se redressa et interrompit Jill pour lui présenter les deux enfants. « En quelle classe es-tu ? demanda Jill à Daisy. Quelle est ta matière préférée ? »

Le docteur Kaufman se tourna vers moi. Je me surpris à éviter son regard.

« Vous voulez que je vous ramène, les filles ? » demanda-t-il à voix basse, comme s'il s'agissait juste de quelque chose entre lui et moi.

Je secouai la tête. « Non, répondis-je. Merci quand même. » Je lui expliquai que c'était notre promenade de la matinée, censée préparer Flora à sa sieste.

Il hocha la tête, les mains sur ses hanches, l'air de comprendre. « Et elle, ça va ? demanda-t-il, parlant de Daisy.

— Oui, ça va », répondis-je. Le vent balayait mes cheveux sur mon visage. « Elle doit être en train de couver un petit rhume. »

Il fronça les sourcils. « Tu as mentionné ce que j'ai dit ? À ses parents ? »

Je laissai au vent le soin de voiler mon oui... ou mon non. « Dès qu'elle sera de retour chez elle », répondis-je.

Cela parut le satisfaire car il regarda Jill, qui, maintenant, était à court de questions à poser aux filles. « On y va ? » demanda-t-elle. Puis, se tournant vers moi : « Ravie de vous avoir rencontrée. »

Nous agitâmes la main en les regardant s'éloigner. Flora et moi poussâmes Daisy un moment jusqu'à ce que Daisy m'aide à pousser Flora. Parvenues à l'allée, je sentis que le vent faiblissait, tout comme plus tôt dans la matinée, lorsque nous étions passées par l'entrée du gardien et le sentier forestier. Nous avions tant et si bien l'impression de rentrer au port que je repris l'expression que mon père employait chaque fois qu'il amarrait son petit bateau : « Que descende à terre tout ce qui doit descendre à terre. »

Les tréteaux étaient montés dans son jardin, la vieille porte était posée par-dessus, mais il n'y avait aucune trace de lui.

Flora se hâta de descendre de sa poussette et Daisy s'exclama avec un sourire : « Enfin de retour ! » Les filles étaient impatientes de décorer l'arbre qu'elles avaient choisi, nous installâmes donc la poussette sur la pelouse, au milieu des trois cerisiers. Je pris la couverture de plage sur le porche et l'étendis. Flora et Daisy éparpillèrent dessus réglisses et sucettes. J'allai chercher une paire de ciseaux à la maison, éveillant les soupçons d'Ana, puis, assises sur la couverture, nous entreprîmes de défaire les sucettes et de nouer au bâton de chacun un petit bout de ficelle de cerf-volant.

Toutes deux allaient ensuite les accrocher à l'arbre, dont Flora maintenait les branches du bas tandis que Daisy faisait le nœud, m'appelant parfois à l'aide. Toutes trois, sucette à la bouche, ne cessions d'aller et venir de la couverture à l'arbre, fort occupées.

Une ou deux fois, je sentis sa présence derrière nous, tandis qu'il se tenait sur le seuil de son atelier ou portait de petits pots de peinture jusqu'à l'allée.

Je laissais Flora grimper sur le siège de sa poussette pour atteindre les branches plus élevées, la prenant dans mes bras si elle n'y parvenait pas. Sur la couverture de plage, Daisy nouait leurs ficelles aux dernières sucettes.

Il fit passer la toile par la porte de l'atelier, la posa contre le mur, au soleil, me donnant l'impression, alors que je hissais Flora dans les branches, que quelqu'un agitait la main pour attirer mon attention. Je me retournai. Il était là, cigarette à la bouche, les épaules tombantes, et dans sa façon de contempler son œuvre, on retrouvait l'indolence défaitiste de Petey. La toile couverte de peinture noire, grise et blanche, avait été tailladée, barbouillée. Il jeta sa cigarette dans l'allée et regagna son atelier.

Daisy nous apporta les rubans de réglisse, nous entreprîmes d'en décorer les plus petites branches, les attachant juste au-dessus de chaque sucette. Même si le vent n'était par ici qu'une modeste brise, les joues de Daisy étaient écarlates, mais je remarquai que, sous l'effet de l'air vif, Flora avait, elle aussi, les yeux et les lèvres tout brillants et les pommettes en feu. Nous attachâmes les rubans de

réglisse rouges aux branches qui, cette fois, semblaient ployer sous les bonbons, nous en lançâmes
même, afin qu'en retombant ils s'accrochent au
sommet de l'arbre.

Il ressortit de l'atelier avec d'autres petits pots de
peinture et, le temps que je me retourne pour
prendre d'autres rubans de réglisse sur la couverture, un trait de peinture rouge sabrait la toile... Les
filles riaient, elles dansaient autour du cerisier, s'efforçant d'envoyer le plus haut possible les derniers
rubans de réglisse. Je leur tapotai l'épaule et leur
conseillai de reculer pour admirer leur travail et
vérifier, comme s'il s'agissait d'un arbre de Noël,
que certaines branches n'avaient pas été oubliées.
Nous fîmes donc le tour du petit arbre, dont les
branches étaient chamarrées de couleurs inhabi-
tuelles, violet, vert ou orange vif qui, au gré de la
brise, miroitaient au soleil. Je déplaçai un peu la
couverture et nous nous allongeâmes sur celle-ci
pour contempler notre chef-d'œuvre. Ainsi cou-
chées, nous étudiâmes le ciel. Les nuages étaient
élevés, ils défilaient encore à bonne allure, nous
repérâmes un visage, un poisson, une silhouette de
crocodile, une dame dont la robe longue devint un
grand navire à la voile gonflée par le vent. Daisy et
moi levions les bras pour les montrer au passage.
Assise entre nous, Flora nous imitait. « Un château !
s'exclamait-elle, son petit bras en l'air. Un gâteau
d'anniversaire, un cochon ! » même si Daisy et moi
ne parvenions pas à les voir. « Tu inventes tout ça,
non ? » finit par lui demander Daisy. « Oui », répondit Flora. Ravie, Daisy se pelotonna sur le côté en

se tenant le ventre tant elle riait, cognant l'une contre l'autre ses chaussures magiques.

Flora s'assit. « Papa, tu vois ? » dit-elle. Il était juste derrière nous et, tandis qu'il se rapprochait dans ses savates, Flora se pencha au-dessus de moi. « Tu vois les nuages ? » demanda-t-elle.

Je ne suis pas sûre qu'il comprit ce qu'elle disait car il se contenta de rester là, à côté de nous, les mains dans les poches et dit : « Il est rudement beau, cet arbre ! »

Flora se pencha sur moi, les mains sur mon ventre. « Regarde les nuages, Papa », dit-elle.

Il baissa la tête, la releva et, un bref instant, sembla perdre l'équilibre, mais il se stabilisa, s'accroupit lentement sur l'herbe, puis il s'assit non sans quelque gêne et s'allongea enfin sur l'herbe à côté de moi. Il releva une jambe, pose qui lui était familière, et mit la main en visière au-dessus de ses yeux.

« Très bien, Papa », commenta Flora, comme si elle comprenait l'effort que cela lui avait coûté, puis elle s'étendit à son tour.

« Je vois un bateau, dit-il.

— Ouais, nous aussi ! s'écria Daisy, enchantée, comme si cela accréditait nos propres visions.

— J'aperçois les contours d'une grande et belle ville.

— Un château », annonça Flora mais il ne la comprit pas et il me fallut traduire pour lui. Je tournai la tête et levai le menton pour le voir. « Un château », répétai-je. Ses cheveux blancs étaient à même l'herbe, son bras était à côté du mien, l'autre protégeait ses yeux tandis qu'il contemplait le ciel fantasque. « Oui, dit-il, tu as peut-être raison. »

Soudain, comme s'il ne m'avait localisée que par le son de ma voix, il posa les doigts sur ma hanche. Nous nous tûmes un moment, au loin nous parvenait le bruit caverneux de l'océan, les vagues seraient trop fortes pour nager aujourd'hui. « Une chaussure », dit-il retirant la main de son front pour montrer le ciel. Le bras de Flora s'éleva à son tour : « Une chaussure, répéta-t-elle.

— Les chaussures de Daisy, dis-je.

— Avec tout plein de pierreries », renchérit Flora.

Le vent se remit à souffler, les sucettes frémirent de toutes leurs couleurs. L'une d'elles tomba sur la pelouse tel un fruit mûr.

Il avait juste le tranchant de la main sur ma hanche, le bout de ses doigts touchait à peine ma jambe. « Un château, dit-il, pointant l'index. Une tourelle, une flèche, une tour de guet.

— Une belle-védère », dit Daisy.

Et je l'entendis rire, tout bas, allongé dans l'herbe. « Oui, reprit-il, une belle-védère ! » Il laissa courir sa main le long de ma hanche et sur ma cuisse nue où elle se posa avec une très légère pression des doigts. Je sentis le vent sur l'herbe. Je mis la main sur mon ventre, sans trop savoir si je voulais retenir l'ourlet de ma chemise ou le soulever. Je repliai mon genou pour l'imiter.

« Un belvédère », rectifia-t-il en riant. Allongé à mes côtés dans l'herbe, il étira ses doigts d'artiste et il effleura l'intérieur de ma cuisse. « La belle qui guette et attend son homme, dit-il ou sembla-t-il

271

dire. Toute vibrante de désir », acheva-t-il. Il éloigna sa main, se souleva, prit appui sur son coude et se pencha vers moi : « Tu es une sacrée fille, Daisy Mae ! »

Il se tourna ensuite vers sa fille : « Et toi aussi, ma petite ! » Il tendit le bras au-dessus de moi pour lisser les cheveux de Daisy et posa la main sur la mienne. Il se pencha, pressant nos deux mains dans ma chair, inclina doucement sa tête blanche, un geste que je pris pour une sorte d'hommage, jusqu'à ce que ses lèvres effleurent mon chemisier. « Et toi... » murmura-t-il, tandis que les branches du cerisier du Japon frémissaient au vent et que la terre, sous la couverture bleue de la mère de Flora, labourait le creux de mes reins.

Il s'éloigna. Je gardai la main sur mes yeux, mais je sentais à la façon dont son ombre s'attardait sur moi et sur l'herbe le mal qu'il avait à se relever. Par-dessous ma main, je le regardai enfoncer ses phalanges dans l'herbe, s'appuyer sur ses bras — tendus et musclés, lavés à la brosse, encore striés de cette peinture rouge qu'il avait ajoutée à la toile ce matin même — puis ramener ses genoux au-dessous de lui. Il leva alors un genou, s'assit sur son talon. Il posa une fois de plus la main sur le gazon. Je m'assis, les deux filles s'assirent et, sans mot dire, nous nous levâmes toutes trois et allâmes vers lui pour l'aider à se relever. Debout au-dessus de lui, je lui tendis la main. Il la prit et je fus étonnée de voir des brins d'herbe tomber de ses doigts, comme si on l'avait arraché à la pelouse sur laquelle nous étions allongés, comme s'il s'était débattu pour y rester. Laissant les brins d'herbe tomber de ses doigts, il s'appuya lourdement contre ma main, plaça le bout de ses doigts sur mes épaules en se redressant, recula d'un pas pour reprendre son équilibre, avança, posa les mains sur mes épaules, son menton effleurant ma tête. Le vent dans mon dos, les cheveux dans la figure, je posai les lèvres sur la peau parcheminée de sa gorge et perçus son pouls contre ma bouche. Je sentis son rire. En me retournant, je vis Daisy et Flora lui offrir les sucettes tombées de l'arbre. « Tiens, Papa, tiens », disait Flora.

« Les premiers fruits de la moisson », lança-t-il. Il avait son bras autour de moi, son épaule contre ma nuque, sa main sur ma hanche. À chacune, il prit une sucette et elles m'offrirent le reste.

Il se pencha et chuchota dans mes cheveux : « Passe à l'atelier quand tu en auras l'occasion. »

Je le regardai par-dessus mon épaule s'en retourner à sa peinture. Un vieil homme traînant un peu la savate, dont les cheveux blancs se dressaient sur son crâne, dont la chemise blanche semblait ondoyer au rythme de sa respiration, au rythme de son cœur mais suivait, en réalité, les caprices du vent.

Lorsque nous rentrâmes dans la maison pour déjeuner, les joues de Daisy étaient toujours plus rouges que celles de Flora. Nous mangeâmes nos sandwiches à la table de la cuisine, Ana entra deux fois et feignit de ne pas nous voir, la troisième fois elle planta son regard brun dans le mien tandis qu'armée d'un torchon elle essuyait sans ménagement du lait au chocolat autour de la bouche de Flora. « Pas de plage aujourd'hui ? » demanda-t-elle.

Je lui répondis que le drapeau noir flottait, il était donc interdit de se baigner.

Elle fit claquer sa langue, frotta le museau de Flora comme si elle lavait les carreaux. « À mon avis, vous pouvez tout de même aller sur la plage », dit-elle, au moment où Flora se mettait à pleurer. S'éloignant de l'enfant, Ana ouvrit les mains, l'air de dire : « Oh ! là ! là ! Tu vois, tu as attendu trop longtemps pour sa sieste ! »

Je pris dans mes bras Flora qui continuait à pleurer et, avec Daisy accrochée à mes basques, l'emportai dans sa chambre. Je la changeai, la berçai dans mes bras pendant que Daisy, assise à nos pieds, lui massait les jambes, nos efforts étaient vains : elle pleurait, se démenait, se cambrait, envoyant promener le livre que Daisy lui avait apporté, repoussant ses animaux en peluche, plaquant sa petite main sur ma bouche quand j'essayais de chanter. Elle réclamait sa mère. Maintenant que la mélopée avait commencé, il était impossible de l'arrêter. Je la berçai dans le fauteuil à bascule, répétant « Chut, chut », mais la crise était à son paroxysme, il lui fallait sa mère, rien que sa mère. Daisy me regarda en hochant la tête, les larmes aux yeux. « Ta Maman reviendra bientôt, dit-elle à Flora en caressant son petit bras. Maman va revenir. » Des paroles aussitôt noyées dans les sanglots de Flora... Apercevant Ana qui agitait un biberon de jus de fruit sur le seuil de la porte, Flora tendit la main. Ana entra dans la chambre et le lui tendit, comme pour me narguer. Flora le but goulûment et laissa retomber sa tête contre mon bras. Au bout d'une minute, ses yeux se fermèrent.

Ana sortit de la chambre les mains sur les hanches, ballottant son postérieur. Une minute plus tard, j'entendis ses chaussures sur le gravier puis une vague conversation entre eux deux, en français. La porte de l'entrée s'ouvrit et se referma, je distinguai les pas d'Ana dans la cuisine. Je retirai le biberon de la bouche de Flora, ses lèvres continuèrent à sucer pendant quelques secondes avant qu'elle ne s'endorme plus profondément. Je la soulevai, la mis dans son petit lit. Daisy était pelotonnée par terre, les mains sous ses joues, les yeux grands ouverts. Je me penchai pour toucher son front, persuadée que la couleur de ses joues n'avait pas pour seule cause les ardeurs du vent. Je me dirigeai vers le placard de Flora, mais l'aspirine n'avait pas réintégré la boîte à chaussures. Je dis à Daisy d'attendre un instant, j'allai jusqu'au bout du couloir, traversai la salle de séjour et sortis par la porte d'entrée, consciente du visage d'Ana derrière la fenêtre de la cuisine.

Cette fois, le tableau était également rayé de jaune et une couche de Flora, pleine de peinture, dépassait de sa poche arrière. Pour la première fois, je le voyais tenir une palette en même temps que son couteau de vitrier. Sans à-coups, avec grande attention, il traçait une ligne jaune sur la toile, selon quelque motif précis, quelque impératif dont l'origine et l'intention m'échappaient, bien sûr. Il avait une des sucettes à la bouche, ses lunettes sur le dessus de son crâne et il plissait les yeux en regardant son travail comme si le petit bâton de sucette était une cigarette allumée. À le voir ainsi appliquer la peinture, on sentait une assurance certaine dans ses gestes, un je-ne-sais-quoi dans sa manière qui me rappelait le changement qui s'opérait dans le docteur Kaufman sitôt que, cessant de penser à moi, il me posait des questions sur Daisy. L'expérience du métier, le professionnalisme contribuaient à cette précision du geste, comme s'il n'y avait pas d'autre option, comme si cela n'était pas purement arbitraire, le fruit de son invention. Je me demandai combien de tableaux il avait ainsi peints durant sa longue vie. Macduff avait-il eu raison de dire qu'en fin de compte son art pourrait bien ne rien valoir du tout ? Ce n'était pas du travail, c'était un simple jeu, c'était faire semblant.

S'éloignant de la toile, il posa la palette sur le tréteau, plaqua dessus son couteau de vitrier, tira la couche de sa poche arrière, s'y essuya les mains et s'en débarrassa. Il sortit la sucette de sa bouche, la jeta par terre et se dirigea vers la porte de son atelier. Il ne se retourna qu'au moment où il allait y entrer et me fit signe de le précéder, c'est alors que je compris qu'il savait que j'étais là. Au moment où je passais devant lui, il posa la main sur le creux de mes reins, me suivant dans l'atelier qu'éclairait généreusement le soleil tombant de la lucarne. Il ne referma pas la porte derrière lui, mais j'avoue que je n'avais jamais vu cette porte fermée. Il se dirigea vers les étagères encombrées, prit un autre chiffon propre, s'essuya les mains avant de retirer ses lunettes et de les essuyer à leur tour. « J'en conclus que les bébés dorment, n'est-ce pas ? » dit-il. Je répondis que non.

Il me regarda, j'entrevis à nouveau chez lui cette même hésitation.

« Non? dit-il.

— Daisy est réveillée, répondis-je. Elle ne se sent pas bien, je pense. Je me demandais si vous aviez l'aspirine. »

Il inclina la tête, la secoua, rit en son for intérieur. Il se dirigea vers le petit tabouret à côté du lit et prit la bouteille d'aspirine. Il me la jeta, je l'attrapai. « Brave saint Joseph! dit-il. Pauvre connard. » Il s'assit sur le lit haut perché et sens dessus dessous. « Est-elle vraiment malade? reprit-il avec un vague sourire... ou ne serais-tu pas une mère trop complaisante? »

Je me tenais au-dessous de la lucarne, mais il faisait encore bon dans la pièce, refuge d'ombre fraîche et radieuse. J'étais consciente de l'odeur de peinture et, pour la première fois, du nombre de toiles, certaines vierges, certaines à peine ébauchées, entassées le long des murs. De faux départs, sans doute, des efforts futiles, des chefs-d'œuvre inachevés. Je me demandais ce qui les distinguait de ceux qu'il achevait.

« Je crois qu'elle est réellement malade », lui répondis-je. Sous l'effet de la bise, mes joues et mes lèvres étaient en feu, le poids de mes cheveux tiraillait ma nuque. « Il semblerait qu'elle soit un peu fiévreuse depuis son arrivée ici », poursuivis-je. Je me tus. Il avait croisé les jambes et posé son menton dans sa main, couvrant sa bouche de ses doigts. Calme et profond derrière ses lunettes, son regard était ce qu'il avait de plus sombre, tout le reste était pâle, évanescent. « Elle a des bleus qui ne disparaissent pas, dis-je. Sur ses pieds, dans son dos. La semaine dernière, un petit garçon lui en a fait un sur une épaule et il paraît empirer. » Il continua à me fixer, il ne détourna pas la tête. « Je ne l'ai mentionné à personne, repris-je. Leur réaction sera de la ramener chez eux et ce sera la fin de son été. Je veux la garder un peu plus longtemps. »

Il éloigna la main de son menton, posa le bras en travers de sa jambe, comme s'il allait réagir, mais il n'ouvrit pas la bouche. Nous étions à au moins trois mètres l'un de l'autre, mais à la faveur de la lumière étrange, fraîche, opaque de son atelier, nous aurions pu être aussi proches que nous l'avions été plus tôt sur la pelouse, quand j'avais porté mes lèvres contre son pouls qui battait dans sa gorge, quand son rire avait vibré dans ma bouche. La porte était ouverte, à quoi bon la fermer ? J'entendais le vent et le grondement indistinct de l'océan, des vagues trop menaçantes pour nager, mais dans cette lumière diaphane, seule comptait notre complicité.

Il finit par dire tout bas, d'une voix légèrement rauque, comme s'il venait de parler longtemps : « Apporte-lui l'aspirine, et donne-lui à boire du jus ou autre chose, ou même de l'eau. »

J'acquiesçai de la tête.

« Et reviens, dit-il. Si tu peux. » Un ange passa. « Si cela te tente... » Puis il se mit à rire, un rire un peu hésitant, et je perçus à son hésitation que j'étais malgré tout plus à l'aise que lui. « Ou non », acheva-t-il.

À mon retour, Daisy était endormie sur le sol, je la réveillai, lui donnai de l'aspirine et un verre d'eau. Elle posa alors la tête sur ma cuisse, je caressai sa joue, ses cheveux tout en chuchotant des plans pour le reste de l'après-midi, la soirée et les jours à venir.

Lorsqu'elle se rendormit, je posai sa tête sur l'animal en peluche qui lui servit d'oreiller et j'étendis sur elle une des couvertures de Flora. Je retraversai le couloir. Assise à la table de la cuisine, Ana mangeait un sandwich en lisant un magazine. Elle leva la tête quand je sortis, mais ne s'approcha pas de la fenêtre. Je descendis l'allée. La toile était toujours dehors contre le mur et, au soleil, la peinture rouge paraissait humide.

Je pénétrai dans l'atelier, cœur de notre lumière à nous. Penché au-dessus d'une petite table, il dessinait à longs traits, comme au premier soir. À l'instar de ce fameux soir, il continua un moment, comme s'il était seul dans la pièce, alors il posa négligemment son fusain, retira ses lunettes et se tourna vers moi. Ce que valaient ces dessins, je le savais, l'avenir nous le dirait. Soit son art, né du désespoir, n'aurait en fin de compte aucune valeur, soit il bouleverserait tout.

« Elle dort ? » demanda-t-il. Je hochai la tête. « Pauvre gosse », dit-il comme s'il comprenait pleinement ce qui attendait Daisy. Puis il ajouta : « Les deux ? Ma pauvre gosse aussi ? » Comme s'il entrevoyait aussi la vie agitée qui guettait Flora. Il se rapprocha de moi. Il chassa délicatement mes cheveux de mon épaule, et ce faisant, je posai le bout de mes doigts sur ses poignets, un geste d'affection et de compassion, cher à Daisy. J'espérais ainsi sentir combien sa peau était fine, sa peau qui avait pour tout grain quelques gouttes de peinture...

« Et toi ? dit-il en me regardant.

— Je vais très bien. »

Je gardai les doigts sur ses poignets le temps qu'il défasse chaque bouton de mon chemisier, que je laissai ensuite glisser le long de mes bras et tomber sur le sol. Avec une légère hésitation et en retenant sa respiration, il se pencha pour embrasser ma gorge, sa main dans mes cheveux. Il embrassa mes épaules et, tandis que j'abandonnais ma tête dans sa paume, il m'embrassa à nouveau sur les lèvres. Atténué par la saveur sucrée de la sucette, le goût de l'alcool était loin d'être aussi prononcé que la dernière fois. Il me guida vers le lit, la main au creux de mes reins. Il caressa mes hanches et s'agenouilla devant moi, je posai les doigts sur sa tignasse blanche. Je m'allongeai sur le lit, sur ce fouillis de traversins et de jetés en soie damassée, et me couvris les yeux quand il retira ses vêtements et s'étendit à mes côtés. Je sentis contre moi sa chair d'une étonnante fraîcheur, ses membres longs, pâles, légers, immatériels. Ses gestes étaient sûrs et je lui faisais confiance, soulagée que, l'espace de quelques minutes, quelqu'un décidât à ma place. À un moment, le soleil qui pénétrait par la porte se voila, une ombre passa, comme en un rêve.

Quand elle eut disparu, je me levai, me rhabillai et demeurai un instant, ma chemise entre les mains, sous la lumière opaque. Il était allongé sur le lit, le jeté en tissu damassé drapé sur son épaule et sa cuisse. Se tournant vers moi, le revers de la main sur son front, il me regarda, je lui renvoyai son regard. « Même si, de là où je suis, j'ai du mal à te voir sans mes lunettes, je suppose que tu es belle dans cette pose », dit-il.

Je rajustai ma chemise, soulevai mes cheveux au-dessus de mon col et me reboutonnai lentement. « Je retourne à mon travail », lançai-je.

Daisy et Flora dormaient toujours. Il ne s'était pas écoulé plus de vingt minutes depuis que j'étais sortie de la chambre. Je posai la main sur la joue de Daisy, elle me parut plus fraîche, je remontai la couverture sur l'épaule de Flora. Je jetai un coup d'œil sur les trois croquis dans leurs cadres dorés, m'interrogeant sur leur valeur une fois que l'avenir les aurait revendiqués et que leur grâce, leur charme auraient été affectés par les événements : l'enfant serait devenue une femme désenchantée, la mère ne serait jamais revenue, le père et tous ses efforts seraient réduits en poussière. Sans doute que le temps estomperait ces ombres et que l'on retrouverait les charmants et gracieux portraits d'une mère et son enfant, non point une biographie, pour reprendre l'expression de Macduff, mais un roman.

Je m'aperçus qu'en fin de compte, je préférais l'art moderne, le non-figuratif.

Je sortis sur le perron avec mon livre. Je transportai un des sièges en toile sous la fenêtre de Flora. À l'exception d'un douloureux aiguillon, gemme sombre et pointue au cœur de mon être, chaque atome de mon corps, chaque centimètre de ma peau, était à vif, râpé par le vent, abrasé par les intempéries, plaisamment épuisé. Je posai mon livre, croyant entendre la voix d'Ana qui pleurait ou appelait, là-bas dans l'atelier. Ce fut ensuite le silence, que seuls troublaient la brise lointaine, l'océan, les oiseaux sur la pelouse ou dans les hautes haies. Un calme au creux duquel je discernai les murmures de Flora et Daisy. Elles parlaient de l'arbre, des rubans de réglisse, de Maman là-bas, à New York. Le rythme de leurs voix, leur harmonieux babil me rappelaient, par leur souple sérénité, les conversations à mi-voix de mes parents dont le perpétuel écho se jouait de la cloison entre nos chambres, tandis que je m'éveillais ou m'endormais. Une douce et profonde nostalgie me submergea, ils me manquaient et je regrettais le temps où je dépendais entièrement d'eux.

J'entendis Flora dire mon nom et Daisy le répéter. Je me retournai vers la fenêtre, leur criai pardessus mon épaule : « Je suis ici, les filles ! » puis je me levai et allai les trouver.

Après un goûter à la cuisine composé de crackers et de punch hawaiien — « C'est tout de même meilleur dans un verre, n'est-ce pas ? » ne manquai-je pas de dire à Flora —, j'allai chercher dans le placard à balais de vieilles taies d'oreiller dont Ana se servait pour le ménage. Nous les emportâmes jusqu'à la couverture de plage étendue sous les arbres et, chacune de nous ayant eu droit à une sucette et un ruban de réglisse, je les découpai en lambeaux que les filles nouèrent les uns aux autres afin de confectionner la queue du cerf-volant que nous assemblâmes sur le porche, pour être à l'abri du vent. Flora grimpa ensuite dans sa poussette et nous nous rendîmes à la plage. De peur que le vent ne le déforme, Daisy portait sur son dos notre cerf-volant aux couleurs criardes, version art contemporain des ailes d'anges.

Nous avions utilisé bien plus de corde que prévu

avec les sucettes, et, même si le cerf-volant s'envola aussitôt, une montée vite avortée et même si je me démenais, courant dans tous les sens pour le garder à peu près en l'air, il ne donna jamais l'impression, comme cela arrive parfois aux cerfs-volants, d'être entièrement affranchi de la terre. Cela me contraria davantage que les filles qui le poursuivaient, essayant d'attraper sa queue chaque fois qu'il plongeait vers le sable. Les vagues étaient encore hautes, elles se succédaient et s'écrasaient avec ce bruit caverneux et rageur que j'associe en général au mauvais temps, mais le ciel demeurait radieux, les nuages élevés glissaient, blancs comme neige, étincelants de soleil. Debout sur le rivage où l'écume bouillonnait autour des pieds de Daisy, nous repérâmes un bateau, sa forme grisâtre rappelait celle d'un pétrolier, il se dirigeait vers l'est. Nous le regardions avancer imperceptiblement à l'horizon quand Daisy remarqua : « Je crois qu'il ne risque rien, la mer paraît assez calme, là-bas. Le seul endroit dangereux, c'est ici, si nous voulons nager. »

Je la regardai, tenant Flora calée sur ma hanche. «Tu crois ? » demandai-je.

Elle hocha la tête. « Oui, j'en suis à peu près sûre », répondit-elle. Là-dessus, elle fit deux gracieux pas de côté, comme je le lui avais appris, sortant les pieds du sable humide et les posant à un nouvel endroit où ils seraient vite à nouveau recouverts. Elle releva la tête. « Oui, reprit-elle, comme pour se rassurer, ces marins-là n'ont rien à craindre. »

De retour au parking, fidèle à notre routine, je

les plaçai toutes deux contre la balustrade et me baissai pour retirer le sable sur leurs pieds. Après avoir aidé Flora à remettre ses petites sandales blanches, j'essuyai les pieds de Daisy. Son pied propre, ombré de bleus, posé sur ma cuisse, j'attrapai une de ses chaussures qu'irisait le soleil, cette fois encore, insistai-je, elle paraissait bleu pâle, de la couleur même du ciel. Je la tendis à Flora. « Ne dirait-on pas qu'elles sont devenues bleues ? » demandai-je. Flora secoua la tête d'un air solennel et nous dit : « Les bébés pleuraient... »

Daisy et moi nous regardâmes, perplexes. Daisy, affichant un sourire qui semblait dire : Allez, jouons le jeu de la petite Flora, reprit :

« Quels bébés, Flora Dora ?

— Les bébés », répéta Flora qui tendit la main et posa son ongle sur une des pierreries qui tomba aussitôt dans le sable. Je la ramassai et la montrai à Daisy dans ma paume.

Elle était de couleur turquoise, en forme de diamant et la colle qui la retenait avait laissé son empreinte sur la chaussure. « Nous pouvons la recoller, Daisy Mae, j'en suis sûre », dis-je.

Elle semblait pour le moins étonnée et si elle avait été une autre enfant, Bernadette ou une des Moran, elle aurait peut-être donné à Flora une tape sur la main, au lieu de cela, elle se contenta de hausser les épaules, habituée à ce genre de mécomptes. « Je sais », dit-elle.

Je glissai la petite pierre de couleur dans la poche de ma chemise et aidai Daisy à enfiler chaussettes et chaussures, passant délicatement la main sur le bleu derrière son mollet. Nous rentrâmes en silence. À l'ouest, le ciel se teintait d'orange mais au-dessus de nos têtes il demeurait d'azur. Sur une des grandes pelouses, de ce côté-ci d'une interminable clôture à claire-voie, entrelacée de roses, nous aperçûmes un minuscule lapin, assez près de la route pour que nous puissions voir remuer sa petite bouche et scintiller son œil rond et noir. Le doigt sur les lèvres, je recommandai aux filles de ne faire aucun bruit et nous nous accroupîmes pour l'observer d'aussi près qu'un lapin sauvage vous le permettra. Il devait être très jeune, pensai-je, sans doute n'avait-il pas encore assez de jugeote pour avoir peur.

Quand il finit par décamper, nous reprîmes notre chemin. « Je suis persuadée que tu as confié à Petey que tu aimais bien les lapins, dis-je à Daisy.

— Oui, avoua-t-elle. Tu te rappelles mon premier jour ici, ce matin où nous avons vu tous les lapins et où Red Rover a mangé mon petit pain ? »

Je lui répondis que oui, je m'en souvenais, cela ne remontait pas à si longtemps que ça.

« Nous gardions les scotch-terriers, poursuivit Daisy. Petey m'a raconté qu'il n'avait pas le droit d'avoir de chien, je lui ai dit que nous non plus, mais que j'avais l'intention de demander à mon père s'il me permettrait d'avoir un lapin, parce que des lapins, ça pouvait se garder dans une chambre et qu'ils ne se sauveraient pas. Et puis, c'est tellement adorable un lapin ! Je lui ai dit que j'aimerais juste pouvoir caresser un lapin à moi. »

Je ris. « Il se pourrait bien que l'idée ait fait son chemin... » dis-je.

Lorsque nous arrivâmes chez Flora, la voiture

était partie, la toile était toujours appuyée contre le mur de l'atelier, la cuisinière était à ses fourneaux, broyant à tour de moulinet des épices pour attendrir un steak épais, le saisissant de ses doigts nus et le flanquant sur la table, tandis que ses avant-bras frémissaient. Il n'était que six heures du soir et il faisait encore grand jour, mais la lumière était allumée. Une bouilloire d'eau chauffait et une boule de pâte attendait sur une planche. Cette scène avait, dans sa simplicité, un certain charme, concrétisé par la robuste présence de la femme aux cheveux retenus par une résille, ceinte de son tablier de calicot et dont la lèvre était ourlée de perles de transpiration. Ce qui était advenu cet après-midi dans la lumière pâle, ensorcelée de l'atelier, me parut soudain le fruit de mon imagination, un lieu, un temps, une suite d'événements appelés, souhaités, rêvés, un antidote fantaisiste à la réalité solide, imparable — cette cuisine, cette nourriture, cette femme —, la préparation d'encore un autre repas au terme d'encore un autre jour. Je me surpris à chercher la sensation de ce douloureux aiguillon, au cœur de mon être, inquiète, un instant, de l'avoir perdu.

« Bonsoir, mes chéries », lança la cuisinière par-dessus son épaule. Daisy et Flora s'approchèrent de la table pour admirer la pâte étalée qui, devant elles, allait devenir biscuits ou tarte. « La Française est partie, m'annonça-t-elle. Il l'a emmenée à la gare. » Elle roula des yeux, toute haletante à force de s'activer dans la cuisine. « La voilà qui tout à coup se souvient qu'elle n'a pas vu son mari depuis trois semaines ! » Elle gloussa, retourna le steak une fois de plus. « Dieu soit loué, je suis chrétienne, moi ! » dit-elle.

Daisy m'aida à mettre Flora en pyjama et nous l'amenâmes à la cuisinière qui avait prévu pour elle un repas composé de carottes aux petits pois, de compote de pommes et de biscuits. Elle nous dit que nous pouvions aussi bien rentrer chez nous : elle aiderait Flora à s'endormir, elle avait apporté ses affaires pour passer la nuit, ajouta-t-elle. Ça ne lui aurait sans doute pas fait de mal à lui de s'occuper de sa fille mais, vu son âge et son penchant pour la boisson, ce n'était sans doute pas une très bonne idée de les laisser tous les deux seuls.

Elle rit en elle-même et ajouta tout bas : « Je ne pense pas qu'il me faille mettre le loquet... »

Au moment de nous quitter, Flora pleura un peu. Daisy se pencha pour l'embrasser et je remarquai que sa joue était à nouveau rouge. « Une minute », criai-je à Daisy sur le seuil de la porte ; filant dans la chambre de Flora rechercher l'aspirine que j'y avais laissée plus tôt dans l'après-midi.

J'en fis tomber une douzaine de comprimés dans ma paume et m'aperçus que les foulards de la mère de Flora avaient été rapportés de la cuisine et rangés sur la commode de Flora. J'en soulevai un, dans l'intention d'en envelopper l'aspirine et je découvris au-dessous un morceau de tissu beige, soigneusement plié, la toile de fond damassée qui couvrait le lit de l'atelier. Ce carré de tissu n'avait pas plus d'une vingtaine de centimètres de côté. Taillés à la hâte par des ciseaux mal aiguisés, ses bords s'effilochaient. Au centre, s'étalait une tache sombre, une traînée informe, grenat. Il me fallut quelques instants pour comprendre qu'il s'agissait là d'ultimes pièces à conviction rassemblées par Ana à l'intention de la mère de Flora, au cas où elle reviendrait. J'en vins à me demander si une note au sujet du chapeau volé n'était pas, elle aussi, cachée dans la pièce...

Je repliai avec soin le morceau de tissu et le replaçai entre les écharpes.

Nous rentrâmes toutes deux, la main dans la main, sans mot dire ou presque, dans cette lumière d'été évanescente.

« Je sais ce que Flora voulait dire au sujet des bébés », remarqua soudain Daisy. Je la regardai. Le vent, la fièvre avaient coloré son visage au milieu duquel étincelaient ses yeux. « Elle pensait à l'histoire que tu nous as racontée au sujet des bébés qui vont à Lourdes, qui y boivent de l'eau dans leurs biberons et dont les larmes se transforment en pierres précieuses. Tu te rappelles ? Et leurs mères collent ces pierres précieuses sur leurs chaussures. Tu vois, c'est à ça qu'elle pensait quand elle a pris la petite pierre de couleur sur ma chaussure. Aux bébés qui pleuraient... »

Je demeurai muette un instant, puis, laissant tomber ma tête en arrière, je fermai les yeux. « Tu as raison, conclus-je. Parfaitement raison. »

Daisy hocha la tête, toute fière.

« Mon Dieu, m'exclamai-je. On ne peut rien vous dire, à vous les enfants. Vous avez une mémoire d'éléphant ! »

Nous avions repris notre chemin quand Daisy me confia tout bas : « Je me rappelle Andrew Thomas. »

Je posai la main sur sa nuque, soulevai sa tignasse rousse. Un autre coup de vent qui la fit grimacer remonta les dernières mèches. « Margaret Mary Daisy, Daisy, dis-moi la vérité, dis-je. Je n'ai aucun doute que tu te le rappelles. »

Nous venions de tourner au coin de notre rue, quand nous fûmes accueillies par un vacarme assourdissant. Rags aboyait, Petey et Tony hurlaient et sans doute la voix de Janey et celle du vieillard s'y mêlaient-elles aussi, brouillées et dispersées par le vent. Nous n'étions pas encore parvenues à hauteur de la maison des Moran quand Tony dégringola leur allée, suivi de Petey qui brandissait un des pièges à lapins au-dessus de sa tête, et de Rags qui bondissait et aboyait tandis que Janey et Judy lui flanquaient des coups dans l'espoir de se débarrasser de lui. Tony nous repéra le premier, il pointa le doigt dans notre direction. Petey nous aperçut à son tour, il se mit à courir en tenant triomphalement le piège à lapins. Rags lui mordillait les talons, les filles suivaient, hurlant et braillant toutes joyeuses, sourdes à la voix du vieil homme qui tempêtait et jurait derrière la haie. Quant à Baby June, elle arrivait bonne dernière...

Ils se ruèrent sur nous. « On en a un, on en a un ! » criait Petey, le visage écarlate et ruisselant de sueur, l'œil farouche et pétillant. Il fourgua le piège à lapin dans les mains de Daisy, Rags suivit en aboyant et en tournoyant, le vent gonflant son poil. « Pour toi », hurla Petey et, se penchant au-dessus d'elle, Tony reprit, en écho : « Pour toi, pour toi ! » Les filles se précipitèrent. « Laisse-moi voir, laisse-moi voir ! » pleurnichait Janey pendant que Judy essayait d'envoyer promener le chien.

Daisy fut engloutie sous un enchevêtrement de membres bronzés, de têtes blondes, de mains accrochées à la cage, à ses bras, elle fut submergée par ces voix, par ces respirations haletantes ponctuées des aboiements et des bonds de Rags. Je vis Daisy lever son pied derrière elle, soit pour regagner son équilibre, soit pour chasser le chien puis j'aperçus Rags, les crocs plantés dans sa cheville. Elle hurla, Rags s'élança alors sur Janey et Petey qui, la cage à la main, s'éloignèrent de Daisy, courbée en deux, les mains sur sa jambe, poussant des cris. Je vis le sang jaillir sur sa cheville blanche et frêle. Saisissant Daisy dans mes bras, je rentrai à la maison en courant. Elle pleurait en se tenant la jambe, le souffle coupé par les sanglots. « Ne t'inquiète pas, lui répétais-je, tout ira bien, Daisy Mae. Ne t'inquiète pas ! » C'est à peine si j'avais conscience que les enfants Moran couraient derrière moi, à peine si j'entendis Petey crier d'une voix qui s'efforçait d'être adulte : « Je vais chercher le flic. » J'ouvris d'un coup la porte de service, traversai en hâte la cuisine silencieuse où les chats sautèrent du canapé pour nous accueillir.

« Ne t'inquiète pas, ne t'inquiète pas, répétais-je sans cesse, entre ses sanglots. Tout ira bien, Daisy Mae. »

Je la portai jusqu'à la salle de bains, l'assis sur le rebord de la baignoire et retirai ses chaussures et ses chaussettes blanches. La morsure était bien nette, deux marques de crocs profondes qui déjà commençaient à enfler, doublées d'une rangée de petits points rappelant des piqûres. Je fis couler l'eau dans la baignoire. Le bras autour de moi, Daisy s'accrochait à mes cheveux, y enfouissant son visage. Je lui dis de mettre sa jambe sous le robinet de façon à rincer le sang, puis j'attrapai une serviette sur le porte-serviettes et j'en enveloppai son mollet, pendant que Moe et Larry allaient et venaient sagement autour de mes genoux.

« J'ai mal, j'ai mal, j'ai mal », répétait-elle. « Je sais, je sais, ne t'inquiète pas », lui répondais-je.

Me penchant en arrière, je trouvai la bouteille d'eau oxygénée que ma mère gardait sous l'évier, j'en inondai sa cheville, le sang se mit à mousser. Elle hurla de plus belle, s'accrochant de toutes ses forces à mes cheveux.

« Je sais que tu as mal, murmurai-je en la serrant dans mes bras, je sais... »

Je ne me rendis vraiment compte que la tribu Moran au complet était plaquée derrière la porte de la salle de bains qu'en entendant Mrs. Richardson leur dire : « Écartez-vous, les enfants, écartez-vous. » Non sans ajouter : « Allez ouste, filez ! » à l'intention de Moe et de Larry.

Et voici qu'avec un à-propos rappelant cette alchimie intempestive et insouciante des êtres et des lieux dont les rêves ont le secret, Mrs. Richardson telle qu'en elle-même avec sa jupe de tweed, ses bonnes grosses chaussures et sa solide corpulence, surgit derrière moi, dans notre étroite salle de bains et, la main sur mon épaule, se pencha pour examiner la jambe de Daisy. « Oh ! c'est mauvais, ça ! » commenta-t-elle en retenant son souffle. Terriblement pâle, elle tapota l'épaule de Daisy. « On

va t'emmener chez le docteur, ma chère enfant »,
dit-elle en élevant un peu la voix pour se faire
entendre malgré l'eau qui coulait. Puis, elle ajouta
à mon intention : « Il faut l'emmener tout droit aux
urgences. »

Je sentis le bras de Daisy se raidir autour de mon
cou, ses doigts s'agripper à mes cheveux. Je me
penchai pour plonger la main dans l'eau afin de
laver le sang sur son pied. « N'aie pas peur, Daisy
Mae, tout ira bien, lui dis-je, affectant un ton
assuré. Tout ira bien. »

« Le voisin a attrapé le chien », affirmait
Mrs. Richardson. Vu l'exiguïté de l'endroit, elle
prenait beaucoup de place, s'agitant, ouvrant et
refermant les placards. « C'est important, à cause
de la rage. Si je comprends bien, il s'agit d'un chien
errant. »

À ce point, Daisy pleurait si fort que je me
demande si elle entendit, car c'est tout juste si j'entendis moi-même avec l'eau qui coulait et Daisy la
tête pendant dans mon dos, la bouche contre mon
omoplate. Un des enfants Moran s'exclama :
« C'était Rags. » Je perçus alors un bruit que j'asso-
ciai au vent, évoquant une branche qui se cassait ou
une vague noire qui déferlait puis, quelques
minutes plus tard, Tony s'écria : « Le voilà ! »

Je reconnus la voix de l'agent de police qui leur
disait calmement : « Sortez de là, les gars ! » Maintenant le flic, le copain de Mrs. Moran, était lui aussi
dans la salle de bains, et il se penchait par-dessus
le généreux balcon de Mrs. Richardson. « Je vais
vous emmener à l'hôpital », dit-il, pendant que je
continuais à laver à grande eau la jambe de Daisy.

Il s'approcha. Mrs. Richardson se plaqua contre le lavabo. « Laisse-moi la prendre », dit-il.

Mais je l'en empêchai avec mon coude et mon épaule.

« Plus vite nous irons et mieux ce sera », dit Mrs. Richardson.

Je regardai Daisy, son petit menton en l'air, ses paupières hermétiquement closes sous l'effet de la douleur. « C'est moi qui vais la porter », annonçai-je.

Je refermai le robinet et demandai que l'on me passe une serviette de toilette propre. Mrs. Richardson en avait déjà une à la main. J'aidai Daisy à se retourner, plaçai la jambe blessée sur la serviette et l'en enveloppai avec soin, penchée au-dessus d'elle, mes cheveux effleurant ses jambes nues.

« Appuyez bien fort, ma chère enfant, répétait Mrs. Richardson.

— Je file chercher ma voiture », dit le flic.

Se rangeant contre la porte, il fit sortir les enfants Moran. « Allons, les gars, laissez-lui un peu de place ! Elle se remettra vite ! »

La portant dans mes bras, je traversai la salle de séjour où la lumière se veloutait de rose, la cuisine puis la cour où étaient alignés les enfants Moran, Janey et Tony, sous le choc, la bouche ouverte, Judy pleurant, Petey les poings serrés, son petit visage tout à la fois furieux et ruisselant de larmes. Mrs. Richardson était là, elle aussi, en compagnie d'Angus et de Rupert qu'elle tenait en laisse tout contre elle. Et jusqu'au vieux Mr. Moran, avec sa barbe de plusieurs jours, son tee-shirt grisâtre et son pantalon trop large. L'agent de police sortit sa voiture de l'allée des Moran et arriva en trombe devant notre portail. Mrs. Richardson posa sur mon épaule sa main robuste. « Quand vos parents seront-ils de retour ? » me demanda-t-elle. « Bientôt », répondis-je. Elle appela son mari à l'autre bout de la pelouse. « Ils vont rentrer d'une minute à l'autre, dis-leur que nous sommes partis aux urgences de Southampton. Nous les y retrouverons. » Puis, s'adressant à ses chiens : « Soyez bien sages », leur recommanda-t-elle.

Le flic descendit de voiture et il ouvrit la portière arrière. Tenant Daisy dans mes bras, je me glissai sur la banquette, Mrs. Richardson m'y rejoignit. Le flic sortit de sa boîte à gants un gyrophare rouge, d'où pendaient des fils électriques et il le posa sur le tableau de bord.

« Eh bien, n'est-ce pas une chance d'avoir un agent de police pour voisin ? », remarqua gentiment Mrs. Richardson.

Je repérai également une petite radio noire au-dessous du tableau de bord. Tout en conduisant, il en tira un micro et, d'une voix assurée et nasale qui semblait autre que la sienne, il annonça qu'il transportait une enfant aux urgences de l'hôpital de Southampton, morsure de chien, cheville, et il se tourna vers nous pour savoir si elle avait été mordue à d'autres endroits. Daisy se joignit à moi pour répondre que non.

Baissant ensuite la voix, il ajouta : « Un chien errant » puis : « On s'en est occupé. » Il donna l'adresse des Moran : « Sous une bâche, et des planches, précisa-t-il. Façade ouest de la maison, vers l'arrière. »

Mrs. Richardson retira la serviette pleine de sang qui couvrait le pied de Daisy. « Il faut continuer à appuyer sur la blessure », dit-elle en l'enveloppant plus serré, sa frange grise frémissant sur son regard d'acier. Elle poursuivit alors de sa voix décidée : « Tu en as de jolies chaussures, Daisy, il faudra que tu me dises où tu les as trouvées ! » En larmes, la tête blottie sous mon menton, Daisy murmurait : « J'ai mal, j'ai mal. » Je lui caressai le bras en disant : « Je sais, je sais. » Me souvenant alors des comprimés d'aspirine que j'avais pris dans la chambre de Flora, je retirai mes doigts qui soutenaient sa tête et les glissai dans la poche de ma chemise et je pris autant de comprimés que je le pouvais, veillant à ne pas y adjoindre la petite pierre turquoise... Je lui tendis les cachets dans ma paume et elle les prit un par un.

Nous n'étions à l'hôpital que depuis une vingtaine de minutes quand mes parents arrivèrent. Les parents de Daisy nous rejoignirent à neuf heures du soir. D'ici là, les conversations allaient bon train, des conversations à mi-voix entre médecins et parents, les miens et ceux de Daisy, des conversations auxquelles je n'étais pas admise.

Elle passa la nuit à l'hôpital, la tante Peg et l'oncle Jack dormirent près d'elle dans des fauteuils, mes parents et moi rentrâmes à la maison où nous rassemblâmes ses affaires, ses vêtements qu'elle n'avait encore jamais étrennés, sa brosse à cheveux et sa brosse à dents. Ses chaussures de tennis neuves étaient encore attachées par une cordelette en plastique. Je glissai dans sa valise plusieurs de mes anciens vêtements, la robe en vichy rouge, la robe blanche des dimanches à la ceinture verte et, sur un coup de tête, la jupe de gitane rouge, sûre et certaine qu'elle ne recevrait pas l'approbation de l'oncle Jack. Apercevant quelques traces de sang dans ses chaussures roses, je les nettoyai à l'eau froide jusqu'à ce qu'elles aient disparu. Après avoir recollé la petite pierre turquoise, je lui rapportai la chaussure à l'hôpital le lendemain matin. « Salut, Cendrillon ! » s'écria l'oncle Jack mais il se tourna alors vers la tante Peg en fronçant les sourcils, et dit : « Elle n'aurait sans doute pas dû porter ces chaussures », une ultime tentative pour trouver un nouvel interdit à ajouter à son interminable liste, dans l'espoir de découvrir une cause aussi simple qu'évitable aux ennuis de la pauvre Daisy.

Ils s'en retournèrent à Queens Village dans l'après-midi, et se rendirent à un autre hôpital, en ville, cette fois, le surlendemain. En rentrant chez nous, mes parents m'avouèrent avec bien des hésitations, à mots couverts, en parlant ensemble et souvent l'un pour l'autre, selon leur habitude, que les médecins craignaient que Daisy ait un problème sanguin. « Avais-tu remarqué ses bleus ? » me demandèrent-ils. Je leur dis que oui. « Sans doute, poursuivirent-ils, aurais-tu dû les mentionner à quelqu'un. » Je leur répondis que je m'étais dit que ça faisait partie des aléas des familles nombreuses. « Comme les enfants Moran », conclurent à l'unisson mes parents, et je fus absoute...

Je m'occupai des scotch-terriers et de Red Rover pendant le reste de la semaine et, le samedi soir, j'allai garder les enfants Swanson. Mr. Clarke avait ramené Moe et Larry dans la matinée et ils semblaient vouloir recommencer à s'occuper d'animaux domestiques. Dès mon arrivée, les deux chats se pelotonnèrent contre mes jambes, ne prêtant attention à personne d'autre que moi. Lorsque je demandai à Debbie comment elle s'était débrouillée pour faire changer sa mère d'avis, elle me lança un regard espiègle et me répondit qu'elle s'était contentée de demander gentiment à sa mère si les chats pouvaient revenir. En entendant cela, Donny, qui était à califourchon sur le dossier du canapé en osier où nous étions assises, éclata de rire. « Ouais, tu parles ! s'exclama-t-il. Elle a raconté à son docteur qu'elle se suiciderait si les chats ne revenaient pas ! »

Debbie se retourna et riposta avec la véhémence d'une femme trahie : « Ce n'est pas vrai !

— Tu le sais très bien que tu le lui as dit. »

Je levai les mains. C'était un de ces merveilleux crépuscules d'été, assis sur le vaste perron du devant, juste au-dessous du belvédère, nous guettions les premières lucioles. « Je ne veux même pas savoir, dis-je. Ça suffit. »

Je ne retournai pas chez Flora. Quand nous croisâmes la cuisinière sur le parvis de l'église le dimanche suivant, ma mère fut celle qui lui expliqua ce qui était arrivé à Daisy et pourquoi je n'étais pas revenue. La brave femme fit claquer sa langue, hocha la tête et dit que la pauvre petite ne lui avait jamais paru en bonne santé, elle était si pâle... Elle ajouta que c'était tout aussi bien que je ne sois pas passée — bref, l'absolution totale... — car elle avait été ravie de passer un peu de temps avec la petite fille. La Française était revenue juste la veille et la mère de l'enfant serait de retour le week-end prochain. « Sans aucun doute elle t'appellera pour reprendre la routine. »

Mais elle n'appela jamais. Ce soir-là, je reçus un coup de téléphone de Mrs. Carew, mon premier employeur. Sa sœur de Princeton venait d'arriver avec deux jeunes enfants et elle se demandait si je pourrais me libérer pour la semaine. Là-dessus, les Swanson s'installèrent pour le reste de l'été et ils me prirent beaucoup de mon temps. À leur tour, les jumeaux Kaufman et Jill arrivèrent. Jill était devenue maintenant sa « fiancée » et elle arborait un énorme rubis de la taille du muffin dont j'avais orné le doigt de Daisy ce fameux matin de juin. Je fus heureuse de constater qu'elle donnait dans la chambre d'invités, et qu'elle se montrait plutôt pudique autour de la piscine. Elle m'adressa un jour un clin d'œil après avoir repoussé la main du docteur Kaufman qui se promenait sur sa cuisse : trois mots qu'il faut toujours se rappeler : après-le-mariage...

J'appelais Daisy chaque dimanche, juste un mot ou deux quand elle était souffrante, de plus longues conversations quand elle se sentait mieux. Elle voulait toujours avoir des nouvelles des chiens et des chats et j'inventais des histoires à leur sujet, et au sujet de Rags également. Je lui disais que les enfants Moran demandaient sans cesse de ses nouvelles, que ce pauvre Petey l'embrassait très fort, ce qui était toujours accueilli par un silence significatif, plus fort que les mots, à travers lequel je voyais rosir ses joues criblées de taches de rousseur et s'esquisser un sourire embarrassé. En mars, elle nous quitta, pour reprendre l'expression antique, ancestrale utilisée par la famille, qu'aucun de nous n'aurait personnellement revendiquée, même s'il aurait pu nous arriver à Bernadette ou à moi, seules dans nos lits, de nous dire, au fil des ans : elle m'a quittée. L'oncle Tommy était de passage chez nous quand le coup de téléphone finit par arriver. Il fut le premier à nous faire remarquer, affichant un air béat, qu'elle nous avait quittés en cette période de la Résurrection, au commencement du printemps.

*

Un matin, à la fin du mois d'août qui suivit la visite de Daisy, sitôt que mes parents furent partis au travail, j'emportai une prune et mon livre sur le perron et, ayant achevé l'un et l'autre, je descendis les marches et me rendis pieds nus dans l'herbe mouillée derrière la maison. À cette heure matinale, la chaleur du soleil sur mes épaules et mes cheveux laissait présager une journée chaude et humide malgré la douceur de l'air. J'eus beau fouiller du regard la haie qui courait sous les fenêtres de nos chambres, je ne pus trouver aucun signe indiquant que Petey avait été là, même si j'avais cru l'entendre pendant la nuit. Je gravis les marches à l'arrière de la maison et, au moment d'ouvrir la porte moustiquaire, j'entrevis une masse grise, informe qui, je le devinai avant même de me pencher pour l'examiner, grouillait de vie. Trois lapereaux, nouveau-nés, aveugles, enveloppés dans une espèce de cocon gluant. J'entrai dans la maison, traversai la cuisine, la salle de séjour et j'allai jusqu'à ma chambre où je vidai ma boîte à rubans, simple carton à chaussures recouvert de tissu, et la rapportai dehors. Je fis ensuite le tour de la pelouse, en arrachai les plus longues herbes dont je tapissai la boîte. Je sus d'emblée qu'il s'agissait là du cadeau de Petey, fardeau autant que cadeau... Petey qui vous demandait sans arrêt, vous mettant au défi et vous suppliant du même coup : Tu m'aimes bien ? Tu l'aimes, ma famille ? Petey qui avait pleuré les poings serrés. Petey qui toute sa vie serait tiraillé entre colère et affection, par des cadeaux devenus fardeaux, par des différences inconciliables entre réalité et désirs, par l'inévitable et intolérable perte, sombre joyau enfoui au cœur de tout amour.

J'arrachai par poignées l'herbe de notre pelouse et, comme si ce bruit les avait attirés, je vis les enfants Moran se glisser par notre portail. Judy tenait Baby June dans ses bras, Janey serrait contre elle une boîte de céréales, quant à Tony et Petey, ils se bousculaient pour partager le même espace.

Sans un mot, je portai la boîte jusqu'aux marches et, entourée de la tribu Moran, je soulevai doucement ces petites créatures sans défense qui respiraient encore, et les plaçai dans ce nid d'herbe improvisé.

DU MÊME AUTEUR

Aux Éditions Quai Voltaire

CHARMING BILLY, 1999
L'ARBRE À SUCETTES, 2003 (folio n° 4224)

Aux Éditions Flammarion

CE SOIR-LÀ, 1997

Composition C MB Graphic
Impression Maury
à Malesherbes, le 13 mai 2005
Dépôt légal : mai 2005
Numéro d'imprimeur : 05/05/114452

ISBN : 2-07-031524-X./Imprimé en France.